Jürgen Arndt

Immer am Schwimmen

Das Buch

Vier ehemalige Wettkampfschwimmer, treffen sich im Sommer 2014 zum 35jährigen Abi-Treffen wieder. Dort entsteht die Idee, noch einmal zusammen eine Staffel bei einem Schwimmwettkampf zu schwimmen, wie früher. Während der Vorbereitung auf den Wettkampf, erinnern sich die Männer an frühere, gemeinsame Erlebnisse. Sie vergleichen Damals mit Heute. Die vier Freunde denken an Zeiten, in denen sie am Schwimmen waren und sie unterstützen sich gegenseitig dort, wo sie aktuell am Schwimmen sind. Auf dem Weg zum gemeinsamen Ziel gewinnen zwei Ingenieure, ein Controller und ein Psychologe, Mut und Zuversicht für die kommenden Jahre.

Der Autor

Jürgen Arndt, geb. 1960 in Idar-Oberstein, lebt in Esslingen am Neckar. Als Maschinenbau-Ingenieur arbeitete er 20 Jahre im Vertrieb eines Maschinenbauunternehmens. 2006 verließ er die Geschäftsleitung um freiberuflich als Ingenieur, Seminarleiter und Dozent an Dualen Hochschulen zu arbeiten und sein eigenes Bier zu brauen. In seinem ersten Roman beschreibt der Vater dreier erwachsener Töchter typische Lebenswege und Lebensfragen von Männern seiner Generation.

Jürgen Arndt

Immer am Schwimmen

Männer Mitte 50

Roman

Impressum

Bibliografische Information der Deutschen Nationalbibliothek:
Die Deutsche Nationalbibliothek verzeichnet diese Publikation in der Deutschen Nationalbibliografie; detaillierte bibliografische Daten sind im Internet über http://dnb.dnb.de abrufbar.

Ich danke allen, die mich direkt oder indirekt inspiriert oder unterstützt haben.

Covergestaltung: Jürgen Arndt

Herstellung und Verlag: BoD – Books on Demand, Norderstedt

ISBN: 978-3-7504-4211-5

Inhaltsangabe: Seite

Klaus' Anreise

Klaus hatte seinen Koffer bereits am Freitagabend gepackt. Es war ihm wichtig seine Kleidung möglichst knitterfrei einzupacken. Stress am Samstagmorgen konnte er nicht leiden. Für die Fahrt und die Wanderung wählte er eine Trekkinghose und ein kurzes, kariertes Wanderhemd. Dazu würde er seine Trekkingschuhe anziehen. Er sah aus, wie dem Katalog eines Outdoor-Herstellers entsprungen.

Nach einem gemeinsamen Frühstück war seine Frau Andrea in die Praxis gefahren. Den Hund hatte sie mitgenommen. Der Golden Retriever war ihr Therapiehund. Auf viele Klienten, besonders auf Kinder, wirkte er beruhigend. Die Patienten rannten Andrea seit längerer Zeit die Bude ein. Sie hatte ein gutes Händchen und konnte den meisten Linderung verschaffen. In dieser Woche hatte sie sogar für Samstagvormittag Klienten bestellt. Grundsätzlich begrüßte er Andreas Arbeitseifer. Schließlich war er ja genauso. Deshalb hatte er vor 3 Jahren auch die Stelle des Leiters Controlling bei dem großen Druckmaschinenhersteller bekommen, bei dem er direkt nach dem Studium angefangen hatte.

Der Arbeitseifer seiner Frau war bis vor ca. zwei Jahren noch ganz anders gewesen. Damals hatten die Patienten eben länger warten müssen, bis sie einen Termin bekamen. Begonnen hatte es als Lukas, der jüngere der beiden Söhne, für ein Jahr mit Work and Travel nach Australien aufgebrochen war. Es hatte sich nach Lukas' Rückkehr allerdings nicht geändert. Bei der letzten Steuererklärung hatte er sich gewundert, dass der Umsatz, den Andrea machte, sich in den beiden letzten Jahren nicht erhöht hatte. Das würde er sich demnächst mal genauer ansehen.

Diese Gedanken hatten ihn das morgendliche Trainingspiel gegen seinen Schachcomputer heute außergewöhnlich schnell verlieren lassen. Er bereitete sich auf seine Abfahrt vor und prüfte nochmals den Inhalt seines Koffers, bevor er ihn zu machte.

Er hatte sich entschlossen über die A61 und die B41 zu fahren. Das war von Heidelberg der schnellste Weg. Außerdem sollte diese Strecke frei von eventuellen Überresten des Unwetters an Pfingsten sein. Obwohl es schwerpunktmäßig in Nordrhein-Westfalen viele Bäume auf die Straßen und Gleise geworfen hatte, konnten auch andere Waldgebiete betroffen sein.

Bevor er in seine E-Klasse einstieg, ging er wie immer einmal um das Fahrzeug herum. Es war ein Kontrollgang, den er automatisch machte, obwohl er dabei noch nie etwas entdeckt hatte. Er hätte es also sein lassen können, machte es aber trotzdem. Nach dem Einsteigen schaltete er die Zündung ein, prüfte die Position des Rückblickspiegels und gab sein Ziel ins Navigationsgerät ein. Dann startete er den Motor und fuhr los. Das Navi behauptete, er würde mehr als eine Stunde vor der vereinbarten Zeit ankommen. Das beruhigte ihn, denn er verabscheute Druck beim Autofahren, genauso wie Zuspätkommen. Klaus kam immer pünktlich.

Eigentlich hatte er wenig Interesse an den früheren Mitschülern. Trotzdem war es für ihn keine Option, nicht an dem Treffen teilzunehmen. Es war für ihn eine Frage von Solidarität denen gegenüber, die das Treffen organisiert hatten. Er dachte an Michael, mit dem er im Schwimmverein gewesen war. Michaels überhebliche Art hatte ihn damals oft aufgeregt. Dieses Mal nahm er sich vor, sich nicht über ihn zu ärgern. Klaus könnte seinen Job nicht machen, wenn er so oberflächlich wäre wie Michael.

Auf Peter und Kurt freute er sich. Sie waren ihm ähnlicher und gehörten auch zur Schwimmerclique.

Als er an der Schule ankam hatte er noch 45 Minuten bis zur vereinbarten Zeit. Außer ihm war noch keiner der ehemaligen Klassenkameraden zu sehen. Er war mal wieder zu früh, wie meistens. So konnte er unbeobachtet seinen Kontrollgang einmal ums Auto machen. Klaus war schon lange klar, dass seine Kontrollgänge etwas Zwanghaftes hatten. Er würde aufpassen, dass Kurt, der Psychologe, davon nichts mitbekommen würde. Der würde das sonst sofort erkennen. Bei diesem Gedanken sprang Michael wieder in sein Bewusstsein. Dieses Großmaul hatte früher jeden provoziert, der Anlass dazu bot. Kaum eine Schwäche, die er nicht ironisch kommentiert oder auf die Schippe genommen hatte. Es verunsicherte ihn, dass er nichts dagegen machen konnte. Immer wenn er versuchte, nicht ums Auto zu gehen und sich sofort entfernte, beschäftigte es ihn so stark, dass er zurückging und es nachholte.

Das Gebäude des früheren Gymnasiums beherbergte seit dem Umzug der Schule in das außerhalb gelegene Schulzentrum einen Teil der Stadtverwaltung und der frühere Schulhof war der Parkplatz für die Angestellten, der samstags für die Öffentlichkeit geöffnet war. Damals hatte es kaum Parkplätze vor der Schule gegeben. Es reichte gerade mal für die Autos der Lehrer. Von den Schülern war nur sehr vereinzelt mal einer mit dem Auto zur Schule gekommen. Klaus schlenderte über den früheren Schulhof vor den sogenannten Neubau. Dann erinnerte er sich daran, dass der Schulhof für die Unter- und Mittelstufe hinter dem Altbau gewesen ist. Der Altbau war ein prächtiges altes Gebäude. Er ging zum anderen Schulhof. Die Pavillons, die damals dort aufgestellt worden waren, um vier weitere Klassenzimmer zu bekommen, gab es nicht mehr. Auch hier parkten Autos. Am Rande des damaligen Schulhofes war immer noch die Mauer, die den ehemaligen Schulhof von dem kleinen Bach trennte, der damals oft durch die Abwässer der oberhalb gelegenen Galvanisier-Betriebe verfärbt war. Als Sextaner-Babies hatten sie in den Pausen in diesen Bach Papierschiffchen hineingeworfen und gegeneinander um die Wette fahren lassen. Klaus spazierte langsam zurück zum Haupteingang, zum Treffpunkt.

Zehn Minuten später trafen Sabine und Petra ein. Sie hatten das Treffen gemeinsam organisiert. Er begrüßte beide mit einer herzlichen Umarmung. Wobei er Petra wesentlich liebevoller umarmte als Sabine. Sabine hatte den kleinen Unterschied wohlwollend wahrgenommen. Vermutlich hatte Petra ihr von ihrem besonderen Verhältnis zu ihm erzählt.

Petra sagte: "Schön, dass du gekommen bist."

"Ich finde es echt klasse, dass ihr die Mühe auf euch genommen habt, das alles zu organisieren", sagte Klaus anerkennend, "Das alleine wäre für mich schon Grund genug zu kommen."

"War auch 'ne Menge Arbeit", meinte Sabine.

Von Sabine erfuhr er, wer alles zugesagt hatte und wer leider nicht kommen konnte. Sie erzählte ihm auch, dass Thomas Bender, mit dem sie beide im Deutsch-Leistungskurs gesessen hatten, letztes Jahr an Krebs gestorben war. Thomas war ihm nicht sonderlich nahe gestanden, da er erst in der Oberstufe an die Schule gekommen war. Die Nachricht berührte ihn trotzdem, vielleicht weil er beim letzten Treffen mit Thomas länger gesprochen hatte. Er hatte ihm erzählt wie gesund er lebte, dass er auf eine ausgewogene Ernährung achte und drei bis viermal in der Woche Ausdauersport treibe. Beruflich und familiär schien es ihm ebenfalls gut zu gehen.

"Klar bekommen Menschen Krebs. Aber warum einer, der so auf sich geachtet hatte?" dachte Klaus

Kurts Anreise

Es war ein wolkenloser Samstag im Juni, als Kurt am späten Vormittag die Garage öffnete. Seine Partnerin Lisa war schon früher gegangen, da sie ihr kleines Cafe um 11 Uhr öffnete und vorher noch einiges vorzubereiten hatte. In der Garage stand sein roter Z3, den er schon länger nicht mehr bewegt hatte. Heute hatte er einen guten Grund, sein schönes Cabrio mit dem 325 PS Motor zu benutzen. Er warf die kleine Reisetasche durch die geöffnete Fahrertüre auf den Beifahrersitz. Dann ließ er sich vorsichtig auf den Fahrersitz gleiten, öffnete das Dach und schnallte sich an. Danach umfasste er das Lederlenkrad und spürte seinen Rücken in dem noch etwas kühlen, seitlichen Halt gebenden schwarz-roten Ledersitz. Passend zur Fahrzeuginnenausstattung trug er eine schwarze Lederweste über einem roten Poloshirt. Unter seinen Bluejeans waren hellbraune knöchelhohe Schuhe zusehen.

Ein paar Sekunden wartete er, bis er den Motor startete. Er liebte diesen Sound. Nachdem er rückwärts aus der Garage gefahren war, zog er die Handbremse an und ließ den Motor laufen, während er ausstieg, um das Garagentor zu schließen. Er sollte endlich mal die Fernbedienung reparieren lassen.

Das leichte Ziehen im Rücken beim Aus- und Einsteigen kannte er: "Ist halt ein Auto für junge Leute", dachte er und fügte schmunzelnd hinzu, "und für Junggebliebene."

Er freute sich über seine Selbstironie. Heute konnte ihm so schnell nichts seine gute Laune verderben.

Beim Losfahren dachte er an die schöne Strecke, die er sich herausgesucht hatte. Abseits der Autobahnen ging es von Freiburg zuerst ins Elsass, dann durch Lothringen und das Saarland bis ins obere Nahetal, wo er aufgewachsen war. Er hatte genügend Zeit eingeplant, um auf dieser Route rechtzeitig zum Klassentreffen zu kommen. Klassentreffen nach 35 Jahren. Das Abitur war ganz schön lange her.

Beim Verlassen der Kreisverkehre in Frankreich ließ er den M3 immer wieder mal sein Drehmoment entwickeln und genoss dabei die Beschleunigung des Fahrzeugs. In einem der kleinen Städtchen hielt er vor einem Bistro an. Er setzte sich an einen der Tische in die Sonne und bestellte einen Cafe au lait und ein Croissant. Seine vier Jahre Schulfranzösisch, 7te bis 10te Klasse, reichten gerade noch für die Bestellung. Die Französin, die ihn bediente, erinnerte ihn an seine Ex-Frau Martina, die nun schon seit fünf Jahren tot war.

Es kam in letzter Zeit häufiger vor, dass er an Martina denken musste, obwohl er schon mehr als zehn Jahre von ihr geschieden war und er seit acht Jahren mit Lisa liiert war. Die ältere seiner beiden Töchter hatte ihm ein Jahr nach Martinas Tod etwas aus dem Tagebuch ihrer Mutter vorgelesen. Sie hatte scheinbar während ihrer Ehe ein längeres Verhältnis, von dem er nichts mitbekommen hatte. Wer der Mann war, wegen dem sie ihn verlassen hatte, hatte sie nicht geschrieben. Es wurmte ihn, dass er damals nichts davon mitbekommen hatte. Typisch, wenn es um einen selbst geht, bekommen Therapeuten nichts mit. Bei seinen Patienten hatte er oft den richtigen Riecher, wenn es um Partnerschaftsprobleme ging.

Kurt genoss die Ruhe. Nur wenige Autos rollten entspannt vorbei. Dieses kleine französische Nest schlummerte an diesem Samstagmittag freundlich vor sich hin. Der Kaffee schmeckte ideal zu dem Croissant, welches innen unnatürlich gelb war, wie er es aus Frankreich kannte. Er beendete seine Pause, legte fünf Euro auf den kleinen Bistrotisch und schlenderte zu seinem roten Cabrio, das in der Sonne glänzte. Hinter sich hörte er ein erfreutes "Merci". Er drehte sich um und lächelte der attraktiven Französin ein "au revoir" zu. Dann fuhr er weiter Richtung Norden. Beim Fahren ließ er seine Gedanken mäandern, wie es sein Cabrio über die kleinen elsässischen Straßen auch machte.

Er dachte an seine Schulzeit. Besonders die letzten Jahre vor dem Abi hatte er sehr angenehm in Erinnerung. In der Oberstufe hatte er sich seinen Lieblingsfächern, Mathematik, Englisch und Sozialkunde gewidmet.

Neben der Schule verbrachte er viel Zeit im Schwimmverein. Drei seiner Klassenkameraden waren ebenfalls im Schwimmverein gewesen. Ob sie heute wohl auch kommen würden? Damals waren sie die Stützen der Schulmannschaft, die es zweimal hintereinander geschafft hatte, als beste rheinlandpfälzische Mannschaft zum Bundesentscheid von "Jugend trainiert für Olympia" nach Berlin zu fahren. Das war 'ne tolle Zeit. Zumal das Abitur ihn wesentlich weniger gestresst hatte, als er es bei seinen beiden Töchtern miterlebt hatte. Von seinen Klassenkameraden hatte er in den letzten Jahren wenig gehört. Das letzte Klassentreffen für ihn war zehn Jahre her. Damals waren von den 63 Abiturienten des Jahrgangs nur 24 gekommen.

Er dachte an die Zeit nach dem Abitur, als er seinen Zivildienst beim Roten Kreuz abgesessen hatte. Nach den ersten Notarzteinsätzen, bei denen er den Rettungswagen fahren durfte, war es eine eher langweilige Zeit gewesen. Aber er hatte sich durchgesetzt und den Kriegsdienst verweigert. Seinem Vater hatte das gar nicht gefallen. Seinen Entschluss, Psychologie zu studieren, fand er dagegen gut. Er begrüßte es auch sehr, dass er dazu nach Freiburg gegangen war, ganz im Gegenteil zu seiner Mutter. Die hätte ihn am liebsten in ihrer Nähe gehabt. Gehörte das zum Los von Einzelkindern? Im Studium hatte er gelernt, welche Auswirkungen das auf das ganze Leben haben kann. Anfangs hatte es ihn noch gewundert, dass sehr viele seiner Patienten Probleme mit ihrer Mutter hatten, die sie nicht loslassen wollte. Es dauerte lange, bis er bemerkte, dass das auch eines seiner Themen war und vielleicht immer noch ist. Er kannte einige Psychologen, denen es ähnlich ging.

Freiburg war für ihn als Student eine Wucht gewesen. Kein Vergleich zur Provinz. Die ersten Semester war er selten in den Vorlesungen anzutreffen. Er war beschäftigt mit Uni-Sport, dem Nachtleben und der Überzahl an Studentinnen in seiner Fakultät. Erst als er im sechsten Semester Martina kennengelernt hatte, war er etwas ruhiger geworden und hatte sich intensiver seinem Studium gewidmet.

Er träumte seinem Ziel entgegen. Dabei dachte er daran, wie er Lisa kennengelernt hatte. Sie leitete damals den Yoga-Kurs, den er belegt hatte, um aus der Depression herauszukommen, in die er sich nach der Trennung von Martina zurückgezogen hatte. Lisa war das krasse Gegenteil von Martina. Martina hatte ihn "auf Spur gebracht". So hatte sie es selbst einmal ausgedrückt. Sie wusste, was sie wollte und wie alles zu sein hatte. Sie hatte alles im Griff und plante alles auf das Genaueste. Sie wusste auch genau, was die beiden Töchter wann taten, zumindest glaubte sie das sehr lange. Kurt erinnerte sich an den Moment, als seine jüngste Tochter ihren Eltern erklärte, dass sie bereits seit sieben Monaten einen sechs Jahre älteren Freund habe, sich aber nicht getraut hatte, das zu erzählen, weil die Mama sich immer einmischen würde. Worauf sie keinen Bock hatte.

Lisa dagegen hatte kein Interesse, an ihm rumzuerziehen. Sie machte ihr Ding und ließ andere ebenfalls ihr Ding machen, auch Kurt. Sie lebte das Motto: "Die Liebe ist ein Kind der Freiheit." Es war nicht immer einfach für Kurt mit Lisas unabhängiger Grundeinstellung umzugehen. Immer, wenn sie sich angeregt mit anderen Männern unterhielt, merkte er, wie seine Eifersucht in ihm hochkroch. Er, der Psychologe, eifersüchtig? Lisa wusste das und sie hatte es ihm im Streit auch schon an den Kopf geworfen.

In Forbach überquerte er die Grenze von Frankreich nach Deutschland. Auf der rechten Seite sah er die Spicherner Höhe, wo im ersten Weltkrieg viele Soldaten ihr Leben gelassen hatten. Zufrieden dachte er daran, dass er den Wehrdienst erfolgreich verweigert hatte, was Ende der 70er Jahre nicht selbstverständlich gewesen ist. Von hier dauerte es noch ungefähr eine Stunde bis zum Treffpunkt.

Wieder in Deutschland hörte er im Radio einen Bericht zur laufenden Fußball-WM. Fußball interessierte ihn wenig. Trotzdem hörte er sich an, was der Kommentator zu berichten hatte. Irgendwie hörte es sich so an, als habe die deutsche Mannschaft bei dieser WM in Brasilien gute Chancen ganz oben mitzumischen. Ein Sieg würde die Fans begeistern auch wenn er nicht so große Wirkung haben würde wie der von 1954. Im Ausland würde ein deutscher Erfolg das deutsche Streberimage verstärken.

Kurt kam ca. 20 Minuten vor der vereinbarten Zeit zum Treffpunkt. Acht Leute standen dort zusammen. Sie sahen zu ihm herüber als er einparkte und beobachteten wie er sein Cabrio-Dach zuklappte. Er achtete darauf trotz seiner leichten Rückenschmerzen dynamisch aus dem tiefliegenden Sitz auszusteigen. Durch sein sonntägliches Rennradfahren war er für einen aus der Ü50-Fraktion überdurchschnittlich fit. Sechs der acht erkannte er sofort als ehemalige Klassenkameraden. Die siebte Person erkannte er erst als er genauer hinsah. Die achte, eine sehr korpulente fröhlich wirkende Frau, konnte er nicht zuordnen. Er hingegen wurde nicht von jedem sofort erkannt. Seine rasierte Glatze und der Dreitagebart gaben ihm ein anderes Aussehen als beim letzten Treffen vor 10 Jahren. Vor fünf Jahren war er nicht dabei gewesen. Damals hatte er eine zweite depressive Phase und nicht die Kraft für das Treffen gehabt. Dieses Mal hatte er sich schon im Vorfeld sehr drauf gefreut seine ehemaligen Klassenkameraden wiederzusehen, besonders die aus dem Schwimmverein.

Peters Anreise

Er hörte zwei Schläge der Turmuhr. Es begann hell zu werden. Deshalb vermutete er, dass es halb fünf sein müsste. Immerhin war er in dieser Nacht nicht wieder schweißgebadet aufgewacht, wie die beiden Nächte davor. Müde fühlte er sich trotzdem. Deshalb blieb er auch noch liegen und wälzte sich immer wieder hin und her. Wie gut, dass er und Christine seit über zwei Jahren getrennte

Schlafzimmer hatten. So störte er sie nicht, wenn er in der Nacht wach lag, und sie konnte so früh ins Bett gehen, wie sie wollte. Sie brauchte ihre acht Stunden Schlaf. Davon war sie überzeugt. Ihn störte es nicht, wenn sie abends früh verschwand. Lange Gespräche zwischen ihnen waren selten geworden.

Sie widmete sich in ihrer Freizeit ihrem Pferd. Er ging am Wochenende gerne zum Segelflugplatz, wo er mit Harald zusammen ein Segelflugzeug besaß. Harald war ein netter Kerl, den er schon genauso lange kannte, wie er Mitglied im Segelflugverein war. Früher war er oft geflogen und hatte auch größere Strecken zurückgelegt. Einige Male war er mit seinen Dreiecksflügen auch in die Wertung in der zweiten Bundesliga gekommen. Heute flog er nur noch bei guter Thermik und wenn er und nicht sein Fliegerfreund Harald an der Reihe war.

Um viertel nach fünf stand er auf, ging in die Küche und machte sich einen Kaffee. Wie jeden Morgen schaltete er die Nespresso-Maschine ein, öffnete das Magazin und legte eine Kapsel mit Lungo-Kaffee der Stärke fünf ein. Er genoss es, seinen obligatorischen Aufwachkaffee in einer Minute frisch gemacht zu bekommen, Alukapseln hin oder her. Mit der Kaffeetasse schlich er zurück ins Bett und schaltete sein Smartphone ein. Keine Nachricht, nur die Erinnerung an das bevorstehende Klassentreffen schickte einen Benachrichtigungston. Um 15 Uhr war der Treffpunkt für die nachmittägliche Wanderung. Er sollte um 9 Uhr losfahren, um pünktlich dort zu sein. Den Kaffee trank er in kleinen Schlückchen. Dazwischen streckte er sich im Bett aus. Das fühlte sich gut an. Nur seine Augen brannten etwas. Er hatte zu wenig geschlafen. Seit einigen Monaten war durchschlafen eher selten geworden. Warum, wusste er nicht. Es ging ihm doch gut.

Unter der Dusche wurde er richtig wach. Danach stand er vor dem Spiegel, rasierte sich und achtete dabei darauf seinen Schnurrbart nicht zu verletzen. Mit seinen dunklen Haare setzte er sich von fast allen Altersgenossen ab.

"Mal sehen, wie meine früheren Klassenkameraden zwischenzeitlich ergraut sind", dachte er.

Es war kurz vor sieben als er seine Frau auf dem Gang hörte.

Er öffnete die Badtüre und sagte ihr auf dem Gang: "Guten Morgen."

Sie winkte ihm verschlafen zu und schwebte mit ihrem fast durchsichtigen Nachthemd Richtung Küche. Dort trank sie wie jeden Morgen erst einmal ein Glas lauwarmes Wasser. Dann schaltete auch sie die Nespressomaschine ein und machte sich einen Espresso der Stärke 10. Mit dem setzte sie sich auf die Ledercouch im Wohnzimmer, winkelte ihre Beine ab und legte die Füße auf dem Tisch ab. Peter setzte sich mit seinem zweiten Lungo dazu.

"Wie hast du geschlafen", fragte sie ihn.

"Ich habe durchgeschlafen, bin nur etwas zu früh aufgewacht. Und was liegt bei dir heute an?" fragte er sie.

"Ich fahre zu dem Dressur-Reitturnier nach Straubing."

"Reitest du mit?"

"Nein, das habe ich doch seit Jahren nicht mehr gemacht. Das weißt du doch", sie schüttelte leicht den Kopf.

"Könnte doch sein. Schließlich reitest du wesentlich häufiger als früher. Vielleicht hast du ja heimlich trainiert. Können könntest du es doch, oder etwa nicht?"

"Weiß nicht. ....Wann fährst du los?"

"Ich muss um 9 Uhr los."

"Und wann kommst du zurück?" wollte sie wissen.

"Ich habe vor, morgen zurückzufahren. Spätestens um 18 Uhr will ich wieder da sein. Die nächste Woche wird anstrengend."

"Was liegt an?"

"Die Abgasvorschriften machen uns immer mehr Probleme. Und für den Hersteller der saubersten Dieselmotoren ist das extrem anstrengend."

"Naja, die Verkaufszahlen geben euch ja Recht."

"Das soll auch so bleiben. Deshalb stehen wir in der Entwicklung so unter Druck", und nach einer kurzen Pause: "Ich packe dann mal meine Sachen."

Er verschwand im Schlafzimmer und packte das nötigste für zwei Tage zusammen. Auf jeden Fall musste er Ersatz-Jeans und -Hemden mitnehmen, um sich nach der Wanderung umziehen zu können. Beim Wandern kam er regelmäßig ins Schwitzen und im verschwitzten Hemd wollte er dann nicht im Lokal rumsitzen.

Christine fragte, "Nimmst du die BMW oder den Audi?"

"Ich nehm den A6. Das ist fast alles Autobahn. Da hab ich nichts vom Biken."

Er verabschiedete sich indem er den Kopf zur Seite neigte, den rechten Unterarm senkrecht stellt, damit hin und her winkte und "Servus" sagte. Sie warf ihm eine Kusshand zu und wünschte ihm viel Spaß. Diese Art der Verabschiedung hatte sich seit langem eingespielt. Körperliche Berührungen waren selten geworden. Streit gab es fast nie.

Er hatte sich für die A9 und die A6 entschieden, da er die A8 nicht leiden konnte. Auf der A9 war er mit den anderen Audis und BMWs links unterwegs und kam sehr schnell voran. Die Verbrauchsanzeige schwankte zwischen acht und 15 Litern pro 100 km. Auf der A6 reduzierte sich der Verbrauch über weite Strecken auf sechs bis zehn Liter.

"Baustellen haben etwas Energiesparendes", dachte er, "aber auch etwas Nervendes."

Unterwegs dachte er an die, in der vorletzten Woche gemachten, Abgasmessungen an einem der Versuchsfahrzeuge. Die hatten keinem gefallen. Da mussten sie nachbessern. Vermutlich würde sein Team am Montag damit beauftragt werden. Keine leichte Aufgabe. Er hatte keine Idee, wie sie das schaffen sollten.

Die A6 führte seinen A6 an Kaiserslautern vorbei. Dort hatte er Elektrotechnik studiert. Eine etwas langweilige, wenig attraktive Stadt mit amerikanischem Flair. Viele US-Soldaten waren in der Gegend stationiert, und die US-Airbase Ramstein lag in der Nähe. Als er dort studierte, hatte wenigstens der 1. FCK beim Fußball für Stimmung gesorgt und in der ersten Bundesliga mitgemischt. 1998 hatten die Grünen Teufel vom Betzenberg, mit Otto Rehagel im Jahr des Wiederaufstiegs in die erste Bundesliga sofort die Meisterschaft gewonnen. Diese Zeiten gehörten lange der Vergangenheit an. Heute war die zweite Liga schon eine ernste Herausforderung.

Er dachte darüber nach, was sein Professor im Wahlfach Unternehmensführung gesagt hatte. Unternehmen, die es ganz nach oben geschafft haben, tun sich oft schwer diese Position zu halten. Fußballvereine sind schon lange Unternehmen. Der 1.FCK war ein Beleg für die These des Professors. Der Erfolg des FC Bayern München war ein klares Gegenbeispiel. Als Wahlbayer freute er sich darüber. Bayern war nicht nur beim Fußball besser als Rheinland-Pfalz. Es war ein gutes Gefühl auf der Gewinnerseite zu leben.

Er kam ca. 15 Minuten vor der vereinbarten Zeit zum Treffpunkt. Auf der Strecke nach der Autobahn war er einem roten Z3 gefolgt, den er durch seinen Tankstopp kurz vor dem Ziel verloren hatte. Bevor er zum Treffpunkt gefahren war, hatte er im Hotel eingecheckt. Zu seiner Überraschung stand genau jener Z3 dann auf dem Parkplatz vor der Schule. Er parkte seinen A6 direkt daneben und war gespannt, wem der schicke Flitzer gehörte. Dynamisch sprang er aus dem Wagen, warf die Tür zu und ging zügig auf die Gruppe zu, die am Treffpunkt wartete.

Als er ca. fünf Meter entfernt war, rief er: "Wem gehört denn das rote Spaßmobil?"

Kurt drehte sich um: "Paragraph 218b, das Kind im Manne darf nicht abgetrieben werden. Das ist meiner."

Und Peter entgegnete: "Ich wusste gar nicht, dass eine Therapie am inneren Kind so viel Spaß machen kann. Ich hätte auch Psychologie studieren sollen. Hey, Kurt. Wie geht's?"

"Wie soll es mir gehen, nach einer wunderbaren Anreise im offenen Cabrio durchs Elsass?"

Peter fragte Kurt: "Hast du gesehen, Tonys Murksmühle steht noch, ist aber keine Kneipe mehr drin? Schade."

Er meinte die Kneipe neben der Schule, die Burgmühle. Dort hatten sie in der Oberstufe so manche Hohlstunde am Flipperautomat zugebracht und sich Samstagsabends auch mal zum Stiefel trinken getroffen. Die Burgmühle war nach dem Umzug der Schule in das neue Schulzentrum außerhalb des Ortes geschlossen worden, nachdem die Hauptkundschaft abgewandert war. Das wäre die richtige Kneipe für das Klassentreffen gewesen.

Michaels Anreise

Michael spürte beim Aufwachen, dass Ina ihn liebevoll berührte, wo er es am liebsten hatte. Es dauerte nicht lange bis er ihre Lust erwiderte und langsam in sie eindrang. Diese innigen Vereinigungen am Morgen liebten sie beide. Er hielt er sie noch ein paar Minuten im Arm, bevor er aufstand und in die Küche ging, um für beide einen italienischen Espresso zu machen. Mit einer bunten Designertasse in jeder Hand kam er zurück ins Schlafzimmer, wo Ina ihn lächelnd erwartete. Sie lag nackt auf dem Rücken und drehte sich auf die ihm zugeneigte Seite, um ihm ihre Tasse abzunehmen.

"Danke. Deine Espressos sind fantastisch. Ein genialer Start in den Tag", strahlte sie ihn an.

"Wie? Unser Start war doch besser als der Espresso je sein könnte oder haben sich deine Prioritäten geändert?" insistierte Michael.

"Du Wortklauber! Du hast natürlich Recht. Zuerst körperliche Nähe vom Besten, dann Espresso vom Feinsten. Unsere Rituale haben was", stellte sie fest und wollte dann wissen: "Wann fährst du los?"

"In zwei Stunden."

"Glaubst Du, wir bekommen noch ein Kind? Ich würde mich so freuen", fragte Ina, ohne dabei ihre optimistische Art abzulegen.

Das schätzte Michael an ihr. Er hatte schon mehrfach mitbekommen, dass Frauen beim Thema Kinderwunsch sehr schnell ins Drama gingen. Auch wenn er nun schon 54 Jahre alt war, konnte er sich ein gemeinsames Kind mit Ina vorstellen. Sie wäre bestimmt eine gute Mutter und er ein stolzer Vater. Sie hatten sich beide untersuchen lassen. Dabei waren keine körperlichen Gründe gefunden worden, die gegen eine Schwangerschaft sprechen würden. Trotzdem klappte es seit vier Jahren nicht.

"Machst Du mir noch einen Espresso?"

"Gerne."

"Oder lieber einen Macchiato", korrigierte sie ihren Wunsch.

"Wird gemacht."

Nach einigen Minuten kam Michael mit dem Macchiato für Ina und einem Cappuccino für sich zurück ins Schlafzimmer. Wenn er aufgeschäumte Milch hatte, gönnte er sich anstatt des morgendlichen Espressos gerne einen Cappuccino. Er küsste sie als er ihr die kleine Tasse überreichte. Sie legten sich nebeneinander aufs Bett und genossen ihre Kaffeekreationen und die morgendliche Wärme des Sommers.

Sie fragte ihn: "Freust Du Dich auf euer Treffen?"

"Ja, sehr. Ich bin gespannt, was die anderen in den vergangenen fünf Jahren so erlebt haben. Und wer sich wie gut gehalten hat. Und was wirst Du am Wochenende machen?"

"Ich treffe mich mit Elke. Wir suchen gerade noch zwei Mitspielerinnen, damit wir Beachvolleyball spielen können. Sonst habe ich noch keine konkreten Pläne."

Während Michael duschte, blieb Ina im Bett liegen und las in ihrem Buch.

Als er frisch geduscht zurückkam, meinte sie: "Du siehst gut aus." Und etwas verschmitzt: "Hast Dich gut gehalten für Dein Alter."

Ihr war nicht entgangen, dass er seinen kleinen Bauchansatz durch Anspannen der Bauchmuskeln versteckte. Er packte seine Sachen in einen kleinen Koffer bevor er sich anzog. Das Packen seiner Sachen war

Routine für ihn. Als Vertriebsingenieur war er viele Jahre fast jede Woche international unterwegs gewesen.

Als er die Unterhose anzog, die oben auf dem Stapel lag, hielt er kurz inne. Es war die einzige rote, die er besaß. Er zog sie an.

Ina blickte auf und lachte. "Was willst Du denn mit der beim Klassentreffen?"

Diese selbstbewusste Frau wurde nicht so schnell eifersüchtig.

"Soll ich eine andere anziehen?"

"Quatsch. Die steht dir."

Er musste unweigerlich an die vielen, von Misstrauen und Eifersucht befeuerten, Streitgespräche mit seiner früheren Partnerin Regina denken. Wie hatte er das nur so lange ausgehalten? Ina war eine so entspannte Frau, ein Geschenk.

Jeans, blau-weißes Polohemd, weiße Socken und hellbraune Segelschuhe aus Leder machten aus dem braungebrannten, graumelierten Michael einen attraktiven Mittfünfziger, der die Rollex, die er seit vielen Jahren trug, nicht nötig hätte, um aufzufallen. Sein Charisma und seine Selbstsicherheit bildeten zusammen mit seiner Redegewandtheit für manche Zeitgenossen eine unheimliche Mischung. Genau das faszinierte Ina.

Michael umarmte Ina in der Küche nachdem sie noch einen Espresso getrunken hatten. Er liebte es, seine langen Arme um ihre schmale Taille zu legen. Sie küsste ihn. Dann ging sie mit ihm vor die Tür und sah ihm zu, wie er seinen kleinen Koffer in seinem Citroen verstaute. Sie winkte ihm und ging zurück ins Haus während er das Navigationsgerät programmierte. Er sah ihr hinterher. Dieses sportliche Weib hatte eine tolle Figur und einen federnden Gang, der ihren sportlichen Hintern elegant bewegte.

Die empfohlene Route führte ihn über die A8 nach Karlsruhe und durch die Pfalz in die frühere Heimat, die zwischenzeitlich zu den wirtschaftlich abgehängten Regionen in Deutschland gehörte. Die Fahrt durch die Pfalz erinnerte ihn an seine Heimfahrten während des Studiums. Damals als die B41 über Bad Kreuznach noch zweispurig war, war er über Kaiserslautern mitten durch den Pfälzer Wald nach Stuttgart gefahren, wo er immer noch lebte.

Während der Fahrt dachte er an seine Schulzeit. Am liebsten waren ihm die Lehrer gewesen, die er als 68er bezeichnete. Die hatten eine liberale Grundeinstellung und ein offenes Ohr für Querdenker. Er gehörte zu den Schülern, deren Namen neue Lehrer als erstes wussten. Er provozierte seine Lehrer gerne, um festzustellen, wie sie drauf waren. Die souveränen Lehrer, die sich nicht provozieren ließen und dann auch noch schlagfertige Antworten parat hatten, achtete er besonders. Die Schwachen, die sich schnell auf die Palme bringen ließen, ließ er einfach dort oben sitzen. Er erinnerte sich gerne an seine Schulzeit und er bemerkte, dass ihm die Fächer besonders gefallen hatten, die von einem tollen Lehrer unterrichtet wurden.

Am Heimatort angekommen, fuhr er zuerst zu seiner Schwester. Bei ihr hatte er sich für die Übernachtung angemeldet. Sie hatte ihn erwartet. Er umarmte sie, stellte seine Sachen in das Gästezimmer und wollte gleich wieder los, als sie ihn fragte: "Na, hast du noch Zeit für einen kleinen Espresso? Die Maschine habe ich schon aufgeheizt."

Von dieser netten Frage ließ er sich augenblicklich abbremsen: "Du bist ein Schatz. Ja, gerne."

Während sie die Siebträgermaschine bediente, sagte er ihr, dass er am nächsten Tag etwas Zeit habe und er sich darauf freue."

Isabell machte den besten Espresso, den er kannte. Sie ließ sich die Kaffeebohnen von einer kleinen Privatrösterei schicken und mahlte sie dann erst kurz vor der Verwendung. Nachdem sie die Spezialität genossen hatten, sagte Isabell zu ihrem älteren Bruder: "So jetzt aber los, damit du nicht zu spät kommst."

"Schon zu spät. Wir treffen uns genau jetzt", grinste er im Gehen.

Zehn Minuten nach der vereinbarten Zeit kam er zu seinem früheren Gymnasium. Über 30 Leute standen dort in Grüppchen zusammen.

Einer rief in seine Richtung: "Genau wie damals. Unser Showman kommt erst, wenn das Publikum bereits wartet."

Michael ging gelassen aber zügig auf die Gruppe zu. "Schön, euch zu sehen," sagte er, "und schön, dass Ihr auf mich gewartet habt."

Sabine, eine der beiden Organisatorinnen des Treffens meinte, dass bis auf einen, Hans-Ulrich, alle da seien. Der würde nach der Wanderung dazukommen. Er habe erst vor 6 Wochen ein künstliches Hüftgelenk bekommen.

Die Wanderung

Sabine und Petra stellten sich an den Rand der Gruppe und baten um die Aufmerksamkeit der ehemaligen Klassenkameraden.

"Wir haben es geschafft," sagte sie. "Alle 36 sind pünktlich zur Schule gekommen, wenn wir die akademische Viertelstunde hinzunehmen."

Sie grinste und blickte zu Michael, "Das ist ein guter Anfang. Und jedem Anfang wohnt ein Zauber inne, sagte schon Hermann Hesse."

"Der Deutsch-Leistungskurs wirkt heftig nach," rief Hartmut in die Runde und freute sich über seinen Witz.

"Wir gehen jetzt hier von unserer alten Schule zum heutigen Standort des Gymnasiums. Unterwegs werden wir eine kleine Stärkung zu uns nehmen. Also dann los. Mir nach."

Die Gruppe setzte sich langsam in Bewegung. Einige setzten die beim Rumstehen begonnen Gespräche fort. Andere gesellten sich zueinander und brachten sich gegenseitig auf den neuesten Stand. Das letzte Treffen war für einige fünf, für andere zehn Jahre her.

Sie gingen in die Innenstadt und durch die Fußgängerzone, durch die sich damals noch der gesamte Autoverkehr gedrängt hatte. Die Lage in dem engen Flusstal hatte eine Ortumgehung unmöglich gemacht. Deshalb war ungefähr 10 Jahre nachdem sie die Schule, und viele von ihnen auch die Stadt verlassen hatten, eine genau über dem Fluss gebaute Durchgangsstraße eröffnet worden. Manche hatten vom Sarg des Flusses gesprochen. Die Innenstadt war durch die neu entstandene Fußgängerstraße wesentlich kundenfreundlicher geworden. Trotzdem hatten in den folgenden Jahren viele der Einzelhandelsgeschäfte schließen müssen, da die Umsätze nicht mehr ausreichten. Ein-Euro-Läden und einige leer stehende Gebäude in der Einkaufsstraße waren Zeugen des wirtschaftlichen Niedergangs dieser Region. Seit der Wiedervereinigung wurde immer wieder darauf hingewiesen, dass im Osten viele junge Menschen ihrer Heimat den Rücken kehrten. Ihre Heimatstadt am Rande des Hunsrücks erlebte einen ähnlichen Einwohnerschwund, wie viele ostdeutsche Städte.

Beschwingt spazierten sie durch die Fußgängerzone und erinnerten sich an früher. Am Ortsausgang folgten sie einem damals noch nicht gebauten Radweg direkt neben dem Fluss, der sich dort von seinem Sarg befreite. Es war eine wildromantische Strecke zwei Meter oberhalb des Flusses, den die Römer "die Reißende" genannt hatten.

Peter und Kurt hatten zu Beginn der Wanderung mit Kurts Z3 begonnen und das Thema BMW mit Peters Zwei-Zylinder-Boxer fortgesetzt. Ein Wettrennen der beiden PS-starken Fahrzeuge war heute kein Thema. Früher wäre es das vielleicht gewesen.

Peter fragte Kurt, "Schwimmst du noch?"

"Nee! Du?" wollte Kurt wissen.

"Ja, immer wieder. So alle zwei bis drei Wochen sonntags über Mittag, da sind die anderen meist beim Essen und die Bahnen sind relativ frei. Im Sommer gehe ich am Wochenende manchmal morgens im Baggersee schwimmen, um wach zu werden."

"Cool." sagte Kurt anerkennend, "sollte ich auch mal wieder probieren. Ich fahre fast jeden Sonntag zirka drei Stunden mit dem Rennrad. Früher waren es noch 5 Stunden gewesen. Das tut mir auch richtig gut. Wenn's mir unter der Woche zu stressig wird, mache ich auch mal einen kurzen Lauf im Wald. Meist nur für eine halbe Stunde. Einmal so richtig durchschwitzen macht den Kopf frei."

"In der warmen Jahreszeit bin ich an den Wochenenden oft beim Segelfliegen. Früher mehr heute weniger", fügte Peter hinzu.

Klaus hatte sich zu Sabine und Petra gesellt. Sabine hatte die beiden alleine gelassen, da sie den anderen den, von ihr ausgesuchten, Weg zeigen wollte. Die Vorhut war falsch abgebogen.

Petra nannte es Seelenverwandtschaft. Für Klaus war es eine wichtige Freundschaft. Wie eine Männerfreundschaft, von deren Intensität seine Frau allerdings nichts wusste. Andrea wusste zwar, dass er hin und wieder mal Kontakt zu Petra hatte. Sie wusste nicht, dass er Petra immer wieder anrief, wenn er ihren Rat brauchte. Sie war für ihn eine wichtige Beraterin. Die Freundschaft zu ihr unterschied sich jedoch wesentlich von einer Männerfreundschaft, da er mit Petra zusammen gewesen war, bevor er seine Frau Andrea kennengelernt hatte. Er hatte sich von ihr getrennt, da sie damals heftige Drogenprobleme hatte und sich ihr Studentengehalt mit gelegentlichen bezahlten Männerbesuchen aufbesserte. Die Tiefen der Drogenabhängigkeit und die anschließenden Therapien hatten sie zu einer noch interessanteren Gesprächspartnerin gemacht und zu einer erfahrenen Mitarbeiterin in der Drogenberatung in Berlin. Später war sie dann wieder zurück in die Heimat gezogen.

Einmal hatte er mit ihr noch geschlafen, nachdem er und Andrea bereits ein Paar gewesen waren. An den Sex mit Petra dachte er gerne und oft. Heute hatte sie diese wilde Zeit lange hinter sich gelassen. Sie war verheiratet, hatte allerdings keine Kinder. Als er Petra umarmte bemerkte er, wie extrem erotisch sie auf ihn wirkte. Ihre Attraktivität hatte in den Jahren nicht nachgelassen.

"Sag mal, wie geht es Dir mit Deiner Andrea?" fragte sie ihn.

"Wie meinst du das?"

"Naja, so richtig glücklich erschienst du mir bei unserem letzten Telefonat vor drei Wochen nicht gerade zu sein. Deine Stimme wirkte gepresster als sonst."

"Echt?" Klaus fühlte sich mal wieder von Petra ertappt. Dabei hatte er ihr nichts erzählt von seinen Gedanken über Andreas Mehrarbeit ohne Mehrumsatz. Diese Frau hatte einen siebten Sinn. Oder sie kannte ihn einfach zu gut.

"Wie geht es dir denn mit deinem Mann?", fragte er seinerseits.

"Wir streiten uns, wir lieben uns und wir kennen uns. Und wir halten uns gegenseitig für stark genug, dass wir dem anderen jede Wahrheit auch zumuten können."

Sie lächelte ihn an.

Er senkte etwas den Kopf: "Hm, wir streiten nicht. Es gibt auch nichts über das es sich lohnen würde zu streiten."

"Liebt ihr euch denn?" fragte Petra.

"Ich glaube schon."

"Ich meine, habt ihr guten Sex?

"Das ist doch in unserem Alter nicht mehr so wichtig", sagte Klaus, weil er sich das immer wieder einredete.

"Da gehen die Meinungen allerdings weit auseinander. Gerade in der Ü50-Fraktion", stellte Petra fest. "Und wie sieht das deine Frau?"

"Ich glaube, ihr geht es genauso." Als er das sagte, hatte er ein unangenehmes Gefühl in der Magengegend.

"Ich bin froh, dass mein Mann da anders gestrickt ist und ich auch. Wir genießen das beide sehr", schien sie ihn provozieren zu wollen.

Michael hatte Hartmut zugehört, der ihm etwas resigniert über seinen ziemlich langweiligen Job bei der Bahn erzählte, mit dem er sich seit langem abgefunden hatte und den er jetzt noch bis zur erhofften

Frühverrentung aussitzen würde. Michael suchte eine günstige Gelegenheit, dieser für ihn deprimierenden Energie zu entkommen. Da kam Klaus ihm gerade recht, der mit Petra in seiner Nähe spazierte.

"Mensch Klaus, schwimmst du auch noch?" störte Michael dessen Gespräch mit Petra.

"Manchmal schon. Ich kann's noch. Und du?"

Dieses Mal war Michael genau im richtigen Moment gekommen, mit seiner sonst manchmal nervigen Art. Er bewahrte ihn davor, das für ihn eher peinliche Thema Sex mit Petra weiter zu vertiefen. Klaus wusste, dass Petra nicht locker lassen würde. Daher genoss er die Pause.

Michael grinste:. "Ich schwimme im Verein in der Master-Class. Früher hieß das mal Seniorenklasse"

"Echt? So richtig bei Wettkämpfen?"

"Naja. Das eher selten. Ich habe bei den deutschen Kurzbahn Masters in Freiburg vor zwei Jahren mitgemacht. Aber nur 50 und 100 Meter Freistil."

"Mein sportlicher Schwerpunkt liegt beim Schach. Vor 5 Jahren war ich Heidelberger Vize-Stadtmeister im Schach", hielt Klaus dagegen.

"Beim Denken werden genauso viele Kalorien verbrannt wie beim leichten Joggen oder Schwimmen", bemerkte Michael, dem zu jedem Thema etwas einfiel.

"Weißt Du, ob Kurt und Peter noch schwimmen?" fragte Michael.

Klaus: "Nee, keine Ahnung."

Michael meinte, er würde die beiden später fragen.

Zu Petra, die sich die Konversation angehört hatte, sagte Michael, "Mensch Petra, du hast dich richtig gut gehalten. Du warst für mich früher immer eine der attraktivsten Mädels in der Klasse."

Petra: "Danke. Deine Komplimente sind heute noch genauso gut wie damals, nur wichtiger. Du kannst dich auch nicht beschweren. Sonnengebräunt, grau melierte Haare, modische Brille und elegante Kleidung. Hast du noch keine Angebote aus Hollywood?"

Michael: "Ich bin zufrieden. Ich tue allerdings auch was dafür. Umsonst gibt es das nicht. Veranlagung hin oder her".

Petra: "Was tust du denn dafür?"

Michael: "Ich ärgere mich seltener als früher, freue mich über Alltägliches, bleibe körperlich und geistig aktiv. Und ich lebe in einer glücklichen Beziehung."

Die anfängliche Freude über Michaels Unterbrechung wich aufsteigendem Groll. Dieser überhebliche Schnösel ging Klaus auf den Geist. Michael war immer noch derselbe Schwätzer.

Michael: "Da sind ja Kurt und Peter. Die frag ich mal wie's mit dem Schwimmen aussieht. Lasst euch nicht weiter stören, bis später", sagte er zu Petra und Klaus.

"Hi, Peter, hallo Kurt", begrüßte Michael die beiden anderen Schwimmer.

"Wie sieht's denn bei euch aus mit dem Schwimmen? Schwimmt ihr noch ab und zu?"

"Davon hatten wir es auch gerade", sagte Peter, "Ich schwimme immer wieder. Kurt eher nicht. Aber ich glaube er kann's noch", und grinste.

"Da bin ich mir nicht so sicher", ironisierte Kurt.

"Habt Ihr mal was von Günther gehört?" Michael meinte ihren früheren Schwimmtrainer.

"Wie alt ist der denn jetzt?" wollte Peter wissen.

"Der ist Jahrgang 42. Dann ist er 72", wusste Klaus.

Michael: "Was haltet ihr davon, wenn wir den Morgen spontan besuchen bevor wir abfahren?

"Das wäre wie ein Überfall. Das können wir doch nicht machen", mahnte Klaus.

Peter sagte spontan: "Ich bin dabei. Wohnt er immer noch da, wo er früher gewohnt hat?"

"Ich glaube schon", meinte Michael, "Kurt, wie sieht's aus? Bist du dabei?"

"Hm? Den Günther würde ich gerne mal wieder sehen. Ich gehe mit."

"Dann gehe ich auch mit", sagte Klaus, der es nicht schaffte, sich gegen die Solidarität der anderen drei zu wehren.

Außerhalb der Stadt ging es dann unter einer Eisenbahnbrücke hindurch und danach über die alte Steinbrücke, die früher die Grenze zu Preußen gewesen war. Direkt nach der Brücke ging es rechts im Wald aufwärts. Die Steigung war moderat, reichte aber um einige der Teilnehmer heftig atmen zu lassen. Eine Gruppe von Unsportlichen und zu dick Gewordenen fiel zurück. Sie schaffte das Tempo nicht. Nach ungefähr einem Kilometer kam ein Höhenweg. Die Gruppe bog links ab. An dieser Stelle hatten Sabine und Petra einen Zwischenstopp mit Erfrischungen organisiert. Sabines Sohn hatte sich bereit erklärt, die Verpflegung mit dem Auto dorthin zu bringen. Zu trinken gab es Sekt oder ein lokales Pils. Die Organisatorinnen hatten sogar kleine Fingerfood-Snacks vorbereitet, die gut zu den Getränken passten. Nur Ingrid fand nichts, was sie bereit war zu essen. Alkohol ging für sie gar nicht und die Snacks waren nicht aus Vollkornmehl gemacht. Michael und Peter verdrehten die Augen. Ingrid war damals schon die Komplizierteste gewesen, nicht nur was das Essen anging. Daran hatte sich scheinbar nichts geändert. Ingrid hielt den anderen einen Vortrag über gesunde Ernährung, den keiner hören wollte. Es traute sich keiner ihr etwas zu entgegnen, bis Michael der Geduldsfaden riss.

Er fragte Ingrid: "Bist du beim Sex genauso dogmatisch?"

Den anderen stockte der Atem. Klaus fuhr Michael an: "Muss das sein?"

"Nö", meinte Michael, "genauso wenig wie ein Vortrag über dogmatische Ernährungsfragen auf einem Klassentreffen."

Ingrids Gesichtszüge wurden noch härter. Ihre Falten, die laut Michael Folge ihrer asketischen Lebensweise waren, zeigten noch mehr Kontur. Sie sah Michael wutentbrannt an und sagte mit bebender Stimme: "Du warst früher schon ein Arschloch und das bist du geblieben."

Kurt mischte sich ein, um die Situation zu entschärfen: "Hey! Es ist nichts Neues für uns, dass ihr beiden nicht auf einen Nenner kommt. Irgendwie hat das was Bekanntes. Und jetzt lasst es bitte gut sein."

Kurt war früher schon ein guter Streitschlichter gewesen und wurde in dieser Rolle von den meisten so akzeptiert. Viele freuten sich über Kurts Intervention. Glücklicherweise hatte Sabine ein paar Äpfel dabei. Damit war nun auch Ingrid versorgt und sie konnten ihre Rast in Ruhe zu Ende bringen. Michael freute sich, dass Ingrid seinen Angriff locker wegzustecken schien, und die Stimmung sich wieder entspannte. Er wunderte sich über seine Reaktion. So hatte er schon lange nicht mehr auf Andersdenkende reagiert. Es war ihm peinlich.

Danach verlief der Weg auf einer Höhenlinie, so dass auch die Konditionsschwachen gut mithalten konnten. Der Rest des Weges bis zum jetzigen Standort ihrer Schule verlief angenehm und locker. Dazu hatten der Sekt und das Bier einen nicht unerheblichen Beitrag geleistet.

Als sie an dem Ort ankamen, an den ihre Schule umgezogen war, nachdem sie sie verlassen hatten, trauten sie ihren Augen nicht. Einer ihrer früheren Lehrer öffnete ihnen. Petra hatte ihn überzeugt, ihnen die Schule zu zeigen. Es war der Bio-Lehrer Rudolf Ruschberg.

Als Peter ihn sah, sagte er: "Wisst ihr noch, wie er uns damals die sexuelle Lust erklärt hat? Je länger die Seefahrt, desto schöner die Putzfrau." Und begann augenblicklich herzhaft zu lachen.

Kurt ergänzte: "Wenn die Putzfrau die Treppen zum vierten Stock hochgelaufen ist und sagt, was für ein Stress, dann ist das kein Stress, sondern körperliche Anstrengung und die ist stressabbauend."

Sie begrüßten ihren früheren Lehrer herzlich. Er führte sie durch die Räume für naturwissenschaftliche Übungen und erzählte ihnen, dass die Schüler heute nicht mehr so interessiert wären, wie sie das gewesen waren. Nach der Führung baten ihn ein paar seiner ehemaligen Leistungskurs-Schüler, am Abend doch bitte dazuzukommen. Nachdem sie ihm eine Zusage abgerungen hatten, wanderten sie weiter. Weit war es nun nicht mehr bis zu dem Lokal, wo sie essen und feiern würden.

Der Abend

Gegen 18 Uhr kamen sie dort an. Jeder suchte sich einen Platz in dem urigen Gastraum, wo Hans-Ulrich mit seinen Krücken bereits auf sie gewartet hatte. Nach der Bestellung der ersten Getränke, wurde an den einzelnen Tischen erzählt, erinnert und früher mit heute verglichen.

Zu essen würde es ein Grillbuffet geben. Sabine und Petra hatten doch wirklich im Vorfeld geklärt, dass keiner von ihnen Veganer war. Zwei der Frauen bevorzugten vegetarisches Essen. Für sie gab es vegetarische Burger vom Grill und das Salatbuffet war für alle geeignet. Einige der Männer nahmen sich außer dem Kartoffelsalat allerdings nichts vom Salat. Sie genossen die über offenem Feuer gegrillten Köstlichkeiten, eine regionale Spezialität ihrer Heimat.

Michael bemerkte, dass der Anteil an Veganern in der Generation seiner Kinder wesentlich höher sei, als in ihrer Generation. Für jeden an seinem Tisch war klar, dass er Veganismus für einen Irrweg hielt, als er einen aktuellen Philosophen zitierte: "Veganismus ist eine bizarre Mischung aus Wohlstandsdekadenz und Übermoralismus." Ingrid hörte es, reagierte aber nicht darauf.

Kurz nach Eröffnung des Grillbuffets betrat Ruschberg den Gastraum. Er wurde mit Applaus empfangen, setzte sich an einen der Tische und integrierte sich sofort. Es war, als wäre die Zeit damals stehen geblieben. Er hatte seinen Spaß und seine wohlwollende humorvolle Art trug zum Gelingen des Abends bei. Wenige der älteren Lehrer waren bereits gestorben, die meisten anderen lebten im Ruhestand. Das hing sicherlich damit zusammen, dass sie damals sehr junge Lehrer gehabt hatten. Bei den meisten hatten die Ideen von 1968 ihre Spuren hinterlassen.

Kurt erinnerte an den ehemaligen Sozialkundelehrer Heck, den er sehr gemocht hatte. Er war damals extra aus Hessen nach Rheinland-Pfalz gekommen, da er als CDU-Mitglied im roten Hessen keine Zukunft für sich gesehen hatte. Trotz seines Parteibuches war er ein netter Kerl gewesen, der sie im Unterricht daran erinnerte, dass die

Welt Anfang der sechziger Jahre, als sie gerade geboren waren, kurz vor dem dritten Weltkrieg gestanden hatte. Den Show-Down in der Schweinebucht vor Kuba, als Kennedy bereit war die Stationierung russischer Raketen auf Kuba notfalls mit Waffengewalt zu verhindern, hatte er im Unterricht als einen der kritischsten Momente im kalten Krieg beschrieben. Bezüglich Kernkraft und Radioaktivität war er der Meinung, dass unsere Generation durch die vielen überirdischen Atomtests in den sechziger Jahren als Babies mehr Strahlung abbekommen hätte, als irgendeine Generation danach.

Heck hatte damals im Unterricht gerne Witze erzählt, um die Aufmerksamkeit seiner Schüler zu bekommen. Einige, wie dieser, wären heute ein absolutes No go.

"Mama, die Buwe. Mama die Buwe."

"Ei, loss se doch."

"Honn isch jo. Die wolle noche mol."

Er hat sie besonders leise erzählt und weil die Schüler die Pointe nicht verpassen wollten, waren sie augenblicklich still. Es hat sich auch keiner darüber aufgeregt. Die Atmosphäre in der Schule war locker und trotzdem hatten sie was gelernt.

Dann erzählte Michael von einer seiner Provokationen. "Wisst ihr noch, als wir damals eines der ersten Computergedichte in die Hände bekommen hatten? Ich hatte es unserem früheren Deutschlehrer, den wir in Geschichte hatten, gegeben und ihn gefragt, ob er mir helfen könne, da ich mit der Interpretation nicht weiterkäme. Einige von den Mädels fanden es unmöglich, wie ich den armen Lehrer so auflaufen lassen konnte. Aber Archie, wie wir ihn nannten, da er in den Ferien archäologische Ausgrabungen in Syrien machte, las das Gedicht und begann es zu analysieren. Dann musste ich loslachen. Als ich ihm dann offenbarte, dass das Gedicht von einem Computer geschrieben worden war, nickte er mit dem Kopf und meinte ganz unaufgeregt, das wäre kein großer Unterschied. Bei einem modernen Gedicht mache der Dichter nichts anderes als ebenfalls mit den Grammatikregeln und den Wörtern zu spielen. Das war ja mal 'ne coole Reaktion und er wirkte dabei völlig authentisch."

Peter fragte, "Könnt ihr euch noch an die Musiklehrerin Viktoria Jochum erinnern?"

Michael sofort: "Du meinst die 20-40-60!"

Frau Jochum wurde von den Schülern boshaft so genannt.

"Sie meinte, sie wäre 20, sie war 40 und sie sah aus wie 60", erinnerte sich Peter.

Ihre langen, grauen Haare hatte sie immer zu einem großen Dutt zusammengebunden. Dazu trug sie über dem Knie endende Faltenröcke, farbige Strumpfhosen und langweilige leicht erhöhte Schuhe. Vermutlich war sie eine ewige Junggesellin. Ihren Schülern war das damals egal gewesen, rückblickend wunderten sie sich nicht darüber.

Peter: "Ja genau, die hatten wir doch mal in einer Vertretungsstunde und wir hatten überhaupt keine Lust auf sie. Nachdem wir sie 20 Minuten durch Desinteresse geärgert hatten, brüllte sie: 'Glaubt ihr denn ich hätte bist zum dreißigsten Lebensjahr Deutsch und Philosophie studiert, um mir so etwas bieten zu lassen?' Und Du Michael hattest ihr geantwortet: 'Wir können nichts dafür, dass sie es nicht schneller geschafft haben.'"

Michael:" Oh ja. Das gab einen schriftlichen Verweis und Ärger zuhause."

•

Als Klaus in Richtung Toilette verschwunden war, folgte ihm Petra und wartete vor dem Männer-WC auf ihn.

Als er heraus kam, fragte er sie überrascht: "Hey, was machst du denn hier?"

"Ich warte auf dich."

Sie fiel ihm um den Hals und küsste ihn auf den Mund. Dann zog sie ihren Mund zurück, sagte: "Sorry, das musste jetzt sein" und verschwand auf der Damentoilette. Klaus war irritiert. Ihr Kuss hatte sich gut angefühlt, doch irgendetwas Strenges in ihm hatte ihn abgehalten, ihn richtig zu genießen. Langsam ging er, den Kopf leicht schüttelnd, die Treppe hinauf zum Gastraum.

Es sah aus, als wolle er sagen: "Was war das denn? Eine Begegnung der dritten Art?"

Er setzt sich an einen anderen Tisch neben Sabine, was er erst wahrnahm, als sie ihn fragte, wo Petra sei.

Er zuckte mit den Achseln: "Ich glaube unten."

Er wirkte etwas abwesend.

Sie fragte ihn: "Alles ok?"

Dieser Satz holte ihn wieder ins Hier und Jetzt. Sein Körper nahm wieder die angespannte Grundhaltung ein.

Er funktionierte wieder: "Ich find's echt klasse hier. Ihr habt euch wirklich viel Mühe gegeben."

In diesem Moment spürt er, wie zwei Hände sich auf seine Schultern stützen. Es war Petra, die er nicht hatte kommen sehen, da er mit dem Rücken zum Eingang saß. Habt ihr noch ein Plätzchen für mich? Darf ich mich zu euch setzen?

Sie rückten zusammen und Petra setzte sich neben Klaus. Sabine saß ihnen gegenüber. Klaus wirkte jetzt noch etwas steifer als sonst. Petra fragte in die Runde, wobei sie Klaus meinte: "Was trinken wir?"

Klaus: "Ich nehme eine Weißweinschorle."

Petra: "Nee, jetzt komm. Wir trinken was Richtiges. Wie wär's mit einem Caiphi?"

Obwohl er sonst fast nie Alkohol trank, sagte er: "Einverstanden!"

Petra ging zur Theke und bestellte drei Caipirinha. Dabei redete sie mit der Bedienung, als wolle sie ihr genau erklären, wie sie den Cocktail zu machen habe.

Als die Drinks kamen, meinte Petra: "Die gehen auf mich." und sie stießen gemeinsam an. Klaus zog kräftig an dem Strohhalm. Das Zeug war genial an diesem warmen Juniabend. Es dauerte nicht lange bis das Crushed Eis mit den Limetten alleine im Glas war. Ungefragt brachte die Bedienung einen zweiten Cocktail.

"Der geht auch auf mich", sagte Petra. "Das ist der letzte. Ich will dich ja nicht abfüllen."

Dieser Satz wirkte auf Klaus beruhigend.

Nach 20 Minuten bemerkte er, dass ihm das Formulieren seiner Sätze schwerer fiel. Petra hatte seine Caiphis extra stark machen lassen. Sie berührte ihn mit ihren Füßen an der Wade. Die Schuhe hatte sie ausgezogen. Immer wieder berührte sie seinen Unterarm mit ihrem.

Zu Sabine sagte sie: "Der Klaus war immer schon ein richtig Lieber, stimmt's?"

Sie nickte zustimmend: "Auch wenn er uns in der Schule zu schüchtern war, erinnerst du dich?"

Klaus konzentrierte sich auf seine Antwort. Der Alkohol hatte ihn zwar mutiger, seine Rede allerdings auch unsicherer gemacht:

"Das war damals echt ein Fehler von mir. Ihr erschient mir damals einfach weiter, kamt jeden Tag geschminkt zur Schule und habt den älteren Jungs nachgeschaut."

•

Seit der Schule hatten sie alle 35 Jahre Lebenserfahrungen gesammelt. Kurt sah sich um. Ihn interessierte, wer glücklich wirkte und wer nicht. Als Psychologe hatte er es so oft mit unglücklichen Menschen zu tun. Die meisten standen sich beziehungsweise ihrem Glück selbst im Weg. Wie war das bei seinen ehemaligen Klassenkameraden?

Da war Michael, der sich sichtlich wohl fühlte. Er war voll in seinem Element. Mit Menschen die er mag nette Erinnerungen wieder beleben und die unterschiedlichsten Themen beleuchten.

Klaus, den er sehr pflichtbewusst in Erinnerung hatte, schien die angeregte Unterhaltung mit den beiden Frauen zu genießen. Er wirkte viel lockerer als früher.

Peter, nahm interessiert an den Gesprächen teil. Trotzdem wirkte er nicht wirklich glücklich.

Kurt saß an einem Tisch am Rand der Gaststube und beobachtete. Er wollte nicht, dass die anderen es bemerkten. In dem Moment setzte sich Michael, der von der Toilette kam, neben ihn, legt seinen Arm um seine Schulter und sagte: "Na, Kurt, wie geht es dir? Du siehst irgendwie nicht so glücklich aus."

Kurt zuckte zusammen. Er fühlte sich ertappt: "Ich genieße es, hier mit euch allen zusammen zu sein. Warum meinst du, dass ich nicht glücklich sei?"

Michael: "Deine Stirn zeigt mehr Falten als vorhin bei der Wanderung und dein Blick wirkt sehr ernst."

Kurt: "Danke für dein Feedback. Lass uns lieber deinen Gedanken von vorhin weiterspinnen."

"Welchen?"

"Den Besuch bei Günther", sagte Kurt.

Für Michael war so etwas ganz einfach: "Wir treffen uns morgen so gegen 10:30 Uhr und fahren gemeinsam zu seiner Wohnung. Dann klingeln wir und hoffen, dass er da ist."

"Sollten wir uns nicht anmelden?" fragte Kurt

"Gute Idee"; freute sich Michael.

Er nahm sein Handy raus und googelte. "Hier hab ich ihn. 21:00 Uhr sollte noch nicht zu spät sein. Alte Leute schlafen normalerweise weniger und gehen spät ins Bett", sagte er, während er bereits Günthers Nummer wählte. Er stand auf und ging etwas zur Seite.

"Hallo Günther", hier ist Michael, "einer deiner Schwimmer."

Nach einer kurzen Pause des Zuhörens und Kopfnickens sagte Michael: "Ich bin mit Peter, Klaus und Kurt hier auf unserem Abi-Treffen und wir würden dich morgen Vormittag gerne besuchen, bevor wir wieder nach Hause fahren. Bist du da?"

Er hörte wieder zu und machte ein eher ernstes Gesicht: "Also wir würden dich gerne besuchen. Wenn das für dich ok ist, kommen wir."

Pause.

"Also dann sehen wir zu, dass wir zwischen 10:30 und 11:00 Uhr bei dir sind. Dann bis morgen", verabschiedete er sich.

Es dauerte einen Moment bis er seinen Kopf nach dem Ausschalten des Telefons aufrichtete.

"Ich glaub dem geht's nicht so gut. Aber er freut sich uns zu sehen."

Kurt fragte:"Was hat er?"

"Irgendwas Chronisches. Was genau weiß ich nicht", sagte Michael.

Kurt meinte: "Komm lass uns die anderen beiden informieren. Ich sag es Peter. Geh du zu Klaus."

Kurt nahm sein Glas und setze sich zu Peter an den Tisch. Als das Tischgespräch eine Pause machte, wandte er sich an Peter: "Du, Michael hat gerade mit Günther telefoniert und uns vier für morgen Vormittag angemeldet. Er scheint gesundheitlich nicht so fit zu sein, freut sich aber auf uns."

Michael ging zu Klaus, der mit Sabine und Petra ins Gespräch vertieft war. Ohne auf eine Pause in deren Unterhaltung zu warten, sagte er zu Klaus: "Hey, Klaus! Günther erwartet uns morgen zwischen 10:30 und 11:00 Uhr. Ich hab uns gerade angemeldet." Klaus sah kurz hoch und nickte. Michael ging an den nächsten Tisch und setzte sich dazu. Klaus hatte die Unterbrechung durch Michael nicht gestört. Ein klares Zeichen dafür, dass Alkohol auch eine beruhigende Wirkung haben kann.

•

Kurz nach Mitternacht brachen die ersten auf. Die vier Schwimmer wollten sich gerade ein Taxi bestellen, da sie ihre Autos auf dem Schulparkplatz hatten stehen lassen. Sie würden ihnen auch nichts nutzen, da sie zuviel getrunken hatten, um noch fahrtüchtig zu sein. Da sagte Ingrid, die nichts getrunken hatte und ihren Wagen vor der Wanderung beim Lokal angestellt hatte: "Wo müsst ihr denn hin?"

"Peter und ich übernachten in dem Hotel Garni in der Nähe der Schule", sagte Kurt.

"Ich muss zu meiner Schwester. Die wohnt nicht weit von der Schule entfernt", ergänzte Michael.

Klaus hatte sich im ersten Haus am Platze eingemietet, was ebenfalls nicht weit weg war.

Ingrid meinte: "Na kommt, ich nehme euch mit. Da fahre ich sowieso vorbei."

"Hey, das ist ja nett", freute sich Michael.

Bevor sie aufbrachen, verabschiedeten sie sich von den anderen. Klaus umarmte Petra und Sabine. Diesmal umarmte er beide sehr warmherzig, da ihm die Gespräche mit den beiden sehr gut getan hatten. Petra flüsterte er ein "Danke für alles" ins Ohr.

Dann sammelte Ingrid die vier Schwimmer ein und sie gingen zu ihrem Wagen. Der kleine Lieferwagen bot den Männern genug Platz für die kurze Fahrt.

Unterwegs waren alle sehr fröhlich. Michael sagte, dass seine Schwester ihn am nächste Morgen zum Auto fahren würde und die anderen gerne mitfahren könnten, um ihre Autos an der Schule abzuholen. Alle begrüßten diese Idee. Sie verabredeten sich um 10 Uhr abfahrtbereit zu sein. Das würde zeitlich gut passen.

Zuerst stiegen Peter und Kurt aus und verabschiedeten sich von allen anderen mit einer Umarmung. Dann brachte Ingrid Michael zu dessen Schwester.

Als Michael ausstieg sagte Klaus: "Dann bis nachher", und blieb sitzen.

Ingrid stieg aus um Michael zu verabschieden. Er nahm sie in den Arm und sagte: "Du Ingrid, es tut mir leid, dass ich dich heute Nachmittag angepflaumt habe." Ingrid sah ihn an und meinte: "Schon gut. Du hast ja Recht. Es ist ja auch kompliziert mit mir. Ich wünsche euch ein gutes Treffen mit eurem Trainer morgen und eine gute Heimfahrt."

Danach brachte sie Klaus zum Hotel, bevor sie selbst heim fuhr.

Als Ingrid abgefahren war und er gerade an der Rezeption stand, war ein weiterer Wagen vorgefahren. Es war Sabines Wagen. Petra stieg aus, verabschiedete sich von Sabine und ging ebenfalls ins Hotel.

"Das ist ja wohl nicht wahr", sagte sie, als sie Klaus sah.

Er wollte seinen Augen nicht trauen und fragte: "Ich dachte, du wohnst wieder hier. Warum übernachtest du dann hier im Hotel?"

"Ich wohne in Bad Kreuznach. Da fährt jetzt kein Zug mehr hin."

Klaus wunderte sich, warum sie nicht bei Sabine übernachtete. Später erfuhr er, dass Sabine gerade Streit mit ihrem Mann hatte. Das wollte Petra sich nicht antun.

Nachdem sie ihre Schlüssel in Empfang genommen hatten und die Hotelbar bereits geschlossen war, gingen sie zum Aufzug der sie zu ihren Zimmern bringen sollte.

Der Besuch

Alle waren pünktlich als Michael sie mit seiner Schwester abholte. Nachdem sie ihre Fahrzeuge zurück hatten, fuhren sie im Konvoi zu Günther. Dort kamen sie kurz vor halb elf an. Bis alle geparkt hatten und sie klingelten, war es genau 10:30 Uhr. Die Türe wurde per Drücker geöffnet. Sie gingen ins Haus und dann in den ersten Stock. Dieters Frau, Helga begrüßte sie herzlich an der Wohnungstüre und führte sie ins Wohnzimmer, wo Günther auf der Couch sitzend auf sie gewartet hatte. Er gab jedem die Hand und blieb dabei sitzen.

"Setzt euch", sagte er. "Und entschuldigt bitte, dass ich sitzen bleibe. Meine Beine machen nicht mehr so richtig mit. Polyneurophatie heißt der Mist."

"Seit wann hast du das?" fragte Kurt.

"Das hat vor 3 Jahren angefangen. Zuerst hatte ich nur ein Kribbeln in den Zehen. Dann ist es weitergekrochen und heute muss ich mich beim Gehen sehr konzentrieren. Seit einem Jahr benutze ich einen Rollator." Und er fügte an:"Was kann ich euch anbieten? Kaffee? Tee? Wasser?"

"Wir sind nicht gekommen, um dir Umstände zu machen", versuchte Kurt abzuwiegeln.

Seine Frau Helga hatte es gehört und kam ins Wohnzimmer: "Wer möchte einen Kaffee oder Espresso?" Sie war sehr burschikos und klar in der Ansage, immer schon gewesen. Da gab es kein Entrinnen.

Michael nahm Espresso, Peter und Kurt einen Kaffee und Klaus nahm ein Glas Wasser.

Nachdem Helga verschwunden war, wollte Michael wissen: "Was macht das Schwimmen? Kannst du noch schwimmen?"

"Ja, das geht erstaunlich gut."

Dann setzte er sich aufrecht hin und sagte kraftvoll, wie damals, als er ihnen seine Trainingsplananweisungen im Schwimmbad in seinem unverwechselbaren Berlinerisch klargemacht hatte: "So ist das. Punkt. Und jetzt will ich von euch hören, wie es euch geht."

Er fuhr fort: "Machen wir es wie bei der Lagenstaffel. Peter, du als Rückenschwimmer fängst an. Leg los. Was machst Du, wo lebst du und wie geht es Dir."

"Wie du willst. Du bist der Trainer", gehorchte Peter.

Günther hatte trotz seiner Erkrankung nichts von seiner natürlichen Autorität eingebüßt.

"Ich lebe in Ingolstadt und arbeite als Entwicklungsingenieur bei AUDI. Ich bin verheiratet und habe einen Sohn und eine Tochter. Segelfliegen ist mein Hobby, aber ab und zu schwimme ich auch noch."

"Der nächste in der Lagenstaffel ist der Delphinschwimmer. Kurt, das war deine Paradedisziplin. Wie geht es dir?" legte Günther fest.

"Ich lebe schon lange in Freiburg. Eine tolle Stadt. Dort habe ich eine Praxis als Psychotherapeut. Ich bin geschieden, habe zwei Töchter, eine kleine Enkeltochter und lebe mit meiner Partnerin Lisa zusammen."

"Und welche Hobbies hast du?" fragte Günther weiter.

"Ich fahre sonntags gerne größere Runden mit dem Rennrad und im Sommer manchmal auch unter der Woche abends . Geschwommen bin ich schon ewig nicht mehr."

"Naja, ihr seht ja alle vier noch recht fit aus. Wenn ich mir da meine früheren Schüler in eurem Alter ansehe, sind da einige ziemlich dick geworden", betonte Günther. Er war Berufsschullehrer, nun aber schon seit über sieben Jahren im Ruhestand.

"Jetzt kommt der Wechsel zum Brustschwimmer. Klaus, du bist dran."

Klaus hatte sich seine Worte schon während die anderen beiden gesprochen hatten zurechtgelegt. Er bekam noch etwas Zeit zum Nachdenken, da Helga in diesem Moment die Getränke brachte und sich mit einem Kaffee dazu setzte.

"Ich bin Leiter Controlling bei Heidelberger Druck und wohne in Heidelberg. Ich bin verheiratet und habe zwei Söhne. Ab und zu schwimme ich noch, dann aber im Sommer im Freibad und hauptsächlich Kraul. Mein Hobby ist Schach spielen. Ich war sogar schon mal Heidelberger Vizestadtmeister im Schach."

"Schach habe ich zu meinen Berliner Zeiten auch mal gespielt. So weit wie du, Klaus, bin ich nicht gekommen. Der Turniertanz hatte mich während des Studiums mehr angezogen. Die vielen Tänzerinnen und die wenigen Konkurrenten auf der Tanzfläche machten das Tanzen noch attraktiver", grinste er schelmisch.

"Michael, der Endspurt im freien Stil war immer deine Sache. Ich glaube nicht nur im Wasser. Habe ich Recht? Leg los", forderte Günther seinen Schlussschwimmer auf.

Michael übernahm das Staffelholz, das es beim Schwimmen nicht gab.

"Im Gegensatz zu den anderen bin ich nicht verheiratet, lebe aber seit über sechs Jahren glücklich mit einer zauberhaften Frau zusammen. Ich habe einen Sohn und eine Tochter", begann Michael.

Klaus unterbrach ihn: "Wie du hast eine Tochter? Beim letzten Klassentreffen hast du uns nur von deinem Sohn erzählt. Bist du zwischenzeitlich noch Mal Vater geworden?"

"Zwischenzeitlich nicht", antwortete Michael.

"Dann hast Du uns also letztes Mal angelogen!" folgerte Peter, der in der Gruppe für die Logik zuständig war.

"Nein, habe ich nicht!" sagte Michael und strahlte schon wieder diese verschmitzte Sicherheit aus, mit der er seinen Gegenüber gerne verunsicherte.

Peter wurde ernst: "Jetzt mal ganz langsam", begann er seine Zusammenfassung, "Du hast letztes Mal gesagt, du hättest nur einen Sohn und bist zwischenzeitlich nicht erneut Vater geworden und du behauptest uns nicht angelogen zu haben. Wie passt denn das zusammen?"

"Alles stimmt genauso wie du es gerade erklärt hast", begann Michael das Rätsel aufzulösen, "Vor drei Jahren stand plötzlich eine junge Frau vor meiner Tür und behauptete, meine Tochter zu sein. Ihr Name ist Diana, und sie ist das Ergebnis einer kurzen Beziehung, die ich während meines Auslandssemesters in Bologna hatte.

Deshalb war ich beim letzten Treffen noch davon überzeugt nur einen Sohn zu haben."

"Das ist ja ein Ding!" kommentierte Kurt.

"Bist du sicher das das stimmt?" fragte Klaus.

"Wenn du sie siehst, siehst du sofort, dass das stimmt", lächelte Michael stolz.

"Das ist sehr interessant und als Vater von Töchtern beglückwünsche ich dich zu einer Tochter. Aber du warst noch nicht fertig, Michael", kam der ehemalige Lehrer Günther zurück zum Thema.

Michael setzte seine Ausführungen fort: "Ich bin nach wie vor mit Leidenschaft im Vertrieb tätig und leite zwischenzeitlich die internationale Vertriebsabteilung eines Maschinenbauunternehmens. Schwimmen ist immer noch oder besser gesagt wieder mein Lieblingssport. Zwischenzeitlich hatte ich es ein paar Jahre vernachlässigt, aber seit über 10 Jahren schwimme ich wieder regelmäßig im Verein. Ein ähnlich kleiner Verein wie hier damals, ebenfalls die Schwimmabteilung eines Turnvereins."

"Nimmst du auch an Masters-Wettkämpfen teil?" wollte Günther wissen.

"2012 habe ich an den Kurzbahnmasters in Freiburg teilgenommen."

"Welche Disziplin? Welche Zeiten?" Günther wurde jetzt noch wacher.

"50 Meter Freistil in 29,3 Sekunden und 100 Meter in 1:06,7 Minuten", hatte Michael parat.

"Das ist ja kaum langsamer als deine Bestzeiten. Wenn ich mich richtig erinnere bist die 100 Meter in 1:00,0 und die 50 in einer 27er Zeit geschwommen. Überleg mal, in 35 Jahren zwei Sekunden langsamer auf 50 Meter und nur sechs Sekunden auf 100 Meter. Gratuliere."

Sein Trainer war stolz auf ihn. Er freute sich, mit seiner Arbeit damals die Grundlage für Michaels Fitness gelegt zu haben.

"Karin aus eurer Gruppe, ist heute auch noch aktiv und nimmt immer wieder an Masters Wettkämpfen teil", erzählte Günther.

"Die fanden wir alle Klasse. Sie war schon damals richtig schnell und das in einem stilistisch perfekten Schwimmstil. Wo lebst sie denn heute?" fragte Peter, der sie damals ganz besonders gemocht hatte.

"Nicht weit von hier. Karin wohnt heute in Saarbrücken kurz vor der französischen Grenze und trainiert dort im Verein. Die trainieren in Dudweiler im 50-Meter-Hallenbad."

"Da bin ich gestern ganz nah verbeigefahren. Ich kam durchs Elsass und durch Saarbrücken", fügte Kurt hinzu.

Günther hielt kurz inne. Dann blickte er auf sah einen nach dem anderen an und sagte: "Ich freue mich so sehr, dass ihr an mich gedacht habt und mich besuchen kommt." Dabei bekam er feuchte Augen.

Dann wollten sie noch das eine und andere zum Verlauf seiner Krankheit wissen und Günther antwortete geduldig bis Kurt fragte: "Und wie geht es dir psychisch damit."

"Beschissen!" kam der Volley-Replay.

"Kennt ihr das Buch 'Dienstags bei Morrie'? So komm ich mir manchmal vor. Es geht immer weniger und am schlimmsten ist, dass ich das, was mir besonders Spaß gemacht hat, Ballspiele, gar nicht mehr machen kann. Vielleicht sollte ich wieder Schach spielen."

Michael sagte: "Ich habe eine Idee. Günther hat mich gerade an unsere Lagenstaffeln erinnert. Da waren wir gar nicht so schlecht. Was haltet ihr davon, wenn wir mal wieder eine zusammen schwimmen. Muss ja kein Wettkampf sein."

"Ohne Delphin!" warf Kurt ein, "ich, der ich seit Jahren nicht mehr schwimme, soll dann die schwerste Disziplin übernehmen? Nein Danke. Ohne mich."

"Wer welche Lage übernimmt können wir später noch entscheiden", beschwichtigte Michael.

"Wie sieht das mit euch aus, Peter, Klaus?" fragte Günther.

Seine Frage hatte nochmal ein anderes Gewicht.

Peter: "100 Rücken schaff ich."

Klaus: "100 Brust kann ich immer."

Kurt bekam ein schlechtes Gewissen. Er war nicht gerne der Spielverderber. "Ich weiß doch gar nicht wie ich heute schwimmtechnisch drauf bin. Eure Strecken traue ich mir viel eher zu als Delphin."

Günther fügte hinzu: "Wenn ihr das ausprobiert, lasst mich wissen, wie es geklappt hat."

Gegen 12 Uhr wies Peter darauf hin, dass er den weitesten Heimweg und eine schwere Woche vor sich habe. Das konnten die anderen verstehen und sie standen auf.

Vor dem Haus, wo sie alle geparkt hatten, versuchte Michael sie alle nochmals einzuschwören: "Hey, einmal die 4 x 100 Meter Lagen schwimmen, und wenn wir das nur für Günther machen. Was haltet ihr davon?"

Nachdem Sie vereinbart hatten, darüber nachzudenken, sagte Günther, der mitgegangen war: "Wisst ihr was interessant für mich ist?" Sie stutzten, was jetzt kommen würde. "Ick war und ick bin een Berlina und det hört ma och. Aber wenn ich euch nach so vielen Jahren zuhöre, dann kommt hier und da der hiesige Dialekt wieder etwas durch, aber du Michael hast einen leicht schwäbischen

Tonfall angenommen. Bei dir Kurt kann ich den Badener manchmal raus hören. Klaus, du sprichst noch dasselbe Hochdeutsch, wie ich dich in Erinnerung habe."

"Jetzt sag bloß, ich spreche bayrisch", warf Peter ein.

"Nein, nicht wirklich. Trotzdem verwendest auch du bayrische Redewendungen."

Michael freute sich: "Du hast Recht, Günther. Genauso höre ich das auch, zumindest bei den anderen. Für mich war dein Berliner Dialekt immer ein Genuss. Ich erinnere mich dran, wie du uns als kleine Stöpke den Startsprung erklärt hast. 'Wenn ihr in det Wasser springt, stellt euch vor, ihr hättet ein Fünfmarkstück zwischen den Arschbacken und dann heeßt det AZ. Wista wat det hest? Arschbacken zusammen. Det Fünfmarkstück muss beim Rinnspringen de Prägung verliern. Is det klar?"

Alle lachten herzhaft und stimmten Michael zu. Helga meinte: "An was ihr euch alles erinnern könnt."

Kurz danach verabschiedeten sie sich herzlich und fuhren los.

Klaus und Andrea

Klaus schaltete um 14:42 Uhr den Motor seines Wagens aus. Er ließ ihn vor der Garage stehen, stieg aus und ging einmal um das Fahrzeug herum. Die Windschutzscheibe würde er von den Insektenresten befreien. Er mochte es nicht, wenn sein Firmenwagen nicht sauber war. Schließlich konnte jeder seiner Kollegen ihn sehen, da er auf dem Parkplatz für die leitenden Angestellten parken durfte, der direkt vor dem Verwaltungsgebäude war.

Mit einem Insektenschwamm und einem passenden Putzmittel aus der Garage säuberte er die Scheibe. Dann fuhr er das Auto in die Garage, holte seinen Koffer aus dem Kofferraum und ging ins Haus.

Als er aufschloss kam ihm Andrea entgegen. "Hallo, Du bist ja schon da?" sagte sie ungläubig. "Ich gehe grad 'ne Runde mit dem Hund. Wird nicht zu lange dauern."

Sie wusste, dass er seine Sachen sofort auspacken, die schmutzige Wäsche in den Wäschekorb werfen und die unbenutzten Sachen wieder ordentlich in seinen Schrank zurücklegen würde. Ihr kam es gerade recht, dass sie das nicht mitbekam. Das war eines der Beispiele wo ihr Klaus zu penibel und zu ordentlich war. Sie hatte das früher des Öfteren thematisiert. Sein Verhalten war für sie so uncool, so wenig sexy, einfach unmännlich. Wenn ihre Freundinnen sich über ihre unordentlichen Partner beschwerten, konnte sie das überhaupt nicht nachvollziehen. Wie sehr wünschte sie sich einen echten Kerl. Sie hatte aufgegeben, Klaus erziehen zu wollen. Er war eben so.

In den ersten Jahren ihrer Ehe hatte sie seine Fürsorge und Verlässlichkeit sehr genossen. Als Vater ihrer Kinder war er genial. Im Bett fehlte ihr schon lange ein richtiger Mann. Etwas besser ging es ihr, seit sie getrennte Schlafzimmer hatten. Anfangs hatte es ihr genügt, sich vor dem Einschlafen selbst liebevoll ungestört berühren zu können. Doch dann wuchs die Sehnsucht nach Nähe zu einem anderen Menschen. Sie war eine Körperfrau. Sie brauchte den Körperkontakt. Nicht umsonst war sie Physiotherapeutin geworden.

Klaus ordnete alles routiniert und schnell ein. Dann wartete er auf Andrea, die erst nach über einer Stunde zurückkam.

"Du warst lange unterwegs. Wolltest du nicht schneller wieder da sein?" sprach er sie an.

"Oh, Klaus, dein Kontrollzwang geht mir auf die Nerven. Es ist Sonntag und ich habe frei. Es war schön im Wald und ich hatte keine Lust früher heim zu kommen. Reicht das?" warf sie ihm genervt entgegen.

"Sorry, dass ich dich beim Wort nehme", antwortete er beleidigt.

Den Rest des Nachmittags verbrachten sie getrennt. Lisa in ihrem Zimmer und er im Wohnzimmer, wo er die Sonntagszeitung studierte.

Um 19 Uhr schaltete Klaus die Nachrichten ein. Im Bericht aus Berlin wurde eine aufstrebende Politikerin mit kurzem Haarschnitt und scharfer Zunge interviewt. Als Vorsitzende der neuen Partei rechts der Mitte wurde sie auf rechtsradikale Äußerungen anderer Parteimitglieder angesprochen. Sie beantwortete die Fragen des Reporters sehr geschickt und nutzte das Interview, um ihre Wähler anzusprechen.

Nachdem sich Andrea dazu gesetzt hatte, sagte er zu ihr: "Irgendwie hat die nicht ganz unrecht. Die Frau hat immerhin einen Doktor in Chemie und war Stipendiatin der Studienstiftung der deutschen Volkes gewesen. Das werden nur die richtig Intelligenten."

Andrea wunderte sich: "Also ich finde diese Frau gefährlich und ich stimme dir nicht zu. Was die da behauptet, geht in die falsche Richtung."

"Ich gebe dir Recht. Aber sie benennt Themen, die die Linkssozialen und Linksliberalen überhaupt nicht bearbeiten," kommt er ihr scheinbar entgegen. Er sagte seiner Frau nicht, dass er den Durchsetzungswillen dieser Politikerin bewunderte und dass er sie attraktiv fand.

Lukas, ihr jüngster Sohn kam zwischendurch kurz rein, setzte sich wortkarg mit einer Scheibe Brot zu ihnen, um dann gleich wieder zur Spätschicht zur Tankstelle zu radeln. Nach seinem Jahr in Australien jobbte er nun an einer Tankstelle, da er nicht wusste, was er studieren sollte. Klaus gefiel das gar nicht und Lukas wusste das. Andrea dagegen hatte Verständnis für Lukas. Sie hielt die Hand schützend über ihn, wenn Klaus ihn mal wieder fragte, wie lange er noch so vor sich hin bummeln wolle. Der ältere Sohn Julian kam da eher nach ihm. Er studierte Jura mit dem klaren Ziel, in den diplomatischen Dienst zu gehen.

Der restliche Abend verlief wie viele andere davor. Der Hund lag friedlich auf seiner Decke und würde sich nur noch erheben, um mit ihm oder Andrea kurz draußen pinkeln zu gehen. Andrea und er verfolgten den Tatort, der heute in Münster spielte. Das Leben war kalkulierbar.

Michael und Ina

Michael war nach dem Besuch bei Günther zum Mittagessen zu seiner Schwester gefahren. Isabell hatte eines seiner Lieblingsgerichte gekocht. Das Rezept hatte sie von ihrer Mutter gelernt und ihre Rindsrouladen schmeckten genau gleich wie die, die auch ihr Vater so gerne gegessen hatte. Die Mutter war schon vor während seines Studiums gestorben. Seine drei Jahre jüngere Schwester war nach der Trennung von ihrem Mann mit ihren beiden Kindern ins Haus des Vaters eingezogen. Er war vor 2 Jahren gestorben. Abgang erster Klasse, hatte es ein befreundeter Arzt genannt. Er war morgens einfach nicht mehr aufgewacht.

Isabells Kinder waren ausgezogen. Sie arbeitete immer noch als Tanzlehrerin. Vor sieben Jahren hatte sie die Tanzschule übernommen, als der Besitzer in Rente gegangen war. Beim Essen erzählte sie ihm, wie schwierig es geworden war, in dieser Region die klassischen Tanzkurse voll zu bekommen. Deshalb hatte sie sich neue Konzepte überlegt und umgesetzt. Dazu gehörten die Kooperation mit einem benachbarten Fitnessstudie und Angebote in Seniorenheimen.

Das gemeinsame Essen und der Gedankenaustausch hatte beiden gut getan. Michael war beeindruckt, wie seine Schwester sich trotz des wirtschaftlichen Niedergangs in der Region behauptete. Er war ihr immer dankbar gewesen, weil er nie die Angst gehabt hatte, sich um den Vater kümmern zu müssen, falls er krank geworden wäre. Sie war ja in seiner Nähe gewesen.

Isabell freute sich über die Wertschätzung ihres großen Bruders, der damals die Heimat für immer verlassen hatte, weil er die große weite Welt erleben wollte. Auch wenn er nur bis Stuttgart gekommen war, so war er ja doch in einem der wirtschaftlichen Zentren Deutschlands gelandet.

Nach dem Essen genossen sie noch einen Espresso. Dann verabschiedete er sich von Isabell und lud sie ein, ihn doch wieder mal in Stuttgart zu besuchen.

Er nahm die Strecke durch die Pfalz. Als er auf der B10 an Primasens vorbeifuhr dachte er an die dort seit Jahren nicht mehr ansässige Schuhindustrie. Primasens war das deutsche Zentrum der Schuhindustrie gewesen, und heute gab es dort keinen einzigen Hersteller mehr.

Sein gutes Gedächtnis spielte ihm eine Sequenz aus seiner Marketingweiterbildung vor vielen Jahren ein: Zwei Schuhfabrikanten schickten in den sechziger Jahren jeweils einen Marktforscher nach Afrika, um die Marktchancen dort zu erkunden. Nach der Rückkehr berichtete der eine: In Afrika ist es wunderbar warm und alle laufen barfuß.

Keine Chance hier Schuhe zu verkaufen. Der andere berichtete: In Afrika laufen alle barfuß. Alle brauchen Schuhe. Ein riesiger Markt. Das hatte ihm gefallen.

Seine Motto war: Lieber ein Optimist, der sich ab und zu irrt, als ein Pessimist, der immer Recht hat.

Die Strecke durch den Pfälzer Wald war wunderbar. Dagegen hatte die A8 von Karlsruhe nach Stuttgart nach über 30 Jahren immer noch die Engstelle bei Pforzheim. "Musterländle, wie rückständig bist du in manchen Belangen", schüttelte er den Kopf. Auf der bayerischen Seite würde die A8 bald komplett sechsspurig sein. Auf der schwäbischen Seite gab es außer der Pforzheimer Engstelle noch den Albaufstieg, der auf absehbare Zeit keine Baustelle werden sondern eine Staustelle bleiben würde.

Er hatte Glück. Dieses Mal kam er gut durch und war deshalb bereits gegen 17 Uhr zuhause. Ina war nicht da. Vermutlich war sie Joggen. Er hatte gerade seine Sachen ausgepackt, da hörte er wie Ina den Schlüssel im Schlüssel im Schloss umdrehte und die Wohnung betrat. Er ging auf sie zu, lächelte sie an und nahm sie in den Arm, genauso verschwitzt wie sie war. Ihr Gang erinnerte ihn an Karin, von der Günther gestern erzählt hatte, dass sie immer noch aktiv bei den Masters mitschwimmt. Er sah die junge Karin vor Augen. Damals war sie mit Abstand die Schnellste beim Schwimmen und nicht nur das. Sie war auch eine gute Leichtathletin und Turnerin gewesen. Sie hatte ihm immer gut gefallen. Die Frau konnte sich bewegen. Erst jetzt erkannte er die Ähnlichkeit der beiden Frauen.

Er würde Günther um Karins Telefonnummer bitten, damit er sie fragen konnte, welche Erfahrungen sie bei den Masterwettkämpfen gemacht hatte und was sie von der

Idee hielt, mit den anderen dreien nochmal eine 4 x 100 Meter Lagenstaffel zu schwimmen. Die spontane Idee mit der Staffel hatte ihn bereits während der Rückfahrt beschäftigt und je mehr er sich damit befasste, desto intensiver wurde sein Wunsch sie alle nochmal dazu zusammen zu bringen und Günther dazu einzuladen.

Ina fand die Staffel-Idee klasse. Als Sportlehrerin unterstützte sie alle Art von Bewegung. Sie war davon überzeugt, dass wir in Deutschland mindesten die Hälfte aller Herzkreislaufmittel nicht bräuchten, wenn alle sich ausreichend bewegen würden. Mit Bewegung würden die Ursachen und nicht die Symptome bekämpft.

Sie motivierte ihn, vom Klassentreffen zu berichten. Er erzählte ihr zuerst vom Besuch bei Günther. Dann auch von einigen Gesprächen, die er mit ehemaligen Klassenkameraden geführt hatte. Dabei ließ er auch die Episode mit Ingrid bei der Wanderung und bei der Fahrt zu seiner Schwester nicht aus.

Das liebte Ina an ihm. Er war Manns genug, ihr auch Sachen zu erzählen, die ihn nicht gerade im besten Licht erscheinen ließen.

Mitten in seinen Erzählungen klingelte sein Telefon. Es war Kurt, der ihm sagte, dass er die Idee mit der Staffel unterstützen werde.

Nachdem Michael das Telefonat beendet hatte, teilte er seine Freude über Kurts Zusage mit seiner Ina. Ihr war klar, dass er nicht locker lassen würde, bis sie diese Staffel geschwommen hatten.

"Komm lass uns zum Italiener um die Ecke gehen und deine Idee feiern", versuchte sie ihn zu motivieren. Sie hatte ein ruhiges Wochenende zuhause verbracht und wollte noch raus.

Für ihn stand in der nächsten Woche eine dreitägige Auslandreise nach Spanien auf dem Programm. Montagmittag ging sein Flug nach Madrid. Er musste also morgen früh seinen Koffer mit ins Büro nehmen.

"Mich zieht es heute nicht zu Luigi. Ich kam gerade erst heim und werde morgen gleich wieder starten. Ist es schlimm für dich, wenn wir zuhause bleiben?" fragte er sie.

"Überhaupt nicht. Dann lass uns einen Tatort sehen und vor der Glotze abhängen", lenkte Ina ein.

Um 19 Uhr schaltete er die Nachrichten ein. Im anschließenden Bericht aus Berlin wurde eine Politikerin mit kurzem Haarschnitt aus den neuen Bundesländern interviewt. Als Gallionsfigur der neuen Partei, die die Montagsdemonstranten in Dresden gut findet, wurde sie auf rechtsradikale Äußerungen anderer Parteimitglieder angesprochen. Michael war verblüfft, wie eloquent diese Frau die Fragen des Reporters beantwortete und als Plattform für ihre Thesen nutzte.

Er sagte:"Dumm ist die nicht."

Ina ergänzte:"Gefährlich ist die. Gefällt sie dir?"

Er: "Die sieht nicht schlecht aus. Das macht sie noch gefährlicher. Einen Sockenschuss hat sie trotzdem."

Nach dem Interview deckte sie den kleinen Tisch vor dem Fernseher an dem sie abends gerne zu Abend aßen. Auf dem Markt hatte sie leckere Kleinigkeiten vom Griechen und von seinem Lieblingsmetzger besorgt. Außerdem einen Weizenlaib von der Hofpfisterei. Seit Jahren sein ungeschlagener Spitzenreiter beim Brot, welches ihr auch sehr gut schmeckte. Sie dekorierte die Sachen auf kleinen Tellern, weil sie das schöner fand, als die Plastikschälchen auf den Tisch zu stellen.

"Was möchtest du dazu trinken?" rief sie ihm aus der Küche zu.

"Ich passe mich dir an. Was möchtest du?" ließ er ihr den Vortritt.

"Dann nehmen wir den Primitivo, den wir vorletzte Woche gemeinsam rausgesucht haben", entschied sie.

"Das ist ein gute Idee."

Nachdem sie den Tisch fertig gedeckt hatte, brachte sie den Primitivo samt Korkenzieher und sagte: "Öffnest du die Flasche? Ich hole die Gläser."

Beim Einschenken konnten sie das dunkle Rot des Weines sehen. Er reichte ihr das eine Glas und nahm das andere: "Ich trinke auf dich, meine Traumfrau."

"Und ich auf dich, mein Clooney Schorsch."

Nachdem sie angestoßen hatten, setzen sie sich und begannen zu essen. Kurze Zeit später begann der Tatort. Ihre Unterhaltung wurde immer wieder durch die skurrilen Vorträge des Pathologen aus Münster unterbrochen. Sie mochten beide diesen nicht ernst zu nehmenden Professor, der die Krimihandlung entschärfte und oft erst genießbar machte.

Nach dem Tatort ging sie ins Bad und er packte noch kurz seinen Koffer für Spanien. Vor dem Einschlafen genossen sie ihre körperliche Nähe.

Kurt und Lisa

Kurt kam gegen 17:00 Uhr zuhause an. Er hatte ebenfalls eine Strecke durch die Pfalz gewählt. Die verbleibende Strecke ab Karlsruhe war er auf der A5 nach Süden gefahren. Die vielen Eindrücke vom Klassentreffen beschäftigten ihn, so dass er die Landschaft nicht so intensiv wahrnahm, wie auf der Hinfahrt. Auf der Autobahn rollte er trotz der 325 PS mit 120 km/h dahin. Einmal wäre er fast auf ein anderes Fahrzeug aufgefahren, weil er am Träumen war. 35 Jahre war eine lange Zeit. Sie hatten alle viel erlebt. Ihm fiel auf, dass sie fast ausschließlich über die Vergangenheit gesprochen hatten. Er überlegte, wer etwas von Plänen für die Zukunft berichtet hatte. Michael fiel ihm ein, mit seiner Idee, nochmal eine Lagenstaffel zu schwimmen. Das war eine konkrete Idee für die Zukunft. Und er war der einzige, der sich sofort dagegen ausgesprochen hatte. Warum nur? Er würde das beim nächsten Supervisionstreffen mit seinen Kollegen ansprechen. Vielleicht würde ihm das helfen, die Gründe für sein Verhalten zu erkennen.

Am nächsten Parkplatz hielt er an, um ein hydraulisches Problem zu lösen. So hatten sie es früher genannt, wenn einer pinkeln musste. Die kleine Hütte mitten auf dem Parkplatz war innen komplett aus Edelstahl und so ekelhaft versifft, dass er nächstes Mal lieber die 70 Cent im Rasthof bezahlen und 50 davon in einen Kaffee verwandeln würde.

Beim Beschleunigen vom Parkplatz auf die Autobahn ließ er den Motor mal so richtig zeigen was er drauf hat. Bis 120 im zweiten Gang. Da geht was. Doch dann rollte er mit 120 130 weiter.

Das mit der Supervision war doch einfach eine blöde Idee. Zu seinen Patienten sagte er gerne: "Wo die Angst ist, ist der Weg." Aber er plante erst einmal einen Umweg über die Supervision? Kurt beschloss, Michael anzurufen, um ihm zu sagen, dass er seine Idee gut fände und mitmache.

Lisa war noch in ihrem kleinen Cafe Milano. Im Sommer öffnete sie für die Touristen von 11 bis 18 Uhr. Sie würde gegen 19 Uhr heimkommen und vermutlich Übriggebliebenes zum Abendessen mitbringen.

Gegen 18 Uhr griff er zum Telefon, suchte den Zettel raus, auf dem er die Telefonnummern von Michael, Klaus, Peter und Günther notiert hatte. Er wählte Michaels Nummer, der sich nach zweimaligem Klingeln meldete.

"Michael Hartmann", meldete er sich.

"Hier ist Kurt", und noch bevor er die Standardfrage stellen konnte, ob er gut heimgekommen sei, antwortete Michael.

"Hey, Kurt, lange nicht gesehen. Was gibt's? Bist du schon zu Hause?"

"Bei mir hat alles gut geklappt. Bei dir auch?" fragte er anstandshalber.

"Klar, alles bestens."

Kurt begann so:"Michael ich habe nachgedacht."

Michael;"Das hört sich gut an. Und über was hast du nachgedacht?"

Kurt:"Jetzt hör' doch einfach mal zu."

Michael: "Sorry. Leg los."

"Ich finde deine Idee mit der Neuauflage unserer Lagenstaffel gut. Es tut mir Leid, dass ich dich durch meine Bedenken nicht unterstützt habe. Ich werde in der nächsten Woche mal ins Freibad gehen und testen wie gut ich noch schwimmen kann", erklärte Kurt.

"Mensch Kurt, das finde ich richtig klasse. Gerade habe ich meiner Ina von der Idee erzählt und sie findet sie auch klasse", und zu seiner Partnerin, " Ina, das ist Kurt aus Freiburg, unser Delphinschwimmer, er findet die Staffelidee auch gut."

Das Wort Delphinschwimmer versetzte ihm einen kleinen Stich: "Ich weiß wirklich nicht, ob ich die Delphin-Strecke schaffe."

Michael fing ihn auf: "Das können wir später sehen. Lass uns zuerst mal versuchen, Peter und Klaus ins Boot zu kriegen."

Kurt ergänzte: "Ich melde mich bei dir, wenn ich im Schwimmbad gewesen bin. Sprichst du mit Klaus und Peter."

"Ja, das mache ich", freute sich Michael.

Danach verabschiedeten sie sich.

Da Lisa noch nicht gekommen war, schaltete Kurt die 19 Uhr-Nachrichten ein. Lisa kam, als der Bericht aus Berlin gerade begonnen hatte. Sie begrüßte ihn und setzte sich dazu, um kurz anzukommen und weil sie merkte, dass Kurt interessiert zuhörte. Sie wusste, dass die Sendung nur 20 Minuten lang ging. Auch Kurt und Lisa verfolgten das Interview mit der AfD-Politikerin.

Kurt schüttelte den Kopf: "Nicht zu fassen, wie diese Frau argumentiert und mit welcher Dreistigkeit sie offensichtlich rechtes Gedankengut versucht in die politische Mitte zu rücken."

Lisa wollte wissen, ob er als Psychologe die Werkzeuge der Manipulation erkennen könne?

"Es ist nicht einfach, populistische Äußerungen zu entlarven, schon gar nicht für die, denen sie gefallen", erklärte er ihr. "Wenn du überlegst, dass die Amerikaner einen schwarzen, demokratischen Präsidenten haben, der den Friedensnobelpreis bekommen hat und bei uns eine sogenannte Alternative Partei gegründet wird, die meines Erachtens einfach keine Alternative für uns darstellt, ist das schon sehr bedenklich. Ich finde das peinlich. Gar nicht so lange her, dass wir stolz waren, als Schröder dem Kriegstreiber Bush die Gefolgschaft beim Irakkrieg verweigerte."

Lisa ergänzte: "Da erinnere ich mich gut daran. Schröder war und ist ein Macho, was in dem Fall gut war.

Kurt fuhr fort: "Obama ist für mich ein echter Sympathieträger und ich war überrascht, dass er als Moslem in USA die Mehrheit gewinnen konnte. Schließlich leben dort viele einflussreiche Juden, denen das bestimmt nicht recht war. Von der Gesinnung vieler Waffenfans in den Südstatten ganz zu schweigen."

"Ich freue mich für die Amerikaner", meinte Lisa. "Glaubst du, dass dieser liberale Trend sich in USA fortsetzen wird?"

"Das ist schwer zu sagen. Nach dem alten Bush mit seinen beiden Golfkriegen kam Clinton, von dem das Oval Office in Erinnerung bleiben wird. Auf ihn folgte Bush Junior, der seinen alten Herrn in der Anzahl der Kriege scheinbar übertrumpfen wollte. Dann kam Obama. Wenn der Wechsel zwischen den politischen Lagern so weitergeht, wie in der Vergangenheit, könnte das Pendel zurückschwingen. In der Physik schwingt ein Pendel, das weit ausschlägt auch weit zurück. Das glaube ich allerdings nicht, da wir Menschen uns ja auch weiterentwickelt haben, auch der Amerikaner", sagte er grinsend.

"Ich hoffe, dass der optimistische Psychologe in dir gegen den Physiker gewinnt", beendet Lisa das Thema.

Danach schaltete er den Fernsehapparat aus und sie setzten sich an den Tisch. Lisa hatte, ein paar Tapas mitgebracht. Es waren nur wenige übrig geblieben. Also war es ein guter Tag im Cafe gewesen.

Lisa hatte das Cafe schon viele Jahre. Nebenbei gab sie zwei Mal in der Woche abends Yogakurse an der Volkshochschule. Kurt hatte vor fast acht Jahren einen ihrer Yogakurse besucht. Yoga sollte ihm helfen, seine

Verspannungen im Nackenbereich zu lindern. Seine Nackenschmerzen waren ein Überbleibsel von seiner depressiven Phase, die er nach der Trennung von seiner Frau Martina durchgemacht hatte.

Er was Lisa gleich am ersten Kursabend aufgefallen, da er ihrer Meinung nach für sein Alter und dafür, dass er bisher noch nie Yoga gemacht hatte, sehr beweglich war. Umgekehrt war Kurt vom ersten Moment an von der Ausstrahlung der Kursleiterin fasziniert gewesen. Sie lebte Yoga und gab diese Kurse nur, weil sie anderen ihre Begeisterung für Yoga vermitteln wollte. Sie war davon überzeugt, dass Yoga vor Krankheiten schützen und viele Krankheiten lindern oder gar heilen kann. Ihr ging es nicht ums Geld, wie so manch anderen VHS-Kursleitern, die die € 35,- pro Unterrichtsstunde dringend brauchen, um ihr Leben zu bestreiten. Sie waren schon vier Monate ein Paar als Lisa ihm erzählt, dass sie eine 25jährige Tochter hat, zu der sie wenig Kontakt habe. Lisa war erst 19 als sie die kleine Jule bekommen hatte. Die ersten drei Jahre lebte sie mit Jules Vater, der 12 Jahre älter war, zusammen. Danach trennten sie sich und Jule lebte zeitweise bei ihrem Vater und zeitweise bei Lisa. Als Jules Vater dann eine andere Frau heiratete und ein weiteres Kind bekam, kam Jule immer seltener zu ihrer Mutter. Das war eine schwere Zeit für Lisa gewesen. Damals hatte sie mit Yoga begonnen, was ihr half, ihre Mitte wieder zu finden.

Kurt besuchte Lisa öfter in ihrem kleinen Cafe Milano und aß etwas zu Mittag oder genoss eine ihrer umwerfend guten Kaffeekreationen. Lisa war bei ihren Kunden sehr beliebt. Neben den Touristen hatte sie viele Stammkunden. Zu den meisten hatte sie ein sehr freundschaftliches Verhältnis, was Kurt bei manchen der männlichen Gäste nicht recht war. Er war eifersüchtig.

Er konnte es auch an diesem Tag nicht lassen: "Und wie viele deiner Fans waren heute schon da?"

Lisa:" Heute waren nicht so viele Stammgäste da. Zu viele Touris sind in der Stadt. Doch einer von denen wird bestimmt ein neuer Fan von mir. Ein wirklich netter und belesener Mann aus Basel."

Kurt hätte fast mit den Zähnen geknirscht, doch sein Verstand besiegte seine Eifersucht, die unbedingt mehr über diesen Kerl wissen wollte, z.B. wie alt er war und wie er aussah. Er sagte:"Ich würde auch sofort ein Fan von dir, wenn ich dich in deinem Cafe zum ersten Mal sehen würde."

Sie hatte gesehen, dass er seine Kaumuskeln angespannt hatte, doch sein Kompliment lenkte ihre Aufmerksamkeit auf das warme Gefühl, das es in ihr auslöste.

Der Abend verlief harmonisch. Kurt hatte Glück gehabt, dass sein Verstand in der Mittagspause gesiegt hatte. Lisa hatte ihm beim letzten Streit, der aus seiner Eifersucht heraus entstanden war, zu verstehen gegeben, dass sie das nicht mehr länger mitmachen würde. Sie hatte ihm angedroht, sich dann einen wirklichen Grund für seine Eifersucht zu suchen. Daraufhin hatte er sich Hilfe beim einem Kollegen geholt, den er zwischenzeitlich insgesamt schon drei Mal konsultiert hatte. Die mit ihm vereinbarten Übungen fielen ihm spürbar schwer. Das Erfolgserlebnis von heute würde er beim nächsten Mal mit ihm besprechen.

Peter und Christine

Am Montagmorgen um 8:20 Uhr saßen alle 18 Teilnehmer des Meetings, das auf 8:30 Uhr angesetzt war, bereits in dem Sitzungszimmer, das sie Bunker nannten. Es hatte keine Fenster und wurde nur für sehr vertrauliche Meetings gebucht. Die Beleuchtung war so professionell gemacht worden, dass das Fehlen der Fenster kaum auffiel.

Das sonst vor Meetings übliche Witze machen fand nicht statt. Die Stimmung war angespannt. Es war durchgesickert, dass die Messungen an den neuen Motoren keine zufriedenstellenden Ergebnisse geliefert hatten.

Der Leiter der Motorenentwicklung war bereits dabei, seine Präsentation mit dem Beamer zu verbinden. Als das Startbild an der Wand erschien, begrüßte er die Teilnehmer, da er wusste, dass alle anwesend waren. Er wartete nicht bin 8:30 Uhr.

Peter dachte an den Sonntag. Am Abend, war er sicher und staufrei gegen 18 Uhr vom Klassentreffen zurückgekehrt. Christine hatte eine Kleinigkeit zu essen vorbereitet. Ihr Besuch in Straubing auf dem Turnier hatte ihr und Andrea gut gefallen. Sie hatte ihm sogar gebeichtet, dass sie seine Frage, ob sie teilnehmen würde, während des gesamten Turniers beschäftigt hatte. Sie hatte Lust bekommen, mal wieder selbst mitzumachen. Er erzählte vom Klassentreffen und vom Besuch bei Günther. Dann hatte er einen Vergleich gezogen, zwischen ihrer Idee, mal wieder ein Turnier zu reiten und Michaels Idee, mal wieder eine Lagenstaffel wie früher zu schwimmen. Darüber hatten sie geschmunzelt.

Christine hatte gemeint: "Ab 50 geht es in den Endspurt." Sie wurde in ein paar Wochen 50. Er war bereits 54.

Peter hatte hinzugefügt: "Noch 20 gute Sommer, wenn's gut läuft, dann sind wir alt. Dann war's das."

Dr. Brink holte Peters Aufmerksamkeit mit seinem Katapultstart in den Bunker zurück. Mit einer rhetorischen Hechtrolle sprang er ins Thema.

"Wir bauen die saubersten Dieselmotoren und wir werden auch künftig die saubersten Dieselmotoren bauen. Die aus Kalifornien zu hörenden geplanten Verschärfungen sind für uns eine Chance, unsere Wettbewerber noch weiter hinter uns zu lassen."

Peter hielt sich zurück. Zwei seiner Kollegen wagten es, Bedenken anzumelden. Sie meinten, ohne den größeren Adblue-Tank sei das nicht zu schaffen. Es müsse doch möglich sein, einen 30-Litertank in den großen SUVs unterzubringen.

Brinks Antwort war eine Kampfansage an alle, die nicht mitziehen wollten. Peters Team bekam einen wichtigen Teil der nötigen Softwareänderung in der Motorsteuerung als Aufgabe zugewiesen, so wie er es erwartet hatte. Wohl fühlte er sich damit nicht. Irgendwie verachtete er sich für seine Feigheit und er bewunderte seine zwei Kollegen, die sich kritisch geäußert hatten, auch wenn die beiden nach Brinks Konter sofort verstummt waren. Immerhin hatten sie sich geäußert. Er hatte geschwiegen.

Die Besprechung, die ein Appell gewesen war, endete kurz vor 10:30 Uhr. Er ging unverzüglich in sein Büro, setzte sich an seinen Schreibtisch und stütze seine Ellenbogen den Schreibtisch, um sein Kinn in seine Hände zu legen. Den Rest des Tages überlegte er, wie er das Thema angehen könnte. Er wusste, dass mindestens zwei seiner wichtigsten Mitarbeiter diesen Weg nicht ohne Druck mitgehen würden. Er musste sich etwas ausdenken oder er müsste deren Nein nach oben weiterberichten.

Bei der abendlichen Brotzeit fragte Christine, die ihm gegenüber saß, wie es gelaufen sei. Sie hatte seine mürrische Laune wahrgenommen und wusste somit, dass es schlecht gelaufen sein musste. Sie kannte ihn. Sie schätzte an ihm, dass er selten schlecht gelaunt war und wenn, dies nicht an anderen ausließ. Da war er ihr überlegen. Sie selbst hatte öfter Gefühlsschwankungen als er. Zumindest nahm sie es so wahr. Dann schaffte sie es allerdings, ihre Gefühle auch zu benennen, was ihm seit sie ihn kannte schwer fiel.

Dieses Mal reagierte Peter anders, als sie es erwartet hatte. Er hob seinen leicht gesenkten Kopf, sah ihr in die Augen und sagte: "Es kommt der Tag, an dem ich alles hinschmeiße. Sollen sie doch ihren Dreck alleine machen. So wie unsere Motoren es ja auch tun."

Christine erschrak, als sie das hörte. Sie fragte ihn:"Was meinst Du?"

Peter, den seine Reaktion ebenfalls erschreckt hatte, lenkte etwas ein: "Naja, alle Dieselmotoren machen Dreck. Deshalb wird Harnstoff eingespritzt, um die NO_x-Werte zu reduzieren. In unserer Besprechung heute wurde auch Dreck geredet. Bernhard und Wolfgang, meine Kollegen, haben ihre Meinung geäußert und Zweifel angemeldet. Ihre Argumente hätten im übertragenen Sinne wie Harnstoff im Abgaskanal eines Motors das Besprechungsergebnis säubern können. Leider wurden sie übel niedergemacht. Harnstoff ist eben nicht erwünscht."

Damit war dieses Thema für Peter an diesem Abend beendet. Christine wusste, dass er es nicht leiden konnte, das Thema nun von allen Seiten zu beleuchten. Frauengespräche waren mit ihm einfach nicht drin.

Um ihn abzulenken, sagte Christine:"Fabian hat sich heute kurz gemeldet."

"Wo ist der denn gerade?" fragte sein Vater.

"Seit vorgestern ist er in Indien bei Kingfisher."

"Na der kommt rum in der Welt", sagte Peter etwas neidisch.

"Erinnerst Du Dich? In seiner Bachelorarbeit hatte er internationale Lagerbiere verglichen und zu seiner Überraschung hatte Kingfisher sehr gut abgeschnitten."

"Dass du dir das gemerkt hast, als absolute Nichtbiertrinkerin." wunderte sich Peter.

Dann stand er auf, ging zum Kühlschrank und holte sich ein Weißbier: "Ich bevorzuge regionale Biere."

Fabian arbeitete im Service bei Krones, dem großen Hersteller von Anlagen für die Getränkeindustrie. Der studierte Brauingenieur hatte sich in den internationalen Service versetzen lassen, nachdem seine langjährige Freundin ihn verlassen hatte. Jetzt war er dauernd unterwegs, was sein Vater bewunderte und als Wanderjahre bezeichnete. Fabians Schwester, Anna, lebte mit ihrem Freund in München und arbeitete dort als Eventmanagerin bei einer Eventagentur. Sie hatte sich für Dienstagabend zum Essen angemeldet, da sie am Nachmittag in Regensburg zu tun hatte.

Peter hatte sich in der Küche ein helles Weißbier eingeschenkt. Als er wieder herauskam, fragte er seine Frau: "Sehen wir uns die Nachrichten an?" Es war kurz vor 20 Uhr.

Christine antwortete: "Ja, ich komme gleich dazu. Ich räume nur noch kurz den Tisch ab."

In den Nachrichten wurde eine Bilanz des verheerenden Unwetters vom Pfingstmontag in Nordrhein-Westfalen gezeigt, wo viele tausend Bäume Straßen und Bahngleise blockiert hatten. Bayern war glimpflich davon gekommen. Das 2:2 gegen Ghana bei der Fußball-WM in Brasilien schien an diesem Tag das Wichtigste zu sein. Nach den

Nachrichten blieb Peter bei einem Bericht über die Fußball-WM hängen, obwohl ihn Fußball nicht sonderlich interessierte. Christine blieb noch 10 Minuten bei ihm sitzen und ging dann duschen. Es dauerte geraume Zeit, bis sie danach das Bad wieder verließ. Hautpflege, Maniküre, Pediküre und den Haaren schenkte sie nach dem Duschen ihre Aufmerksamkeit. Gegen neun Uhr kam sie im Bademantel ins Wohnzimmer und wünschte Peter einen schönen Abend und eine geruhsame Nacht. Sie wolle noch etwas lesen und dann früh schlafen. Peter wünschte ihr auch eine gute Nacht.

Nachdem sie verschwunden war, zappte er sich durch die TV-Programme. Das Unwohlsein, das ihn an diesem Tag verfolgt hatte, verflüchtigte sich mit dem zweiten Weizen mehr und mehr. Als passiver Teilnehmer an einer der abendlichen Talkrunden stellte er fest, dass Künstler einfach anders denken als Ingenieure. Da war ihm der frühere CDU-Politiker schon lieber, der sich heute in Entwicklungsländern engagiert. Schon verblüffend, dachte er, wie der als Karrierebeamter ausgesehen hatte und wie cool und gereift der heute auftrat. Da könnten sich einige Lackaffen in der bayerischen Schwesterpartei eine Scheibe abschneiden.

Die Biere hatten ihn müde gemacht. Er ging ins Bett und schlief schnell ein.

Um drei Uhr wachte Peter auf. Sein Herz raste und er war schweißgebadet. "Nicht schon wieder", dachte er, als er aufstand, um sein Gesicht im Bad mit kaltem Wasser zu waschen. Dann trank er Wasser aus dem Wasserhahn, da sein Mund trocken war. Zurück im Schlafzimmer zog er ein frisches T-Shirt und frische Boxershorts an. Im Bett liegend nahm sein Gedankenkarussell wieder Fahrt auf. An Schlafen war nicht zu denken.

Klaus und Hans

Im Büro musste Klaus mal wieder die Auswirkungen geplanter Rationalisierungen bewerten und für die Vorstandsitzung priorisieren.

Nach dem Studium hatte er einen Arbeitgeber gesucht, der gut aufgestellt ist und gute Zukunftsaussichten versprach. Der Weltmarktführer für Druckmaschinen hatte bei seinem intensiven Vergleich potentieller Arbeitgeber am besten abgeschnitten. Er hatte sich nach seiner Promotion schließlich bei zwei Firmen beworben und von beiden eine Zusage bekommen. Logischerweise hatte er sich dann für die Heidelberger entschieden. Die ersten Jahre waren eine tolle Zeit gewesen. Die marktführende Position und die guten Ergebnisse schienen garantiert zu sein. Er hatte die richtige Wahl getroffen, denn die Alternative wäre der Filterhersteller in Bad Kreuznach gewesen. Dort hatte er während seiner Promotion Daten erhoben. Dabei war es um die Folgen der Fusion mit einem Wormser Unternehmen gegangen. Später wurde die fusionierte Firma Mitglied eines Firmenverbunds, der Anlagen für die Getränkeindustrie herstellt. Bei seiner Promotion hatte er sich mit Rechenmodellen zum Thema Postmerger-Integration beschäftigt. Zwischenzeitlich hatte er erkannt, dass er sich nur mit der Theorie auseinandergesetzt hatte. Die Praxis sah anders aus. Wie stressig das Aufeinanderprallen verschiedener Unternehmenskulturen für die Mitarbeiter fusionierender Unternehmen war, hatte er lediglich durch den, in diesen Phasen erhöhten, Krankenstand in seine Betrachtungen einbezogen.

In Heidelberg lief glücklicherweise alles in seinem Sinne, geordnet und kalkulierbar. Bis zu dem Zeitpunkt, als das

Internet den Bedarf an neuen Druckmaschinen anhaltend verringerte. Das veränderte seinen Arbeitsschwerpunkt. Hatte er bis dahin hauptsächlich Amortisationsrechnungen für Erweiterungsinvestitionen gemacht, standen seitdem Rationalisierungsrechnungen auf dem Programm, bei denen oft Personalabbau im Mittelpunkt stand.

Der steigende Bedarf an bedruckten Verpackungskartons für den boomenden Versandhandel hatte die Talfahrt erst Jahre später gedämpft. Fachlich gesehen, war sein Aufgabengebiet immer noch extrem interessant. Menschlich gesehen belastete es ihn zunehmend, da er einige der von Entlassung und Frühverrentung Betroffenen persönlich kannte. Seine Position bewertete er als sicher, solange er die erwarteten Ergebnisse lieferte, was dank seiner Routine kein Problem darstellte.

Er stand am Fenster und blickte auf den Parkplatz, auf dem sein Wagen stand und dachte daran, dass er sich damals bewusst gegen die Stelle in Bad Kreuznach entschieden hatte. Jetzt hatte er hier seit Jahren ebenfalls die von ihm gehassten Turbolenzen, die mit Kostensenkungsmaßnahmen einhergingen.

Seine Assistentin unterbrach ihn. "Herr Dr. Becker, haben sie den Termin mit Herrn Vollmer auf dem Schirm?"

Hatte er: "Ja, ich komme."

Das Büro von Hans Vollmer war nur drei Türen neben seinem, so dass er pünktlich bei seinem Kollegen erschien. Der saß am Besprechungstisch in seinem Büro.

"Setz dich. Schön, dass du da bist", begrüßte er ihn. Klaus setzte sich zu seinem Freund Hans an den Tisch.

" Welche Maßnahme müssen wir heute besprechen?" fragte er halb ironisch, was sonst nicht seine Art war. Bei

Hans erlaubte er sich das. Bei ihm fühlte er sich sicher. Auf Hans war Verlass. Sie waren am selben Tag eingestellt worden und hatten sich sehr schnell angefreundet. Normalerweise dauerte es, bis Klaus anderen vertraute. Bei Hans war das anders gewesen.

"Keine Maßnahme. Klaus. Heute habe ich ein ganz anderes Thema, das mich umtreibt."

Klaus sah ihn an und war gespannt, was jetzt kommen würde.

"Klaus, ich bin krank", er stoppte.

Bevor Klaus nachfragen konnte, hielt Hans ihm seine rechte Hand mit ausgestreckten Fingern hin, Handfläche nach unten. Er blickte auf die Hand und sah, dass sie leicht zitterte.

"Parkinson," sagte Hans.

Klaus bekam Gänsehaut.

Hans sprach weiter: "Ich war vor drei Wochen beim Arzt, um mich durchchecken zu lassen. Der drückte mir mit seinen Händen gleichzeitig beide Hände und ließ mich in seinem Untersuchungszimmer an Linien und Kreisen entlanggehen. Das hatte ihm scheinbar Hinweise gegeben, die sich durch weitere Untersuchungen bestätigten."

"Und was bedeutet das nun?" fragte Klaus unbeholfen.

"Nun ja. Ich werde jetzt auf bestimmte Medikamente eingestellt, die das Fortschreiten der Krankheit verzögern sollen."

"Geht das denn?"

"Scheinbar geht das bis zu einem gewissen Grad. Allerdings haben die Medikamente zum Teil erhebliche Nebenwirkungen, bis hin zu Wahnvorstellungen." Er machte eine Pause.

Seine Augen wurden glasig: "Ich bin jetzt 59 und stelle mir die Frage, ob ich die mir verbleibende, gute Zeit wirklich hier mit der Optimierung der Fertigung vergeuden soll."

Der Gedanke, dass Hans nicht mehr sein Kollege sein würde und er ohne die Gespräche mit ihm auskommen müsste, schnürte ihm den Hals zu. Gleichwohl konnte er seinen Freund verstehen.

"Ich möchte das mit dir besprechen, aber nicht hier im Büro. Wann hast du Zeit, um mit mir zu Abend zu essen? Ich koche uns was Gutes."

Klaus sagte:"Außer mittwochs, da habe ich Schachtraining, an jedem Abend."

"Dann komm doch bitte am Freitagabend um 18 Uhr zu mir.

Mittwochnachmittag besuchte Klaus die Seite des DSV. Der Deutsche Schwimmverband hatte auch einen Bereich für die Masters. Dort studierte er die deutschen Rekorde der verschiedenen Altersklassen. So super schnell waren die nach seiner Einschätzung auch wieder nicht. Er beschloss, beim nächsten Schwimmbadbesuch die 100 Meter Brust mal auf Zeit zu schwimmen. Dann würde er sehen, wie lange er heute für die Strecke brauchte.

Am Abend klingelte sein Handy.

"Hallo Klaus, hier Michael."

"Das glaub ich ja jetzt nicht."

"Warum?" fragte Michael ihn.

"Gerade vorhin habe ich mir die Masterseite des DSV mal angesehen. Die Zeiten der Alten", er räusperte sich, "die sind ganz schön flott, aber nicht ganz aus der Welt."

"Wer hat dich denn dazu gebracht?" fragte Michael scheinheilig.

"Na deine Idee am Sonntag bei Günther," antwortete Klaus brav. Vermutlich hatte er Michaels Ironie nicht verstanden. So war Klaus. Ehrlich bis auf die Knochen und ungewollt furztrocken, was eine besondere Komik hatte.

"Kurt hat sich schon bei mir gemeldet. Er macht mit. Machst du auch mit?" fragte ihn Michael. So kannte er Michael gar nicht. Er schloss daraus, dass es Michael sehr wichtig war.

"Ich lasse euch nicht hängen. Ich bin dabei", antwortete Klaus.

"Super! Wenn ich Peter überzeugt habe, werde ich mit der Planung beginnen. Gib mir noch etwas Zeit", bat ihn Michael, "dazu werde ich dann eine WhatsApp-Gruppe aufmachen. Damit können wir uns einfacher abstimmen."

Nach dem Telefonat wunderte sich Michael, dass Klaus sofort zugesagt hatte. Früher hatte er für solche Entscheidungen Zeit gebraucht, um alles abzuwägen.

Peter und Christine mit Anna

Als Peter am Dienstag nach Hause kam, stand Annas Polo bereits vor dem Haus.

"Na, da hat der Termin in Regensburg wohl nicht so lange gedauert", dachte er.

Anna saß mit ihrer Mutter beim Tee. Sie sprang auf, als sie ihn sah und begrüßte ihn herzlich mit einer Umarmung.

"Gibt's auch was anderes als Tee?" fragte er vorsichtig.

"Klar, was willst du?" fragte Christine, die geschäftig aufstand und in die Küche eilte.

"Ach bring mir doch ein Bier. Nach dem Tag ist ein Feierabendbier genau das richtige."

Christine hatte sofort bemerkt, dass Peters heutiger Tag im Büro ähnlich übel wie der gestrige gewesen sein musste. Peters Körpersprache war für sie wie ein offenes Buch. Schon heute Morgen hatte sie festgestellt, dass er extrem schlecht geschlafen hatte. Seine Ringe unter den Augen waren besonders ausgeprägt gewesen."

Christine kam mit einer Flasche Cremant d'Alsace und drei Gläsern ins Wohnzimmer zurück, was Peter erst merkte, als sie das Tablett abstellte. Er saß mit dem Rücken zur Küche.

Überrascht fragte er: "Was gibt es zu feiern?" Und zu seiner Tochter Anna: "Bist du befördert worden?"

Anna war immer schon schnell und schlagfertig gewesen: "So ähnlich."

Er: "Prima."

Sie weiter: "Ich werde bald eine komplett neue Stelle antreten, als Mama."

Jetzt brauchte er einen Moment um mitzukommen. Doch dann konnte er schnell folgen: "Bedeutet das, dass ich auch gleich mit befördert werde?"

"Du hast es erfasst. Ich werde dich in sechs Monaten zum Opa ernennen."

"Das nenn ich ja mal eine Überraschung. Was sagt der werdende Vater dazu."

"Max ist überglücklich und denkt schon über Elternzeit nach."

Peter hielt kurz inne. Er kannte das Thema Elternzeit von seinen jungen Mitarbeitern. Das war heute eine Selbstverständlichkeit. Als er Vater geworden war, hatte er eine Woche Urlaub genommen und war dann wieder ins Büro gegangen. Nun ja, er war sich zuhause auch etwas überflüssig vorgekommen.

Christine hatte darauf bestanden, Anna ein halbes Jahr voll zu stillen. Einmal hatte er versucht, Anna die abgepumpte Muttermilch per Fläschchen zu verabreichen.

Christine hatte vorher abgepumpt, da sie unbedingt einen Vortrag über Homöopathie für Kinder besuchen wollte. Das ganze endete in einer mittleren Katastrophe. Anna hatte fast zwei Stunden lang gebrüllt und Christine war stink sauer auf ihn gewesen, als sie heim kam und schon vor dem Haus das Gebrüll ihrer Tochter vernahm. Von da an hatte er den Ruf des vollkommen unfähigen Vaters und Christine traute ihm bezüglich Anna gar nichts mehr zu. In den Monaten danach musste er wegen eines wichtigen Projektes oft länger im Büro bleiben. Zumindest war das die Version für Christine. Peter hatte in dieser Zeit die letzten beiden Stunden im Büro sehr genossen, da es dort viel angenehmer war als im Bett-geh-Trubel mit übermüdeter Anna zuhause. Oft hatte Anna schon geschlafen wenn er heim kam oder Christine war gerade dabei sie hinzulegen, was meist etwas länger dauerte. Bis sie von oben, wo Anna schlief, runter kam, war sie müde und er hatte schon ein Bier getrunken. Beides trug zur Entspannung bei. Er folgte ihren Schilderungen des Tagesablaufes mit Kind sehr aufmerksam. Das hatte er schnell gelernt. Spätkommen war ok. Uninteressiert Zuhören war das Todesurteil für die abendliche Stimmung. An guten Tagen, also wenn Anna gut gelaunt gewesen war, hatte Christine ihn wegen seiner hohen Arbeitsbelastung auch schon mal bemitleidet. Auch an den Tagen an denen die letzte Stunde vor dem Ins-Bett-Gehen harmonisch verlief, reichte die spät entstandene Nähe meist nicht zum Sex.

"Das neue Kind kann sich auf seine Eltern freuen", sagte Peter.

Christine fügte hinzu: "Und auf seine Großeltern auch."

Peter verfolgte die Gespräche der beiden Frauen über die organisatorischen Notwendigkeiten, die aus Frauensicht bei einer Schwangerschaft besprochen werden mussten. Das meiste fand er übertrieben oder zu früh, äußerte sich aber nicht dazu. Er freute sich über die frohe Nachricht und er war sehr zuversichtlich, dass die beiden werdenden Eltern das schaffen würden. Er selbst sah sich noch nicht als Opa. Er doch nicht.

Christine hatte zum Abendessen etwas vorgekocht. So konnte sie ohne großen Aufwand einen leckeren Rindergulasch, mit Nudeln und bayrisch Kraut auf den Tisch stellen.

Christine betonte: "Das Rind wurde in Vohburg artgerecht gehalten."

"Ein glückliches Rind also", ergänzte Peter leicht ironisch.

"Papa", ermahnte Anna ihren Vater, indem sie die zweite Silbe betonte.

Anna war völlig unkompliziert, auch was das Essen anging. Von einigen seiner Arbeitskollegen hörte er immer wieder, dass es heute etwas Besonderes war, wenn junge Leute einfach aßen, was auf den Tisch kam. Die Anzahl der Vegetarier und Veganer wuchs in der Altersklasse seiner Kinder genauso wie die Gruppe derer, die sich von Convenience-Food ernährten stark an. Trotzdem schienen immer weniger junge Leute in der Lage zu sein, aus Rohstoffen leckere Mahlzeiten zuzubereiten. Christine und er kauften gerne auf dem Wochenmarkt. Dabei reichte es ihm, wenn die Produkte von regionalen Bauernhöfen kamen. Sie kaufte gerne Bio-Produkte.

Mit Freunden hatten sie mal zur Erntezeit eine Blindverkostung von Salatgurken gemacht. Er hatte konventionell angebaute Gurken und Bio-Gurken auf dem Markt und bei zwei großen Discountern gekauft. Jeder bekam zwei Scheiben von jeder Sorte zu probieren und sollte dann für den Geschmack Punkte vergeben, 0 Punkte für extrem schlecht und 10 für hervorragend. Das Ergebnis war eindeutig:

Bio vom Marktbauern: 9,5; konventionell vom Marktbauern 8,5; Bio vom Discounter 7 und konventionell vom Discounter 2.

Nach dem Essen verabschiedete sich Anna recht bald und fuhr zurück nach München.

Heute war es zu spät zum Schwimmen, aber morgen würde er mit seinem E-Bike zur Arbeit und danach direkt zum Baggersee fahren. Das machte er im Sommer gerne, um sich abzukühlen und beim Schwimmen zu lockern. Dieses Mal kam der Gedanke hinzu, dort mal wieder Rücken zu schwimmen, das war früher sein Part bei der Lagenstaffel gewesen und das würde es vermutlich auch bleiben. In den letzten Jahren war er fast ausschließlich Kraul geschwommen.

Den Abend verbrachten er und Christine auf der Terrasse. Gemeinsam näherten sie sich der Tatsache, dass sie bald ein Enkelkind haben würden. Es war ein harmonischer Abend. Sie sprachen miteinander, wie schon lange nicht mehr und sie gingen zur selben Zeit zu Bett. Als er sich gerade hingelegt hatte, klopfte Christine und legte sich zu ihm. Eine Stunde später schliefen sie zufrieden ein.

Michaels Rückblick

Der Flug nach Madrid startete pünktlich. Die Vorfreude auf die Tapas, die er heute Abend mit seinem spanischen Kollegen genießen würde, erzeugte ein angenehmes

Gefühl, das durch den Cava, den er als Aperitif im Flieger bestellte hatte, verstärkt wurde.

Nach dem üblichen Flug-Mittagessen, von dem er nur sehr wenig aß, um sein Magenknurren zu stillen und trotzdem genug Kapazität für die Tapas zu haben, ruhte er mit geschlossenen Augen. Er dachte an seine tolle Partnerin Ina. Sie begeisterte ihn immer wieder und er wusste auch genau warum. Sie war so anders als seine langjährige Partnerin Regina.

In die anfänglich schöne Zeit mit Regina hatten sich bald schwierige Phasen gemischt, die mit der Zeit immer häufiger geworden waren und länger angehalten hatten. In einer dieser schwierigen Phasen hatte er hatte ihr geholfen, das elterliche Haus zu entrümpeln, nachdem ihre Mutter ins betreute Wohnen gebracht worden war. Zwei Wochenenden hintereinander hatte er jeweils einen 12 m³-Müllcontainer gefüllt. Regina hatte während der Entrümpelung lediglich entschieden, was weg sollte und was sie behalten wollte, und er hatte den Müll vom ersten Stock zum Container vors Haus geschleppt. Seit damals wusste er, was Messie bedeutet. Auf der abendlichen Rückfahrt aus Franken nach Stuttgart hatte sie beide Male etwas auszusetzen, an der Art wie er die Sachen entsorgt hatte. Schließlich würden an vielen Sachen Kindheitserinnerungen hängen. Da solle er mal nicht so unsensibel mit umgehen. Kein Danke, nur Vorwürfe.

Vor dem dritten Wochenende hatte er sich geweigerte mitzufahren: "Ich fahre nicht mit. Fahr alleine. Ich kann es dir ja so wie so nicht recht machen."

"Du willst mich also hängen lassen. Das ist wieder mal typisch. Kaum wird's mal anstrengend, drückst du dich", hatte sie versucht ihn zu provozieren.

Daraufhin hatte er sich angezogen, um die Wohnung zu verlassen. Im Rausgehen sagte er ihr: "Kennst du das Märchen vom Fischer und seiner Frau?" Der Hausschuh, den sie ihm wütend hinterhergeworfen hatte, traf ihn nicht mehr, da er die Wohnungstüre schnell hinter sich geschlossen hatte. Er war damals zu seinem Freund Wolfgang gegangen. Bei ihm hatten sie ein paar Biere getrunken und dann hatte er gleich dort übernachtet.

Regina hatte er erst am späten Sonntagabend wieder gesehen. Sie war alleine gefahren und hatte sich beim Tragen einer der schweren Kisten verhoben, so dass sie sich nur unter Schmerzen bewegen konnte. Ihre Blicke waren noch vorwurfsvoller als sonst. Vermutlich gab sie ihm die Schuld an ihrem Hexenschuss. In den Tagen danach hatten sie nur das Nötigste miteinander geredet. In der Folgezeit war sie etwas vorsichtiger geworden und auch er hatte alles unterlassen, erneut Streit entstehen zu lassen. Richtig schöne Zeiten gab es von da an nicht mehr. Sein Ziel war es, ihrem gemeinsamen Sohn Sebastian möglichst lange eine Familie zu bieten, die emotional allerdings schon länger nicht mehr bestand. 2001 war Regina dann in einer Nacht und Nebel Aktion ausgezogen, als er gerade auf einer Messe im Ausland weilte. Sebastian hatte sie mitgenommen.

Sebastian kam damals mit der direkten, manchmal lauten und dominanten Art seines Vaters nicht gut zurecht. Er war ein eher weicher Typ, der sich gerne auf die Seite der seiner Meinung nach Schwächeren schlug. Auf Wunsch seiner Mutter hatte er die Waldorfschule besuchte. Eurythmie war sein Lieblingsfach gewesen. Er war ein echter Vorzeige-Waldi, ein extremer Energiesparer und Ökofreak. Michael hatte das nicht gefallen, obwohl er bewunderte, wie konsequent sein Sohn seine Überzeugungen lebte. Auch im Winter hatte er sein Zimmer nicht geheizt. In der kalten Jahreszeit machte er seine Hausaufgaben und Prüfungsvorbereitungen in seinem Zimmer in Winterkleidung. Dabei erfreute er sich an den Eisrosen an seinem Fenster. Zum Aufwärmen kam er von Zeit zu Zeit ins Wohnzimmer und kritisierte seine Eltern wegen ihres Fernsehkonsums. Nach zehn Minuten verschwand er wieder in seiner Eishöhle, wie Michael sein Zimmer damals nannte.

An den Messetag nach Reginas Auszug erinnerte sich Michael mit Grausen. Den ganzen Tag zermarterte er sich das Hirn, was zu Hause passiert war, was er vorfinden würde und wie er reagieren sollte. Er hatte weder Regina noch Sebastian ans Telefon bekommen. Außerdem hatte er die ganze Nacht nicht geschlafen. In den ersten Wochen war er persönlich total am Schwimmen. Boden unter den Füßen bekam er erst wieder, als die Trennungsgespräche begannen und sein Sohn wieder mit ihm sprach. Auch wenn er sonst eher auf Mamas Seite gestanden hatte, war ihm die Art und Weise wie sie mit ihm ausgezogen war und auch ihr Verhalten danach sehr seltsam vorgekommen.

•

Die Durchsage des Flugkapitäns holte Michael aus seinen Erinnerungen. Sie hatten die Reiseflughöhe bereits verlassen und befanden sich im Landeanflug auf den Madrider Flughafen. Er war angeschnallt geblieben und hatte auch seine Rückenlehne aufrecht gelassen. Es gab also nichts zu tun für ihn.

Obwohl sie 15 Minuten vor der geplanten Zeit gelandet waren und er mit seinem Handgepäck sofort durchmarschiert war, wartete sein Kollege bereits auf ihn. Sie umarmten sich, wie es in Spanien üblich und für viele Deutsche gewöhnungsbedürftig war.

"Hallo Eduardo", sagt er.

"Hallo Michael", hörte er.

Während sie zu den mit lichten Strohmatten beschatteten Außenparkplätzen gingen, erklärte ihm Eduardo den Plan. Zuerst würden sie eine Tapas-Bar testen, die neu eröffnet hatte und danach hatte er zwei Plätze in einem der ältesten Restaurant der Stadt reserviert, das Michael kannte und liebte. Im Restaurant konnte man direkt in einen großen offenen Steinbackofen sehen, in dem ganze Lämmer gegart wurden.

Michael genoss diese überaus angenehmen Seiten des internationalen Vertriebs, auch wenn es während dieser Geschäftsessen hauptsächlich ums Business ging. Er befasste sich gerne mit Vertriebsthemen.

Der spanische Markt hatte sich von der Krise 2009 noch nicht vollkommen erholt. Trotzdem schaffte es Eduardo den Umsatz zu steigern. Deshalb hatte Michael für diesen Bereich seiner Zuständigkeit in diesem Jahr keine Schwierigkeiten zu erwarten.

Am zweiten Abend hatten sie auch Zeit für private Themen. Nach dem zweiten Rioja Gran Reserva erfuhr er von Eduardo, dass er das Zusammenleben mit seiner Frau Esmeralda als sehr belastend empfand. Es half Eduardo, dass Michael ihm zuhörte.

•

Auf dem Rückflug sinnierte Michael über die langjährigen Ehen, die er kannte und er überlegte, wie viele davon glücklich waren.

Einer seiner Studienkollegen, zu dem er regelmäßig Kontakt hatte, war nun 27 Jahren verheiratet und der durfte seine Frau bereits seit über fünf Jahren nicht mehr anfassen. Obwohl er mit der Situation sehr unzufrieden war, schaffte er es nicht, sie darauf anzusprechen. Nach außen hin wirkten die beiden wie ein zufriedenes Paar.

Sein Nachbarn fiel ihm ein. Der lebte seit 24 Jahren zufrieden mit seiner Frau zusammen. Sie hatte das Thema Sex wenige Jahre nach der Geburt der Tochter einschlafen lassen. Er hatte sich damit arrangiert und holte sich körperliche Nähe, Sex und intensive Gespräche seit Jahren aus einem Verhältnis mit einer zehn Jahre jüngeren Frau. Zuhause war er ein fürsorglicher Ehemann. Zeitweise hatte er an eine Trennung von seiner Frau gedacht. Diesen Gedanken erlaubte er sich nicht mehr, seit sie an Krebs erkrankt war. Das war nun auch schon wieder acht Jahre her. Michael hatte ihn einmal mit der anderen Frau in der Sauna gesehen. Sie wirkte selbstbewusst. Die beiden waren ein attraktives Paar. Vielleicht wäre sie ihm auf Dauer zu anstrengend, hatte Michael damals gedacht.

Eine Kollegin in seinem Alter, die er in der Mittagspause öfter Mal traf, äußerte sich seit Jahren negativ über ihren Mann und ließ kein gutes Haar an ihm. Dabei schafft sie es genauso wenig ihre Unzufriedenheit zu thematisieren oder selbst etwas dagegen zu unternehmen. Früher hatte sie die Kinder als Grund genannt, warum sie nichts änderte. Das jüngste der beiden Kinder war vergangenes Jahr ausgezogen, und sie änderte trotzdem nichts. Dieser, früher mal, attraktiven Frau war der Beziehungsfrust zwischenzeitlich deutlich anzusehen.

Ein Paar, das er durch Ina kennengelernt hatte, schien wirklich glücklich miteinander zu sein. Immer wenn er die beiden sah, waren beide fröhlich. Sie lachte viel und er hatte stets einen zufriedenen, manchmal etwas schelmischen Gesichtsausdruck. Es war eine Freude, die beiden miteinander zu erleben. Im Gegensatz zu seinem Studienkollegen, der ebenfalls mit seiner Frau zufrieden auftrat, strahlte dieses Paar für alle spürbar Zufriedenheit aus.

Michael überlegte, was gute Beziehungen ausmachte. In der Zeit mit Regina hatte er sich diese Frage nie gestellt. Lange hatte er geglaubt, dass es einfach so sei, dass nur die wenigsten Paare langfristig gut mit einander auskommen. Rückblickend war es ihm unverständlich, was er sich von Regina alles hatte gefallen lassen. Diese dauernde Kritik an dem, was und wie er etwas machte, gewürzt mit einer gehörigen Portion Misstrauen und Rivalität. Mehrfach hatte sie behauptet, das Zusammenleben mit ihm wäre ein dauernder Kampf. Zumindest darin waren sie sich einig gewesen.

Erst nach vielen Jahren hatte er sich externe Hilfe geholt. Fünf Mal war er bei einem Coach gewesen, einem erfahrenen Mann Mitte sechzig, der ihm von einem Kollegen empfohlen worden war. Jener Kollege hatte sich dort Hilfe geholt, weil seine Frau lange Zeit tablettensüchtig gewesen war. Erst mit Hilfe des Coachs hatte der Kollege es geschafft, ihr klar zu sagen, dass sie etwas dagegen tun solle, sonst wäre er weg. Und siehe da, diese klare Ansage war der Wendepunkt in deren Beziehung. Heute geht es den beiden zusammen gut.

Beim ersten Gespräch hatte der Coach Michael zugehört und ihm nach der Beschreibung seines Anliegens diese vier Fragen gestellt: Was gehört für dich zu einer guten

Beziehung? Wie möchtest du von deiner Partnerin behandelt werden? Wann sagst du ihr das? Und dann folgte später die vierte Frage: Wie lange bist du bereit zu warten, bis sich etwas ändert?

Anfänglich war es ihm schwergefallen, die Fragen zu beantworten. Dann war es plötzlich ganz einfach. Es war, als habe jemand den Deckel eines Behälters geöffnet, in dem es gärt. Der Coach hatte ihn motiviert, etwas zu tun, was er sich, warum auch immer, selbst bisher nicht erlaubt hatte. Er hatte seine eigenen Bedürfnisse vernachlässigt. Der Coach behauptete, dass er selbst der einzige Mensch in seinem Leben sei, der die unglückliche Situation verbessern könne. Das hatte er bis dahin anders gesehen. Er war der Meinung gewesen, dass hauptsächlich Regina sich ändern müsse, nicht er.

Die Fragen hatten ihn mehrere Tage beschäftigt. Je länger er darüber nachgedacht hatte, desto besser gefiel ihm diese Übung. In jenen Tagen schwirrten Begriffe wie Wohlwollen, Verlässlichkeit, Vertrauen, Optimismus, Toleranz, Freiheit, Neugier durch seinen Kopf. Er kam schnell zu der Erkenntnis, dass diese Eigenschaften entscheidend zu einer guten Partnerschaft beitragen.

Es hatte dann noch zwei weitere Sitzungen bei dem Coach gedauert, bis er es schaffte, das Gespräch mit Regina zu suchen. Zuvor hatte der Coach ihm das Prinzip Love it, change it or leave it erklärt und empfohlen. Die Ansätze dieses Mannes hatten ihm weitergeholfen. Er schaffte es, Regina zu sagen, was er vermisste und was er sich wünschte und ganz besonders, was er nicht mehr akzeptieren würde. Ihm hatte das gut getan. Regina schien das nicht zu gefallen. Sie verstummte und hatte ihn dann kurze Zeit später verlassen. Damit hatte sich die vierte Frage von selbst beantwortet.

Auch der Rückflug war pünktlich und die Geschäftsreise ein Erfolg.

Kurt und Joachim

In der Woche nach dem Treffen war Kurts Praxis nicht gerade überbucht, was ihm sehr entgegen kam. Er hatte morgens seine Schwimmsachen gesucht und seine Badehose nicht gefunden. Deshalb ging er über Mittag ins Sportgeschäft, um sich eine neue zu kaufen. Dort stellte er fest, dass die Schwimmerbadehosen heute nicht mehr so knapp saßen wie damals und dass es viele Modelle mit halblangen Beinen gab. Das hatte es früher nur als Radhose für Rennradfahrer gegeben. Ein solch modernes Modell legte er sich nun zu. Eine neue Chlorbrille, die heute Schwimmbrille hieß, nahm er auch gleich mit.

Am nächsten Tag hatte er über Mittag drei Stunden lang keinen Patienten. Das nutzte er, um ins Freibad zu gehen. Er wollte wissen, wie schwer ihm das Schwimmen fiel. Er gefiel sich in seiner neuen Hose. Eine Badekappe, wie sie für sie beim Training und bei Wettkämpfen jahrelang Pflicht gewesen war, wurde heute nicht mehr verlangt. Schmunzelnd musste er an Werner Lampe denken, in den 70ern ein deutscher Spitzenschwimmer. Lampe hatte sich vor dem Wettkampf alle Körperhaare abrasiert, um den Wasserwiderstand zu reduzieren. Er durfte damals schon ohne Bademütze schwimmen. Rasierte Kopfhaare waren in den 70er Jahre etwas Besonderes gewesen. Seit drei Jahren rasierte Kurt seine Kopfhaare und seinen Bart trug er als Dreitagesbart. Am Beckenrand stehend zog er die Gummibänder seiner Schwimmbrille über den Kopf und sprang unverzüglich mit einem sauberen Startsprung ins

Wasser. Die ersten 50 Meter kraulte er zügig durch. Als er an der anderen Seite des Beckens anschlug, hielt er an, atmete kräftig und tief durch und strahlte. Nach einer halben Minute schwamm er weiter, viele Bahnen ohne Pause. Den Schwimmstil wechselte er. Rücken und Brust klappten prima. Bevor er Delphin, seine frühere Paradedisziplin, ausprobierte, erholte er sich ein paar Minuten am Beckenrand. Dann stieg er auf den Startblock um seine ersten 50 Meter Delphin seit vielen Jahren mit einem Starsprung zu beginnen. Auf der ersten Hälfte der Bahn sah das stilistisch sehr gut aus. Danach verließ ihn die Kraft sehr schnell und er quälte sich über die zweite Bahnhälfte. Keuchend schlug er an. Es folgten drei Bahnen lockeres Ausschwimmen und dann ging er warm duschen.

Zurück in seiner Praxis gönnte er sich einen Kaffee Crema in seinem gemütlichen Relax-Sessel sitzend. In Gedanken ging er sein Schwimmtraining durch. Es klappt noch, allerdings fehlte ihm die Kondition. Am Abend würde er versuchen Michael zu erreichen.

Gegen 19 Uhr schickte er eine Nachricht: "Hey, Michael, ich war heute seit langem mal wieder schwimmen, 1200 Meter. Ich lebe noch. Es hat echt Spaß gemacht. Wann hast Du mal Zeit zu telefonieren? Grüße aus Freiburg Kurt"

Prompt kam die Antwort: "Hi Kurt, bin in Madrid, komme morgen zurück. Dann gerne. Ich melde mich bei dir und grüße dich aus Madrid Michael."

Lisa freute sich mit Kurt, dass das Schwimmen so gut geklappt hatte. Sie spürte auch seinen Respekt vor dem Delphinschwimmen. Er konnte sich nicht vorstellen, wie er 100 Meter in dieser Stilart schaffen sollte, und dann auch noch in einer einigermaßen passablen Zeit. Aber das war nebensächlich. Es ging um das olympische Motto: Dabei sein ist alles. Auch wenn das bei den Olympischen

Spielen schon lange nicht mehr im Vordergrund stand. Da ging es heute zu allererst um Medaillen, Erfolg und Geld, viel Geld und leider deshalb auch um Doping, dachte Kurt. Auf ihn wirkte die Erfahrung im Schwimmbad von heute wie ein Dopingmittel. Er nahm sich vor, in zwei Tagen wieder schwimmen zu gehen.

Am nächsten Morgen wachte er erholt auf. Dann griff er nach seinem Handy, um es aus dem Flugmodus zu befreien. Als er dazu seinen linken Arm ausstreckte, spürte er die Rückseite seines Oberarmes und seinen Brustmuskel. Es war kein unbekannter Schmerz. Es war Muskelkater. Den hatte er früher vom Schwimmen nur dann bekommen, wenn sie es mal wieder beim Training übertrieben hatten und Günther sie ganz besonders hart rangenommen hatte. Nach einem Tag war der allerdings wieder vergangen.

Am darauf folgenden Morgen konnte er sich kaum noch bewegen. Alles tat ihm weh, zumindest kam es ihm so vor. Sein ganzer Oberkörper war von Muskelkater befallen. Den Versuch, es durch morgendliches Dehnen zu verbessern, brach er ab.

Lisa fragte ihn in der Küche: "Was ist denn mit dir los? Du bewegst dich heute irgendwie seltsam."

"Ich hab Muskelkater vom Schwimmen, und wie", jammerte Kurt vor sich hin.

"Hattest du nicht vor, heute Abend wieder schwimmen zu gehen", fragte Lisa.

"Das werde ich und ich bin gespannt, wie das klappen wird", erwiderte Kurt.

Zur Mittagspause ging er zu Lisa ins Café, wo er zuerst einen großen Kaffee bestellte und danach einen Sommersalat aß. Während er an einem der Bistrotische unter der Markise saß, spürte er seinen Muskelkater, indem er die betroffenen Muskeln nacheinander anspannte. Körpergefühl und Körperbewusstsein hatte er in der Ausbildungsgruppe zum systemischen Therapeuten oft geübt. Unser Körper reagiert auf unsere Gefühle, erinnerte er sich und schmunzelte. Auch wenn das in dem Kontext anders gemeint gewesen war, wies ihn sein Körper auf seine Selbstüberschätzung im Schwimmbad und auf die, in den Jahren davor gelebte, schwimmerische Faulheit hin. Er entschloss sich, auf jeden Fall am Abend wieder Schwimmen zu gehen.

Als er fertig gegessen hatte, ging er rein zum Tresen und sagte zu Lisa, die an der Espressomaschine mit mehreren Kaffees jonglierte: "Heute war dein Sommersalat ganz besonders gut."

Sie blickte zu ihm auf, lächelte und sagte: "Danke"

"Ich werde heute Abend zuerst schwimmen gehen und danach heimkommen."

"Ja, mach das. Ich bring was zu essen mit", warf sie ihm zu, während sie bereits ihre Kaffees zu einem der Tische balancierte.

Als Lisa kurz nach acht heim kam, hörte sie Kurt telefonieren. Sie hörte nur: "Du, Michael, jetzt muss ich Schluss machen. Lisa ist gekommen und hat was zu essen mitgebracht. Ich habe einen Riesenhunger."

Er hatte den Tisch bereits gedeckt gehabt, bevor er Michael von seinem Schwimmtraining berichtet hatte. So konnten sie unverzüglich mit dem Abendessen beginnen. Kurt aß mehr als sonst. Sie bemerkte, dass er mit seinem Schwimmen heute nicht ganz zufrieden war und dass es ihn trotzdem beflügelte hatte.

"Weißt du?" begann er, "es erinnert mich an früher."

Das Schwimmen hatte ihm früher schon gut getan. Nach dem Training konnte er sich am besten konzentrieren.

Nach dem Fahrrad fahren war das ähnlich, nur die Erinnerungen an früher fehlten. Drei bis vier Mal pro Woche hatten sie in der Schulzeit trainiert und an den Wochenenden waren sie oft zu Wettkämpfen gefahren. Er dachte gerne an diese Zeit.

Der Muskelkater hatte sich über das Schwimmen gefreut und war danach weniger stark spürbar. In den Beinen spürte er keinen Muskelkater. Das hing vermutlich damit zusammen, dass er regelmäßig Touren mit dem Rennrad machte und seine Beinarbeit beim Schwimmen immer schon schwach ausgeprägt war. Günther hatte lange versucht, ihm einen kräftigeren Beinschlag beizubringen, schlussendlich aber aufgegeben.

•

Seine Radtouren am Wochenende führten ihn meist ins Rheintal. Richtung Colmar ins Elsass oder in den Schwarzwald fuhr er nur, wenn er sich richtig anstrengen wollte. Die Flachlandtouren waren 60 bis 90 Kilometer lang. Die seltenen bergigen Touren hatten 40 bis 60 Kilometer.

Zu dritt waren sie oft unterwegs gewesen. Dreimal Ü50 auf modernen Rennmaschinen. Anfang der 80er Jahre waren die Schalthebel an ihren Rädern noch per Muffe am Rahmen befestigt, die Ende der 80er durch angelötete Gewinde ersetzt worden waren. Die Innovationen der Radindustrie hatten die Schalthebel später an verschiedene Stellen am Lenker verschoben. Viel wichtiger waren die Verbesserungen bei den Übersetzungen. Im Studium war Kurt mit einem Studienkollegen über die Alpen an die Ardèche geradelt. Wie sehr hätten sie sich damals die heute üblichen kleinen Übersetzungen bei

Ihren Passfahrten gewünscht. All diese Änderungen wurden aktuell durch die rasante Entwicklung der E-Bikes getoppt. Immer häufiger erlebte Kurt, dass er an Steigungen von übergewichtigen Menschen auf Elektrofahrrädern überholt wurde.

Zwischenzeitlich fuhr er meistens alleine. Vor 4 Jahren war Joachim zum letzten Mal mitgefahren. Bei jener Tour im September hatte er von Anfang an Schmerzen im Knie gehabt, die gegen Ende der Fahrt so stark geworden waren, dass er die letzten 10 Kilometer nur mit dem rechten Bein gefahren war. Die Klickpedale und die abschüssige Strecke zurück nach Freiburg ermöglichten das. Sein linkes Knie hatte sich seit dem eher verschlechtert und vor zwei Jahren hatte er ernsthaft über ein künstliches Kniegelenk nachgedacht. Glücklicherweise hatte ihn damals ein Osteopath vor einer Knie-OP bewahrt. Kurt hatte versucht, Joachim zum Schwimmen zu bringen, schließlich wurden die Knie beim Kraulen so gut wie gar nicht belastet. Es war ihm nicht gelungen.

Kurt dachte, dass beim Schwimmen das Sprichwort: Was Hänschen nicht lernt, lernt Hans nimmer mehr, ganz besonders gilt. Selbst den Radsportlern, die erst als Triathleten richtig schwimmen gelernt hatten, sah er dies am etwas eckigeren Schwimmstil an.

Jens, war früher gerne mitgefahren. Sein Drive war erloschen, nachdem er vor zwei Jahren Opa geworden war. Es schien, als hätte er sein Leben vor der Geburt seines Enkels Liam als Raupe oder gar verpuppt gelebt. Erst durch Liams Geburt war er dann zum Schmetterling geworden.

Seinen Freunden war Jens mit seinen bunten Radshirts und seiner Art wie ein Schmetterling vorgekommen. Da er nun weder als Radfahrer noch als Gesprächspartner unter

Männern zur Verfügung stand, wirkte es auf Kurt und Joachim, als habe Jens sich vom bunten Schmetterling zur Raupe zurückentwickelt. Die buntesten Radshirts hatte er gegen leicht waschbare, einfarbige Baumwollshirts eingetauscht, da von diesen Liams Essensreste gut abgewaschen werden konnten. Seit sie nicht mehr zusammen Rad fuhren, hatten sich Kurt, Joachim und Jens hin und wieder zum Meinungsaustausch getroffen. Anfangs war Jens noch mit von der Partie gewesen, bis die Besuchstermine bei und von Liam ihm keine Zeit mehr ließen.

●

Für Joachim war dieses extreme Opa-Verhalten noch befremdlicher als für Kurt, der selbst eine Enkeltochter hatte, die er allerdings nicht allzu oft sah, da sie jenseits des Schwarzwaldes in Konstanz wohnte. Joachim hatte weder Kinder noch Partnerin und stellte sich deshalb die Frage, was ihm im Alter bliebe, außer guten Freunden.

Das Thema Kinder konnte und wollte Joachim mit jetzt fast 60 Jahren nicht mehr ändern. Eine Partnerin wünschte er sich schon. Die 15 Jahre mit Jutta hatte er sehr genossen, bis sie vor zwei Jahren Knall auf Fall zu ihrer Tochter in die Nähe von Hamburg gezogen war. Das hatte ihn getroffen, denn er hatte ihr während der Trennung von ihrem Mann viel geholfen und auch danach war er für sie und ihre Tochter da gewesen. Immer wieder hatte Jutta ihm gesagt, er sei der Mann ihres Lebens "The one and only." Als ihre Tochter nach dem Abitur nach Hamburg gegangen war, war Jutta bei ihm eingezogen. Sie litt darunter, dass ihre Tochter so weit weg lebte. Mit ihrer Arbeit hatte sie sich abgelenkt.

Nachdem sie vor drei Jahren in den Vorruhestand geschickt worden war, wusste sie nichts mehr mit ihrer Zeit anzufangen. Das führte zu vielen Reisen nach Hamburg, wo sie dann ein bis zwei Wochen bei der Familie ihrer Tochter verbrachte. In den Phasen, die sie bei Joachim war, war sie für ihn schwer erreichbar gewesen. Sie wirkte damals müde und depressiv. Er hatte mehrfach versucht, mit ihr darüber zu sprechen, um eine Lösung zu finden. Sie hatte das abgelehnt.

Da ihr die Zeit mit ihren Enkeln am wichtigsten war, war es für sie ein Wink des Schicksals, als ihr Schwiegersohn ihre Tochter samt Kindern verließ. Kurzerhand hatte sie das zum Anlass genommen, wegzuziehen. Sie hatte ihm ihren Beschluss erst mitgeteilt, als sie bereits eine kleine Wohnung in der Nähe von Tochter und Enkeln angemietet hatte. Dass sie gegangen war, hatte ihn traurig gemacht. Wie sie gegangen war, hatte er unter "Unverschämtheit" abgelegt. Joachim hatte Jutta sogar in Hamburg besucht, um Antworten auf das "Warum" und das "Warum so" zu bekommen. Er bekam sie nicht. Sie hatte im auch da noch gesagt, er sei "the one and only". Er hatte sich bei ihr verabschiedet mit den Worten "the one and lonely".

Geblieben war die Frage, ob die 15 gemeinsamen Jahre mit Jutta wirklich eine ehrliche Partnerschaft gewesen waren oder nur eine WG in der sie seine Unterstützung gerne angenommen hatte und als sie die nicht mehr benötigte, ihn einfach fallengelassen hatte. Übrig geblieben war, dass er die Kinder und jetzt dann auch die Enkel seiner Freunde und Bekannten immer wieder als Konkurrenten ansah, selbst wenn die nicht so vernarrt in ihre Enkel waren wie Jens in Liam.

Kurt motivierte Joachim immer wieder nach vorne zu sehen und das Thema Partnersuche aktiv anzugehen.

Joachim hatte sich vor 3 Monaten bei Parship angemeldet. Dort hatte er sehr schnell einen Frauenüberhang bei den 50jährigen festgestellt. Er konnte sich vor Zuschriften, Zuzwinkern und Spaßfragen kaum retten. Zwischenzeitlich hatte er sich an Kurt gewandt, da es ihn stresste, wenn er Absagen erhielt und noch mehr, wenn er kein Interesse an einer Frau hatte, diese aber an ihm. Auf jeden Fall war er beschäftigt und berichtete immer wieder von netten oder auch skurrilen Telefonaten und Treffen. Er war sich noch nicht im Klaren, wo das hinführen sollte, aber er war aktiv und das tat ihm gut.

Klaus besucht Hans

Es war genau 18 Uhr als Hans den Türöffner drückte. Klaus kam mit einer Flasche guten Rotwein die Treppe herauf.

"Nach dir kann man echt die Uhr stellen, Klaus. Komm rein. Schön, dass du da bist", empfing ihn Hans. Es roch fantastisch nach leckerem Essen.

Klaus sah sich um und fragte: "Ist deine Frau nicht da?"

"Nein, die haben heute Abend eine Feier im Unternehmen. Du musst heute mit mir vorlieb nehmen. Dafür hab ich uns leckere Rezepte gekocht," grinste er und spielte damit darauf an, dass seine Frau sich vegetarisch ernährte. Er liebte es, wenn er seine Lieblingsgerichte mit anderen teilen konnte.

"Schau mal, das ist ein Rotwein von einem sehr innovativen Winzer aus Württemberg. Der macht aus einem Trollinger einen wunderbaren, südlichen, von Tanninen dominierten Wein. Ich habe gehört, dass er über die Hälfte der Trauben wegschneidet, damit der

Geschmack in die verbleibenden Trauben geht", erklärte Klaus.

"Welche Auswirkungen hat das auf den Verkaufspreis, Herr Controller?" fragte Hans seinen Freund. Sie liebten es, solche Kalkulationen zu machen, ohne konkrete Daten zu haben.

"Nun ja," begann Klaus seine spontanen Kalkulationsüberlegungen, "die Trauben bilden den Materialpreis und der ist dann doppelt so hoch. Die zusätzlich erforderliche Handarbeit beim Zurückschneiden und die zusätzliche Pflege wird vermutlich mindestens doppelt so hoch sein. Die Ernte und das Mosten geht bei halb so vielen Trauben unwesentlich schneller. Ein entscheidender Teil bei der Kalkulation ist die Verteilung der hohen Fixkosten auf die halbe Menge Wein."

"Rein theoretisch verdoppelt sich dann der Preis bei halber Menge. Bei der Preisfestlegung spielt es eine Rolle, ob der Preis von den Kunden akzeptiert wird und ob die doppelte Menge zum halben Preis überhaupt verkauft werden kann. Was hast du denn für die Flasche bezahlt?" unterbrach ihn Hans.

"15 Euro."

"Na also, passt doch und jetzt nimmt bitte Platz, dass Essen ist fertig."

Klaus hätte gerne weitere Überlegungen gemacht, bei denen er sich wohlfühlte und die sie davon abhielten, zum Thema zu kommen, aber Hans, der Pragmatiker, hatte Recht. Es machte keinen Sinn tiefer einzusteigen.

Während Klaus kalkuliert hatte, hatte Hans den Wein geöffnet und dekantiert.

Sie begannen mit Vitello tonnato. Das Kalbfleisch hatte Hans acht Stunden bei kleiner Hitze im Backofen gegart.

Die Thunfisch-Mayonnaise war ebenfalls selbstgemacht. Thunfisch, Kapern, Sardellen und Ei. Hans kombinierte zum Essen gerne passende Getränke. Zu dieser Vorspeise war ihm vor kurzem ein mildes Blond Ale empfohlen worden, das seine Fruchtaromen einer neugezüchteten Hopfensorte aus der Hallertau verdankte, der erst im Lagertank hinzugefügt wurde.

Hans erklärte: "Unter den Craftbieren, die seit kurzem immer öfter angeboten werden, passen einige besser zu manchen Gerichten als Wein."

Klaus war überrascht, wie gut diese Kombination schmeckte.

Der dann folgende Hauptgang war ein Gedicht. Das Dry-Aged-Rinderfilet hatte Hans genau zwischen medium und medium rare hinbekommen. Dazu hatte er gesalzene Nüsse angebraten und Gorgonzola Käse in der Pfanne geschmolzen. Dazu passte der mitgebrachte rote Wein.

Sie einigten sich darauf, den Nachtisch etwas später zu essen.

Hans hatte sein Essen sichtlich genossen und nahm einen großen Schluck Wein. Dann hob er an: "Schön dass du da bist," sagte er, "ich weiß nicht, ob es dir aufgefallen ist, wie stark meine Hand beim Einschenken gezittert hat." Er wusste, dass es Klaus aufgefallen sein musste, denn Klaus beobachtete alles ganz genau. Da Klaus das wusste, versuchte er erst gar nicht, seine Beobachtung zu verneinen oder zu beschönigen.

"Ja! Ich habe es gesehen. Du hast trotzdem nichts verkleckert", fügte er als Weichmacher hinzu.

"Zu Beginn macht das Unterbewusstsein das von selbst, sagt der Arzt, sobald die Krankheit im Bewusstsein angekommen ist, versuchen die Betroffenen, bewusst gegenzusteuern", referierte Hans.

"Wie sehr beeinträchtigt dich das im Alltag?" sprang Klaus mitten ins Thema.

"Physisch kaum, psychisch sehr. Das genau beeinflusst ja die Frage, die ich mit dir besprechen will."

Klaus sah in an und hörte interessiert zu.

"Einerseits habe ich keinen Bock, weiterhin jeden Tag acht bis neun Stunden zu arbeiten. Andererseits habe ich Angst davor, mich gedanklich nur noch mit der Krankheit zu beschäftigen, wenn ich aufhöre zu arbeiten. Ich weiß nicht, ob ich es schaffe, mich nur noch mit mir selbst zu beschäftigen. Jetzt rächt sich, dass ich die letzten drei Jahrzehnte fast ausschließlich für die Arbeit und in den Urlauben für meine Erholung gelebt habe," erklärte sich Hans.

"Jetzt hast du Zeit, um mit deiner Frau zu reisen," versuchte Klaus hilflos ihn aufzuheitern.

"Klaus, du weißt genau was ich meine. Wir haben das Thema in den letzten Jahren mehrfach besprochen. Die Fragen lauten: Was inspiriert mich? Was will ich noch erleben? Wie gestalte ich meinen Lebensabend erfüllend?"

"Ja, ich weiß," Klaus sah nach unten, "du hast ja Recht. Das sind die Fragen, die wir beide seit langer Zeit vor uns herschieben."

"Nur dass du noch mehr Zeit hast, sie zu beantworten. Mir bleibt nicht mehr allzu viel Zeit, in der ich fast alles noch machen kann. Verstehst Du?" wollte Hans wissen: "Klaus, mir rinnt die Zeit durch die Finger."

"Ok, jetzt mal langsam", ging Klaus in den emotionalen Survival-Mode. "Fangen wir konkret an: Was steht ganz oben auf deiner To-do-Liste?"

Das schätzte Hans an Klaus. Der merkte sofort, wenn andere hysterisch wurden und wurde dann sehr pragmatisch. Das hatte ihm schon früher oft aus dem Jammermodus herausgeholfen.

Er ließ sich darauf ein und begann: "Also, ich will meinen Sohn in Australien besuchen und mir das Land mal so richtig ansehen, in dem er lebt. Am Haus wäre einiges zu renovieren." Er stoppte. "Da siehst du es, außer dem Besuch habe ich momentan keine Ideen, wie ich meinen Alltag sinnvoll gestalten soll."

Klaus sah ihn an und schwieg. Er überlegte, wie seine Antworten auf diese Fragen aussehen würden, wenn er sie sich stellen würde. Er würde weiterhin Schach spielen. Vielleicht sogar etwas mehr. Er würde sich auch regelmäßig an der frischen Luft bewegen, aber Ziele, auf die er hinarbeiten könnte, hatte er auch keine. Da fiel ihm das aktuelle Ziel ein, das als Idee auf dem Klassentreffen entstanden war. Es war kein weltbewegendes oder weltverbesserndes Ziel. Dennoch war es etwas, das ihn begeisterte. Die Idee mit seinen alten Freunden wieder eine Lagenstaffel zu schwimmen, hatte ihn erfasst und schöne Erinnerungen an gemeinsame Sporterlebnisse wachgerüttelt. Er erzählte Hans von ihrem Schwimmprojekt.

"Weiß du Hans, der sportliche Aspekt ist nur eine Seite. Es schadet ja nicht, wenn wir uns alle körperlich etwas mehr betätigen. Das alleine ist es aber nicht. Es ist das gemeinsame Ziel und es sind die gemeinsamen Aktionen auf dem Weg dorthin. Demnächst werden wir uns an einem Wochenende treffen und gemeinsam trainieren. Wir halten unseren früheren Trainer auf dem Laufenden und wenn wir dann die Staffel schwimmen, nehmen wir ihn mit."

"Das hört sich nach einem coolen Projekt an." Klaus' Begeisterung beeindruckte ihn: "Komm lass uns auf euer Projekt den Nachtisch genießen. Es gibt Tiramisu."

"Ja, gerne. Dein traditionelles Rezept, ohne Mandellikör, dafür mit Cognac?"

"Ja, genau," sagte Hans und stand auf, um die beiden Miniauflaufformen mit dem Tiramisu aus dem Kühlschrank zu holen. Er stellte die ovalen Formen auf den Tisch und ging dann in die Küche, um für beide einen Ristretto zu machen.

Während sie ihren exzellenten Nachtisch genossen, schwiegen sie.

Klaus nahm den Faden wieder auf: "Um was geht es denn überhaupt im Leben?"

"Gesund und glücklich seine Zeit auf der Erde hinter sich zu bringen?" fragte Hans unsicher, weil er merkte, dass es das alleine nicht sein konnte.

"Lass uns deinen Ansatz weiterspinnen. Wenn gesund sein eine Voraussetzung für ein erfülltes Leben wäre, was würde Steven Hawkins dann sagen?" fragte Klaus und Hans bewegte den Kopf nachdenklich hin und her. So wie Inder es tun, wenn sie von etwas begeistert sind.

"Die australischen Ureinwohner haben eine Weisheit," fuhr Klaus fort: "Die behaupten, Umwege seien die Geschenke des Lebens. Wer weiß, was dir dein Umweg über Australien bringen wird?"

"Du hast gewonnen. Ich ziehe meine spontane Definition zurück. Hast du vielleicht in deiner Zitate-Sammlung ein paar andere interessante Ansätze."

"Ja. Da gibt es dieses Buch von einer australischen Krankenschwester, die viele Jahre in einem Hospiz gearbeitet hat," überlegte Klaus.

"Also reif fürs Hospiz bin ich ja nun noch nicht", warf Hans selbstironisch ein. Seinen Humor hatte er nicht verloren: "Um was geht es in dem Buch?"

"Sie hat aufgeschrieben, was Sterbende am meisten bereuen und ist dabei auf fünf Hauptpunkte gekommen."

"Das ist ja interessant. Hast du das Buch gelesen?"

"Nein, nur davon gehört."

Klaus hatte es bereits auf seinem Handy gefunden: *"Fünf Dinge die Sterbende am meisten bereuen"*, von Bronnie Wares. Ich hab's gefunden. Hier stehen die fünf Dinge"

Er las vor: *„Ich wünschte, ich hätte den Mut gehabt, mir selbst treu zu bleiben, statt so zu leben, wie andere es von mir erwarteten.* Darüber werde ich in Ruhe nachdenken."

„Ich wünschte, ich hätte nicht so viel gearbeitet. Das stimmt definitiv."

„Ich wünschte, ich hätte den Mut gehabt, meinen Gefühlen Ausdruck zu verleihen. Hm, darüber werde ich auch in Ruhe nachdenken."

„Ich wünschte, ich hätte den Kontakt zu meinen Freunden gehalten. Da muss ich sofort an dich und deine Schwimmerfreunde denken. Ihr macht das richtig Klaus. Ich habe außer dir noch zwei gute Freude. Auch darüber werde ich nachdenken."

„Ich wünschte, ich hätte mir mehr Freude gegönnt. Dein Besuch heute und unser Gespräch bereiten mir große Freude. Ich werde ab heute auf diesen Punkt ganz besonders achten. Das Buch besorge ich mir", beendete Hans das Zitieren aus dem von Klaus empfohlenen Buch.

Es war spät geworden. Klaus half Hans noch beim Abräumen und ging zur Türe, wo seine Schuhe standen. Nachdem er sie angezogen hatte, verabschiedete er sich von Hans mit einer Umarmung. Als er die Türe öffnete, sah er in dessen feuchte Augen. Das Gespräch hatte beide berührt.

Klaus ging zu seinem Wagen. Als er losfuhr, war er noch sehr aufgewühlt. Die vier Kilometer bis nach Hause war er wie im Traum gefahren. Erst als er vor seiner Garage den Motor ausmachte und ausstieg, war er wieder ganz er selbst. Er war vor dem Losfahren nicht um sein Auto gegangen. Das holte er nun nach und ging beschwingt ins Haus.

Peters Zusage

Der Tag im Büro war unangenehm gewesen. Das Schwimmen im Baggersee hatte ihm gutgetan. Er war zweimal der Länge nach durch den See geschwommen. Doppel so viel und schneller als sonst. Anfänglich schwirrten ihm noch die Fragen nach der Abgasbehandlung im Kopf herum. Sie wurden zum Glück schnell abgelöst von der Freude an der harmonischen Bewegung beim Kraulschwimmen und der Konzentration auf die Atmung. Er begann mit einem Dreierzug. Nach ungefähr 100 Metern wechselte er und atmete abwechselnd zweimal links und zweimal rechts. So war er früher auch im Training meistens geschwommen. Nur bei Wettkämpfen und bei Sprints im Training hatte er zum Schluss nach jedem Zug links geatmet, um genug Sauerstoff in die Lungen zu bekommen. Die linke Seite war seine Schokoladenseite beim Atmen.

Als er fertig war, ging er zu seinem Handtuch und legte sich drauf ohne sich komplett abzutrocknen. Lediglich die

Hände mussten trocken sein, um sein Handy wieder einzuschalten. Michael hatte versucht ihn anzurufen.

Peter rief ihn zurück: "Hi Michael, als du es versucht hast, war ich im Baggersee."

Michael:"Cool, und wie lief's?"

Peter: "Es lief beziehungsweise es schwamm sich hervorragend. Den Büroscheiß konnte ich schnell im See versenken und dann habe ich die Bewegung im ideal temperierten Wasser genossen."

"Ja, heißt das denn, dass du dabei bist, bei unserer Lagenstaffel", freute sich Michael.

Peter: "Ich bin dabei."

Michael: "Super. Kurt und Klaus machen auch mit. Mit denen habe ich schon gesprochen. Kurt ist sich nur nicht sicher, ob er die Delphinstrecke schafft. 100 Meter Kraul und Rücken schafft er immer."

"Hauptsache er macht mit. Was sagt Klaus?" wollte Peter wissen.

"Der ist auch dabei. Du weißt doch, Klaus will kein Spielverderber sein, außerdem möchte er gegenüber Günther nicht sein Gesicht verlieren."

Peter erzählte Michael noch, dass seine Tochter schwanger ist.

Michaels Antwort: "Hey, das freut mich für dich. Bevor ich Opa werde, muss noch einiges passieren."

"Nun ja, die Wahrscheinlichkeit hat sich doch durch deine "neue" Tochter verdoppelt", rechnete der Logiker ihm vor.

"Vervielfacht", sagte Michael

"Wie meinst du das?"

"Das erzähl ich dir, wenn wir uns sehen. Ich werde jetzt als aller erstes eine WhatsApp-Gruppe einrichten."

Peter gönnte sich auf der Fahrt nach Hause die maximale Unterstützung seines E-Bikes. Das Telefonat mit Michael hatte seine Stimmung noch ein Stück verbessert.

Das Treffen im September

Das erste Septemberwochenende war ein Glücksfall. Alle vier hatten es frei beziehungsweise frei machen können. Sonst wäre es vermutlich November geworden. Michael hatte alle drei zu sich nach Stuttgart eingeladen.

Klaus wollte mit der Bahn von Heidelberg nach Stuttgart kommen. Peter hatte sich für die Fahrt mit dem Motorrad entschieden, da die Hochdruckwetterlage dazu einlud. Er war durch das Nördlinger Ries und die Ostalb gefahren. Kurt hatte an diesem Samstagmorgen mit seinem Z3 den Schwarzwald durchquert.

Alle kamen fast zeitgleich um 13 Uhr bei Michael an. Klaus war erster gewesen, obwohl sein Zug eine halbe Stunde Verspätung gehabt hatte. Es war ihm zu Gute gekommen, dass die anderen beiden sich Zeit gelassen und ihre Fahrt ohne Eile genossen hatten.

Da Michael sehr nah an einer U-Bahnstation im Stuttgarter Süden wohnte, hatten sie beschlossen, dass Klaus mit Öffentlichen kommt. Als er eintraf, musste er erst mal für kleine Jungs. Nachdem es etwas länger gedauert hatte, bis Klaus wieder raus kam, fragte Michael, ob alles ok sei?

Klaus presste seine Lippen so aufeinander, dass die Oberlippe einen runden Wulst bildete und die Mundwinkel leicht nach unten zeigten und sagte: "Das dauert heut zu Tage etwas länger."

Michael hatte bei seiner Frage an Verdauungsprobleme oder Unwohlsein gedacht, dann aber verstanden: "Ach so, die Gehorsamkeit deines Mitarbeiters lässt zu wünschen übrig."

"Wie meinst du das?" fragte Klaus.

Michael wurde genauer: "Wenn bei der Feuerwehr der Brandmeister 'Wasser marsch' ruft, dann hat der zuständige Feuerwehrmann sofort den Wasserhahn laufen zu lassen."

"Jetzt kapier ich. Genau so ist das. Ich bin sozial eingestellt und werde diesen langjährigen guten Feuerwehrmann nicht entlassen," grinste er, "wie auch?"

"Schließlich hat der ja auch noch andere wichtige Aufgaben", grinste Michael.

In diesem Moment kamen Kurt und Peter an. Michael winkte die beiden auf die Parkplätze. Dann amüsierte er sich mit Klaus, wie schwerfällig Kurt sich heute aus seinem Cabrio quälte. Peter hatte es da einfacher. Er stieg vom Motorrad, nahm elegant den Helm ab, zog sich Sturmhaube und Handschuhe aus.

Nach der freundlichen gegenseitigen Begrüßung brachten sie alle ihre Sachen ins Haus und Michael lud sie ein, am Tisch Platz zu nehmen, der mit kleinen Fingerfood-Häppchen gedeckt war, die er mit Ina vorbereitet hatte.

Ina hatte alle drei herzlich begrüßt und sagte während des Essens: "Ihr habt euch alle echt gut gehalten. Attraktive Vertreter der Ü50 Fraktion."

"Du hättest uns früher mal sehen sollen", blödelte Kurt. Die Männer fühlten sich geschmeichelt, das von einer attraktiven, jüngeren Frau zu hören. Solche Komplimente hörten sie zu Hause selten.

"Ihr könnt euch was drauf einbilden. Als U40erin kann ich das nur noch drei Wochen so sagen", fügte Ina hinzu. Michael genoss es, wie fröhlich seine alten Schwimmerfreunde sich mit Ina austauschten. Sie waren etwas enttäuscht, als Ina sich für den Rest des Wochenendes verabschiedete. Sie wollte die Zeit nutzen, um ihre Eltern in Karlsruhe zu besuchen.

Michael hatte seine Lieblingstapas ausgewählt: gebratene Datteln in Serranoschinken, gebratene, kleine, grüne, salzige Paprika, ein kleines Stück Tortilla de Patatas (spanischer Kartoffelkuchen) und als Krönung für jeden zwei baskische Pinchos, üppig beladene getoastete Weißbrotscheiben mit Iberico Schinken und Gambas. Dazu tranken sie Sprudel.

"Oberlecker", sagte Kurt, als er seine Hände mit der Serviette vom Öl befreite.

"Freut mich", strahlte Michael, "aber mehr gibt es jetzt nicht."

Außer Klaus nahmen alle einen Espresso. Michael erklärte nochmals den Plan, den er per WhatsApp bereits verteilt hatte.

"Wir werden heute Nachmittag zum Inselbad fahren. Dort sind immer vier Bahnen mit Leinen abgetrennt. Da können wir uns schön einschwimmen und dann kann jeder mal seine Disziplin auf Zeit schwimmen. Danach besuchen wir das Daimler-Museum, gleich um die Ecke. Und nach dem kulturellen Teil werden wir uns in einer nahegelegenen netten Eckkneipe mit sehr guten Burgern stärken. Und morgen Vormittag werden wir noch eine Trainingseinheit im Sindelfinger Bad absolvieren."

Michaels Plan fand allgemeine Zustimmung. Das Abräumen des Tisches hatte Michael übernommen. Er machte das am liebsten alleine, da er wusste, wo alles hin gehörte. Deshalb widerstrebte es ihm auch, bei anderen zu helfen, da er dort nicht wusste, wo er die Sachen abstellen sollte.

Bevor sie aufbrachen, fragte Klaus: "Sag mal, Michael, wie bist du denn auf den Gruppennamen gekommen?" Michael hatte die WhatsApp-Gruppe "Total Verrückte Oldies" genannt.

Michael antwortete: "Naja, wir sind damals im TVO Turnverein Obere Nahe geschwommen. Der Rest ist doch selbsterklärend, oder etwa nicht?"

•

Sie nahmen mit ihren Schwimmsachen in Michaels Citroen Platz. Auf der Fahrt zum Freibad gaben alle zu, dass sie einige Male trainiert hatten. Kurt hatte sogar die Zahl seiner Radtouren reduziert und war stattdessen zum Schwimmen gegangen. Nach 4 Wochen Training hatte er sogar die 100 Meter Delphin geschafft. Davon erzählte er den anderen nichts. Peter war ebenfalls mehrfach im Freibad gewesen, da er dort richtig trainieren konnte. Im Baggersee klappte das nicht so richtig. Selbst Michael, der ja regelmäßig trainierte, war zusätzlich schwimmen gegangen. Klaus hatte nur gesagt, dass er ja sowieso schwimme und ein paar Mal öfter gegangen sei.

"Du warst früher der Trainingsfleißigste", bemerkte Peter.

"Ja, früher", winkte Klaus ab.

Im Bad zogen sie sich in der Nähe des Eingangs um. Das 50-Meter-Sportbecken lag 100 Meter entfernt. Auf dem Weg dorthin, ging vorne Michael neben Kurt und dahinter Klaus neben Peter. Wären die vier nebeneinander gegangen, hätten sie an ihre Jugendserien Bonanza oder an den Westernklassiker "Die vier Söhne der Kathie Elder" mit John Wayne erinnert. Die Wildwest-Abenteuer hatten sie als Unterstufler gerne verfolgt. Damals, als es nur zwei Fernsehprogramme gab und in den Familien immer wieder Diskussionen darüber, was gesehen werden sollte, wenn interessante Filme zur selben Zeit auf dem ersten und dem zweiten Programm liefen. Auch das später mögliche Aufzeichnen von Filmen hatte das Problem trotz aufwendiger Technik mit Video-Recorder lange Zeit nicht lösen können, da es nicht möglich war, einen Film zu sehen und zeitgleich einen Film auf dem anderen Programm aufzuzeichnen. Internet und Mediathek kamen erst viel später.

Am Beckenrand angekommen, fühlten sich alle vier wie früher. Auf den vier durch Leinen abgetrennten Bahnen waren nur sehr wenige Schwimmer unterwegs. Hinter den Startblöcken einigten sie sich, sich erst mal 500 Meter einzuschwimmen und dass dann jeder seine 50 Meter auf Zeit schwimmen würde. Michael hatte dazu eine alte Stoppuhr mitgenommen. Sie verteilten sich auf die vier Bahnen, zogen ihre Schwimmbrillen auf und sprangen ins Wasser. Nach weniger als 10 Minuten fanden sich alle an der Startseite am Beckenrand ein. Sie stiegen aus und wählten die Bahn am Rand für ihren kleinen Test. Michael würde am Rand mitgehen, um die Zeiten stoppen zu können.

"Peter, du zuerst", legte Klaus fest, "wie im echten Leben" und meinte wie bei einer Lagenstaffel im Wettkampf.

Mit einem, "Ok", glitt Peter ins Wasser. Der Rückenschwimmer startet von unten. Michael gab das Startzeichen und Peter drückte sich mit Kraft vom Beckenrand ab.

Michael ging neben ihm am Rand mit. Klaus und Kurt beobachteten Peters Rennen von der Startseite aus: "Der zieht ganz schön los. Sieht aus wie damals. Wirkt nicht langsamer, oder?" Kurt und Klaus waren sich einig. Sie sahen Michaels Daumen-hoch-Geste nachdem Peter angeschlagen hatte. Peter stieg aus und ging neben Michael locker zurück zum Start.

Klaus und Kurt klatschten in die Hände als Peter zu ihnen kam. Peter war knapp unter 36 Sekunden geblieben und damit sehr zufrieden.

Klaus machte sich fertig. Er schwamm mit Brille. Sein Startsprung und der anschließende Tauchzug brachten ihn weit. Dann folgten die beim Brustschwimmen eher eckigen Wechsel von Armzug und Beinschlag.

"Der Klaus hält ja auch kräftig drauf", meinte Peter.

"Du hättest dich mal sehen sollen", antwortete Kurt.

Klaus beendete sein Rennen gegen die Uhr nach ziemlich genau 38 Sekunden. Es dauerte einen Moment bis Klaus aus dem Wasser stieg. Kurt und Peter beobachteten, wie Michael ihm auf die Schulter klopfte und die beiden dann auf zum Start zurück spazierten. Als alle wieder zusammen waren, beglückwünschten sie Klaus zu seiner Zeit und bemerkten, dass er einen ziemlich roten Kopf hatte und noch immer relativ schnell atmete.

Jetzt kam die schwierigste Disziplin. Kurt schwamm elegant. Seine gelenkigen Schultergelenke hatte ihm früher schon geholfen, die Arme mühelos gleichzeitig nach vorne zu werfen, um dann kraftvoll nach hinten durchzuziehen. Er zog durch bis zum Schluss. Von der Startlinie aus war nicht zu erkennen, ob er am Ende der Bahn etwas nachgelassen hatte, was bei dieser anstrengenden Disziplin häufig vorkam. Kurt hatte es in 34 Sekunden geschafft.

Bevor Michael seine Uhr an Klaus weitergab, bekundeten sie Kurt ihre Hochachtung über seine Leistung. Der beschwichtigte die Euphorie: "Das waren nur 50 Meter. Ihr wisst, wie viel länger 100 Meter Delphin sind."

"Wer die 50 Meter so schnell schwimmt, der schafft auch 100 Meter", sagte Peter der Ingenieur.

Michael absolvierte seine 50 Meter Freistil hochmotiviert und routiniert. Klaus hatte die Zeit mit 30,4 Sekunden gemessen. Er hatte dazu seine eigene Sportuhr verwendet. Mit dieser Uhr konnte er sogar die Herzfrequenz während des Trainings aufzeichnen und hinterher auswerten. Beim Training zu Hause trug er dazu den nötigen Brustgurt mit dem Signalaufnehmer um die Brust.

"So jetzt ist noch Zeit für 1000 Meter lockeres Ausschwimmen", bot Michael an.

Später unter der Dusche alberten sie und erinnerten sich an frühere Wettkämpfe und was damals so alles passiert war. Keiner von ihnen war völlig aus der Form geraten. Kurt war der schlankeste. Sein BMI lag unter 25. Die anderen lagen alle über 25 aber unter 30. Peter, Klaus und Michael hatten in den letzten 25 Jahren ein paar Kilo Körpergewicht zugelegt. Während Klaus insgesamt etwas weicher geworden war, hatten die anderen beiden leichte Bauchansätze, sahen aber insgesamt fester aus. Die breiten Schwimmerschultern sorgten dafür, dass alle sehr athletisch aussahen.

Auffallender war die Veränderung der Behaarung der vier. Kurt rasierte außer seinen Kopfhaaren und seinem Dreitagebart auch seine Beine und Arme, was viele Radfahrer machen, um bei Stürzen die Wunden besser behandeln zu können. Michael mit seinen grau melierten, mittellangen, nach hinten gekämmten Haaren war im

Intimbereich rasiert. Er sah aus, wie jemand, der regelmäßig Sauna und Solarium besucht. Klaus trug seine kräftige Körperbehaarung wie sie wuchs und seine kurzen grauen Haare links gescheitelt. Peter hatte als einziger dunkle Haare und einen dunklen Schnurrbart. Er hatte wenig Köperhaare. Im Intimbereich war er zwar nicht rasiert, die Behaarung wirkte allerdings gekürzt.

"Sag mal Peter," fragte Klaus, "wie machst du das mit deinen Haaren, färbst du?"

Peter grinste: "Methode Schröder. Erinnerst du dich? Gerhard Schröder hat auch nicht gefärbt und hatte trotzdem keine grauen Haare."

Michael warf ein: "Ich bekomme oft gesagt, ich würde Töne machen?"

Und zu Peter gewandt: "Zu dir Peter sagen die Leute, du machst Tönung .... drauf."

Alle lachten, Peter nicht.

●

Vom Schwimmbad fuhren sie um das große Werksgelände des Konkurrenten von Peters Arbeitgebers zu dessen Auto-Museum.

Während der Fahrt hörten sie Peter sagen: "Mich würde mal interessieren, was die bezüglich der Abgasvorschriften beim Diesel machen und wie groß deren Ad_x-Tanks künftig sein werden."

"Ist das denn wirklich so schwierig?" fragte Michael, von Ingenieur zu Ingenieur.

"Die Anforderungen an die Abgasnachbehandlung sind extrem gestiegen. Das ist schon ganz schön knackig. Aber es ist lösbar, wenn die erforderlichen Tanks für Adblue groß genug sind. Die Reduzierung der Stickstoffoxid-Emission verbraucht halt viel Harnstoff."

"Aber macht ihr wirklich die saubersten Diesel der Welt? Ich erinnere mich an eure Werbung, die mir bei meinem letzten USA-Aufenthalt vor zwei Jahren aufgefallen war", fragte Michael.

"Das genau ist ja das Problem. Wer sich als Klassenprimus präsentiert, auf den achten alle ganz besonders."

Sie standen zwischenzeitlich am Eingang des Museums. Michael besorgte die Eintrittskarten und dann schlenderten sie durch die Gänge in der großen, architektonisch interessant gestalteten Ausstellungshalle.

Es waren viele schöne alte Exponate zu sehen. Vor dem SL mit Flügeltüren blieb Kurt stehen. "Den würde ich auch nehmen."

"Du hast doch deinen Z3. Reicht der nicht?" fragte Peter.

"Mein Traum ist, ein alter Ford Mustang und ich überlege gerade, dass so ein SL ein adäquater Ersatz wäre."

"Nimm den", Peter zeigte auf den SL daneben. Ohne Flügeltüren dafür mit Cabrio-Dach. "Wenn du den hast, kauf ich mir 'ne Harley und wir fahren zusammen die Route 66. Davon träume ich schon lange."

Im Museum wirkten sie ein bisschen wie kleine Jungs, die mit großen Augen durch einen Spielzeugladen gehen.

•

Unweit vom Museum lag das Restaurant, in dem es Burger und Craftbier gab. Dort hatte Michael einen Tisch reserviert. Kaum saßen sie, servierte der Kellner für jeden der vier ein schmales Brett mit vier 0,1 Liter Gläsern drauf.

In jedem der Gläser war ein anderes Bier. Michael hatte das bei der Reservierung gleich so bestellt.

"So, Jungs, jetzt will ich von euch wissen, welches Bier euch wie gut schmeckt. Vier verschiedene Biere. Das passt doch zu vier verschiedenen Schwimmern", lud Michael sie ein.

Zuerst sah Michael in fragende Gesichter, dann in interessierte.

Alle Biere waren ungefiltert und kaltgehopft. Das erste von links war ein Blonde Ale. Extrem trüb, sehr mild und fruchtig. Eine tolle Sommererfrischung, allerdings mit 6,3 % Alkohol. Das Zweite, ein rotes Lagerbier, war so malzig, dass es jeden Krustenbraten begleiten konnte. Das Bitterste war Nummer drei. Es war bitterer als ein Standardpils geschmacklich allerdings wesentlich interessanter. Den Abschluss der kleinen Bierprobe bildete ein Schwarzbier. Es war das stärkste der Biere und schmeckte viel milder als englische Stouts oder Porterbiere.

Alle waren begeistert von Michaels Idee. Sie bildeten ein Ranking der vier Biere. Jeder hatte eine andere Reihenfolge. Die meisten Punkte bekam das Blond Ale.

Nach der Bierprobe bestellten sie ihre Burger und eine große Flasche Wasser. Während sie auf ihre Burger warteten, fragte Kurt:" Sagt mal, warum habt ihr eigentlich Michaels Idee mit der Lagenstaffel zugestimmt?"

Klaus fragte Michael: "Warum hast du denn überhaupt diesen Vorschlag gemacht."

"Das war völlig spontan oder besser, es war intuitiv. Und intuitive Entscheidungen können wir nicht erklären, sonst wären es keine", antwortete Michael.

Peter begann: "Zu allererst inspirierte mich Michaels Begeisterung. Mir fällt es schwer mich der zu entziehen. Zwischenzeitlich will ich selbst wissen, was wir vier heute noch drauf haben, außerdem habe ich mich auf das Treffen mit euch sehr gefreut. Eine tolle Abwechslung zum Alltag, der beruflich für mich gerade nicht so toll ist."

Dann kam Klaus: "Bei so etwas bin ich doch immer dabei, das wisst ihr doch."

Alle waren etwas verwundert über Klaus' Äußerung. War er doch früher der gewesen, den sie bei besonderen Ideen besonders lange überreden mussten, wie damals als sie bei einem der Schwimmwettkämpfe nachts ins Freibad einsteigen wollten, um mit den Mädels eines anderen Vereins nackt zu baden.

Kurt rundete ab: "Ich kam mir auf der Rückfahrt vom Klassentreffen schäbig vor. Nur weil ich in den letzten Jahren nicht geschwommen bin, hatte ich ablehnend reagiert weil ich Angst vor den 100 Meter Delphin hatte. Jetzt finde ich die Idee klasse und bin heute sehr gerne hier her gekommen."

Peter fiel dazu etwas ein: "Ich weiß, wie positiv gemeinsame Vorhaben wirken können. Vor zwei Jahren war ich mit meinem ehemaligen Arbeitskollegen und Freund, Udo, in USA. Udo hatte dort vor mehreren Jahren einen Wohnwagen gekauft. Den acht Meter langen Trailer mit seinen drei Achsen hatte er in den vergangenen Jahren jeweils im Urlaub mit seinem Dodge Ram durch USA, Alaska und Canada gezogen. Ich hatte ihn zwei Wochen besucht und wir haben gemeinsam verschiedene Canyon-Touren im Zion Nationalpark gemacht und als High Light bin ich mit ihm durch den Grand Canyon gewandert. Vom North Rim zum South Rim an einem Tag. Zuerst 1800 Höhenmeter runter, dann 1800 Höhenmeter rauf. 24 Meilen hörte sich nicht so viel an. Die 38 Kilometer waren für mich gegen Ende sehr anstrengend. Udo war wesentlich besser trainiert, obwohl ich in den 3 Monaten vor der Tour auch mehr trainiert hatte. Schon die Vorbereitung und die Vorfreude waren es wert gewesen. Das gemeinsame Erlebnis und das Gefühl es geschafft zu haben, hat lange nachgewirkt."

"Das hört sich gut an. Lasst uns aus unserer Idee auch so ein tolles Erlebnis machen. Wir haben ja alle bereits mit den Vorbereitungen begonnen und sind heute gute 50-Meterzeiten geschwommen", wünschte sich Michael.

Michael blieb bei Wasser. Die anderen bestellten jeweils noch ein Glas ihres jeweiligen Lieblingsbieres. Sie hatten viel Spaß und blödelten noch eine Weile.

•

Als sie wieder bei Michael zuhause waren, sagte Michael: "Wir haben etwas zu feiern", und blickte zu Peter.

Peter: "Ja, das haben wir. Ich habe eine Flasche Champagner mitgebracht, weil ich mit euch anstoßen will."

Klaus fragte überrascht: "Was ist passiert?"

"Ich werde Opa."

"Hey, cool! Erzähl."

"Meine Tochter Anna ist schwanger. In 5 Monaten oder so hat sie Termin."

"Und jetzt stoßen wir mit warmem Champagner an?" fragte Kurt, "oder hast du einen Kühlschrank an deiner BMW." Alle lachten.

Peter: "Dem Ingenieur ist nichts zu schwör. Ich habe die Flasche als ich ankam mit Inas Hilfe im Kühlschrank deponiert."

Michael hatte schlanke Sektgläser parat und sie stießen freudig an.

Sie philosophierten über die Chancen Opa zu werden. Von konkreten Nachwuchsplänen ihrer Kinder war keinem etwas bekannt. Also wurde Kommissar Zufall die Verantwortung übertragen.

Peter erinnerte sich an das Telefonat mit Michael und fragte ihn: "Du, Michael, du hast in unserem Telefonat etwas angedeutet, dass ich nicht verstanden habe. Du meintest, dass sich die Wahrscheinlichkeit, dass du Opa wirst durch deine "neue" Tochter um ein vielfaches erhöht habe. Wie meinst du das."

Michael beantwortete Peters Frage: "Mein Sohn ist schwul, da ist die Wahrscheinlichkeit doch etwas geringer, oder was meint ihr."

"Das tut mir Leid" rutschte Klaus heraus und er suchte nach einer Entschuldigung denn es war ihm extrem peinlich.

Michael lächelte in die plötzlich entstandene Stille: "Ich weiß was du meinst, Klaus." und zu allen," wisst ihr, ein Jahr nachdem Sebastian nach Berlin gegangen war, hatte er sein Coming Out. Die ersten Gespräche waren für uns nicht leicht, oder besser gesagt, sie waren für mich nicht leicht. Für ihn war alles klar. Er hatte lange genug darüber nachgedacht, wann und wie er es seiner Mutter und mir sagt. In den beiden folgenden Jahren hatten wir sehr wenig Kontakt. Und dann bin ich zu ihm nach Berlin gefahren und wir haben ein langes Wochenende zusammen verbracht und viel geredet. Damals habe ich auch seinen Freund kennengelernt. Sebastian studiert immer noch Kunstgeschichte und jobbt als Tanzlehrer."

"Und für dich ist das jetzt ok so?" fragte Kurt. Es interessierte ihn als Vater, als Freund und als Therapeut, schließlich hatte er immer wieder Patienten, die zu ihm kommen, weil sie mit der Homosexualität eines Kindes nicht zurechtkommen.

"Ja, heute schon. Damals war ich emotional ganz schön am Schwimmen. Ich habe etwas Zeit gebraucht, aber dann wurde es mir klar. Ich wollte, dass mein Sohn sein Leben lebt und nicht die Erwartungen seiner Eltern oder anderer Personen erfüllt. Und das tut er und zwar viel mutiger als viele andere, die sich entweder nicht trauen zu ihrer Sexualität zu stehen oder auch sonst im Leben das tun, was sie glauben, was andere von ihnen erwarten und damit vielleicht ihr Leben lang Versteck spielen."

Kurt fügte hinzu: "Genau darum geht es! Bedingungslose Liebe. Das macht Kinder stark. Sie sind nicht dazu da, uns Enkel zu schenken oder Medizin zu studieren, um dann mal Papas Praxis zu übernehmen, egal wie sehr sich der ein oder andere das wünschen mag."

"Mir ist es trotzdem lieber, wenn mein Fabian eine Frau und keinen Mann ins Haus bringt", konnte Peter sich nicht verkneifen.

"Wäre es mir auch," gab Michael zu.

Klaus meldete sich zu Wort: "Leute, da hab ich eine passende wahre Geschichte. Eine Familie in unserem Bekanntenkreis hat letztens alle überrascht. Das Paar war für viele andere das Vorzeigepaar gewesen. Trotz einiger Probleme schienen sie eine glückliche Ehe zu führen. Er ist Lehrer und sie Ärztin. Die drei Kinder studieren auswärts. Mein Sohn Lukas ist mit deren Sohn in eine Klasse gegangen."

"Bisher hört sich das ziemlich normal an", warf Michael ein.

"Genau, das war es auch. Bis er seiner Frau nach 30 Jahren Ehe gestand, seit zwei Jahren eine Beziehung zu einen Mann zu haben."

Michael warf ein: "Genau das meinte ich vorhin."

Kurt erklärte, dass solche Coming Outs von Männern über 50 gar nicht so selten seien, wie viele meinen.

Peter fügte hinzu: "Besser spät als gar nicht."

Michael:" Trotzdem besser früh als spät und dann authentisch."

"Ich stimme dir zu. Authentisch kommt ja auch von Outen und auf den Tisch", grinste Klaus, der mit Worten genauso gerne spielte wie mit Zahlen.

Kurt erklärte: "Es gibt da vieles. Männer, die sich ihre Homosexualität vorher nicht eingestanden hatten. Männer, die ihre Homosexualität erst spät entdecken und dann auch leben wollen und Männer, die einfach bisexuell sind und das irgendwann offen leben wollen. Auf jeden Fall bedeutet ein Coming Out im höheren Alter nicht zwangsläufig, dass derjenige vorher nicht den Mut dazu gehabt hat."

•

Den Rest des Abends erinnerten sie sich an frühere Wettkämpfe mit ihren besonderen Begebenheiten und Erfolgen. Die Bundesentscheide bei "Jugend trainiert für Olympia" in Berlin gehörten zweifelsfrei zu den High Lights ihrer Schwimmerkarrieren. 1977 hatten sie sogar Ost-Berlin besucht. An die Grenzkontrollen konnten sich alle noch gut erinnern und auch daran, dass ihre Begleitperson aus Berlin einen anderen Eingang benutzen musste. Mit dieser unterschiedlichen Behandlung der West-Berliner und der "Bürger der BRD" demonstrierte die DDR damals ihre Sicht auf den Sonderstatus von West-Berlin. In Ost-Berlin trugen viele Jugendliche blaue FdJ-Hemden. Es war wie ein FdJ-Fest. Sie konnten sich auch an die extrem niedrigen Preis für ein Bier erinnern. Irgendwie hatten sie ihren Zwangsumtausch in Ost-Mark ja loswerden müssen und so den Staatshaushalt des anderen deutschen Staates aufgebessert. Die Erfahrungen dieses Besuches konnten Michael und Klaus im Leistungskurs Sozialkunde einbringen, als sie ein paar Monate später ein Seminar zum Thema "kalter Krieg" in Helmstedt besucht hatten.

In ihrem Vier-Bettzimmer im Jugendgästehaus hatten sie die letzte Nacht vor der Abreise nicht geschlafen. Deshalb hatten sie beim Rückflug im Flugzeug nach Frankfurt Mühe wach zu bleiben. Für alle waren die Flüge nach Berlin und zurück die ersten Flüge überhaupt gewesen. Fliegen war damals noch nicht so üblich wie heute.

Den Zustand der Transitautobahnen hatten sie erst mit bekommen, als sie mit einem Bus zu einem anderen Wettkampf nach Berlin gefahren waren. An das "Bubb, bubb, bubb,..." der Reifen in den Querrillen zwischen den Betonplatten konnten sich alle erinnern. Heute waren viele Autobahnen in den neuen Bundesländern in besserem Zustand als in den alten Ländern.

Der Mauerfall war nun schon ein Vierteljahrhundert her. Es kam ihnen nicht so lang vor. Vielleicht hing das auch damit zusammen, dass die friedliche Wiedervereinigung zu den besonderen Erlebnissen ihrer Generation gehörte.

Michael erzählte einen der damaligen Wiedervereinigungswitze: "Warum waren die Schwaben die einzigen im Westen, die sich über die Wiedervereinigung gefreut haben?" und nach kurzer Pause, "na weil mit den Sachsen ein noch schlimmerer Dialekt dazu kam." Alle lachten.

Klaus ergänzte: "Heute ist Schwäbisch viel öfter zu hören, da viele Sachsen sich ihren Dialekt abgewöhnt haben, weil sie zu oft erlebt hatten, dass ihre Sprache als "typisch DDR" stigmatisiert worden war."

"Was wir Menschen nicht alles tun, um dazu zugehören", resümierte der Psychologe.

Den Abend beendeten sie mit einem sehr positiven Rückblick auf ihre Zeit am Gymnasium. Sie erinnerten sich an viele schöne Begebenheiten, selbst die Abi-Vorbereitungen waren ihnen nicht stressig in Erinnerung geblieben. Das hatten sie bei ihren Kindern ganz anders wahrgenommen. Es schien sich etwas Grundlegendes geändert zu haben in den Schulen. Was es war, wussten sie nicht. Sogar die Kinder von Kurt, die genauso wie Michaels Sebastian die Waldorfschule besucht hatten, hatten wenig gute Erinnerungen an das letzte Schuljahr. Die Männer waren einhellig der Meinung, dass das sehr schade sei.

Peter kritisierte die Folgen der Kulturhoheit der 16 Bundesländer und die zum Teil extremen Unterschiede in den Schulsystemen der einzelnen Bundesländer. Er hatte das an seinen Kindern erlebt, als sie von Hessen, wo er seine vorherige Stelle gehabt hatte, nach Bayern gezogen waren.

"Von uns verlangt die Politik regionale und geistige Mobilität und wenn wir das leben, bestrafen wir unsere Kinder, sobald wir in ein anders Bundesland umziehen. Der uns von den Alliierten aufgezwungene Föderalismus gehört an dieser Stelle dringend reformiert."

Klaus spürte den Alkohol als er sich erhob: "So Jungs der Klaus geht jetzt ins Bett."

"Guter Plan", nickte Kurt. Es war kurz vor zwölf.

Michael informierte: "Die Betten sind bezogen. Morgen gibt es um neun Uhr Frühstück. Ich hole frische Brötchen. Und dann gehen wir über Mittag nach Sindelfingen schwimmen. Das Schwimmbad möchte ich euch zeigen. Obwohl es bereits in den 70er Jahren gebaut wurde, sieht es immer noch sehr modern und gepflegt aus."

Peter merkte an: "Sindelfingen ist schon lange Zeit eine der reichsten Städte Deutschlands. Die Gewerbesteuer von Daimler Benz macht's möglich."

"Das sagt der richtige. Und wie ist das mit Ingolstadt und AUDI?" fragte Michael.

"Passt schon", grinste Peter, "uns geht es auch gut."

•

Als sie am nächsten Morgen ins Esszimmer kamen, war der Tisch bereits komplett gedeckt und Michael wurschtelte etwas in der Küche. Alle hatten gut geschlafen. Peter freute sich, in dieser Nacht nicht gegen drei Uhr schweißgebadet aufgewacht zu sein. Klaus hatte leichte Kopfschmerzen. Er war Alkohol einfach nicht gewohnt, sagte aber nichts. Als Michael aus der Küche kam, hatte er einen Espresso in der Hand, an dem er mit nach vorne geneigtem Kopf leise schlürfte. Dann sah er auf und grinste.

"Wer von euch möchte denn ein Ei zum Frühstück?"

An drei fast zeitgleiche "Ich" schloss er die Frage "Weichgekocht?" an. Es folgten drei zeitlich versetzte "Ja".

Die Frage nach Kaffee oder Tee war schnell geklärt und so saßen alle vier nach weniger als 10 Minuten am Tisch. Peter und Kurt bekamen ihren Kaffee frisch gemacht aus der Siebträgermaschine. Filterkaffee, den es früher ausschließlich gegeben hatte, gab es bei Michael schon lange nicht mehr. Für Klaus hatte Michael eine große Tasse schwarzen Tee gemacht. Er machte sich im Laufe des Frühstücks noch zwei weitere Espressi.

"Ich komme mir vor, wie beim Edelfrühstück im Grand Hotel, wo ich vom Inhaber bedient werde", bedankte sich Kurt.

"Ihr habt's verdient. Schön, wenn es euch schmeckt", lächelte Michael.

"Wann wollen wir denn unsere 4 x 100 Meter Lagenstaffel schwimmen?" fragte Klaus. "Ich habe mich mal auf der Seite des DSV nach den Zeiten bei den Masters-Wettkämpfen erkundigt. Also unsere Staffel gehört zur Gruppe 200 bis 240 Jahre. Wenn wir also nächstes Jahre antreten, gehören wir mit unseren vier mal 55 Jahren genau in der Mitte. Wenn wir es in 5:00,0 Minuten schaffen, sind wir gut dabei. Was meint ihr?"

"Welche Zeit sind denn damals auf 4 x 100 Lagen geschwommen?" wollte Kurt wissen.

Klaus hatte auf alten Urkunden nachgesehen: "4:21 Minuten."

"Dann darf jeder zehn Sekunden langsamer sein, als vor 35 Jahren", rechnete Peter vor.

"Also doch ein richtiger Wettkampf. Warum nicht. Bis zum nächsten Jahr sollten wir alle so fit sein, dass es geht. Die 25 Meterbahn käme uns entgegen, da wir technisch bei der Wende was rausholen können. Schließlich sind wir früher meistens auf der kurzen Bahn geschwommen", meinte Peter, "wobei ich dann die heute erlaubte Rückenwende üben müsste, denn schließlich dürfen die Rückenschwimmer sich heute kurz vor der Wende umdrehen und dann eine Saltowende machen. Das wäre bei uns früher ein Disqualifikationsgrund gewesen."

"Stimmt. Seit unserer Zeit haben sich beim Schwimmen einige Regeln geändert. Auch hier zeigt sich, nichts ist so beständig wie die Veränderung", kommentierte Kurt und fügte hinzu: "lasst uns einen Wettkampf raussuchen, zu dem wir Günther mitnehmen können, also einer, der nicht so weit weg ist von ihm."

"Guter Plan", resümierte Michael, "da finden wir was."

Klaus bemerkte: "Wenn wir bei einem offiziellen Wettkampf mitmachen wollen, brauchen wir, soweit ich weiß, eine Starberechtigung und ein Gesundheitszeugnis, oder wie das heißt. Ich kümmere mich drum."

Die Idee, bei einem offiziellen Wettkampf anzutreten, gefiel allen. Sie fühlten sich dabei wie früher. Ein gutes Gefühl.

"Was haben eigentlich eure Frauen gesagt, als wir uns nach dem Klassentreffen zur Lagenstaffel entschieden hatten?" wollte Michael wissen.

"Christine findet es gut", sagte Peter.

"Andrea begrüßt es auch", meinte Klaus.

"Lisa gefällt die Idee", steuerte Kurt bei.

"Na, deiner Ina doch bestimmt auch! Oder?" fragte Kurt, der von Ina besonders beeindruckt war.

"Ja klar! Ina ist Sportlehrerin. Sie weiß, was Bewegung bewirken kann und sie liebt es, wenn ich begeistert bin und ein Ziel habe", lächelte Michael.

"Na dann kann sie an dir viel lieben. Ich kenne dich fast nur begeistert", kommentierte Klaus.

"Ja, mit Ina geht es mir sehr gut. Das hatte ich mir vorher nicht vorstellen können. Die letzten Jahre mit Regina, Sebastians Mutter, waren extrem anstrengend. Wie geht es euch denn in euren Beziehungen? Seid ihr alle glücklich liiert?"

Es hörte sich so an, als würde jeder leise das Wort "gut" vor sich hinmurmeln und dabei leicht nicken. So richtig von Herzen schien das nicht zu kommen.

Michael hatte das wahrgenommen und fügte eine weitere Frage an: "Habt ihr regelmäßig Sex? Guten Sex?"

Die Antworten lagen im Bereich zwischen "weniger als früher" und "seltener". Bei den Dreien schien aktuell kein Interesse an einer Vertiefung dieses Themas zu bestehen.

Über Mittag schwammen sie hintereinander auf einer Bahn. Michael hatte sich einen kleinen Trainingsplan ausgedacht, den sie absolvierten.

•

Nach dem Schwimmen gönnten sie sich einen kleinen Imbiss in einem nahe gelegenen Bistro. Bevor sie aufbrachen, vereinbarten sie einen Termin für das nächste Treffen. "Lasst uns das erste Novemberwoche nehmen. Samstag der erste ist dieses Jahr Feiertag, da geht sonst nicht viel."

Alle fanden Michaels Vorschlag gut. Peter und Kurt verabschiedeten sich von Michael und Klaus. Sie waren mit ihren Fahrzeugen zum Schwimmbad gefahren und fuhren direkt von dort nach Hause. Michael brachte Klaus zum Hauptbahnhof nach Stuttgart.

Auf dem Weg dorthin diskutierten sie über Stuttgart 21. Klaus hatte bei seiner Ankunft die großen Einschränkungen im Bahnhof erlebt, die mit den Bauarbeiten zusammenhingen. Er sympathisierte mit den Gegnern des Projektes. Michael war ursprünglich dafür gewesen.

Klaus hatte sich damals, als Heiner Geissler versuchte den Konflikt zu schlichten, intensiv mit den Argumenten dafür und dagegen befasst. Außerdem bewunderte er die Ausdauer, mit der die Gegner immer wieder montags protestierten, auch wenn er wusste, dass einige von ihnen die Fertigstellung nicht lange überleben würden.

Michael war ein Freund von Veränderungen und freute sich an Innovationen, an sinnvollen Innovationen. Er hatte sich weniger mit den Argumenten befasst. Ihm ging es um den Ausbau der Infrastruktur im Raum Stuttgart. Merkwürdig kam ihm vor, dass der früher oftmals als hässlich bezeichnete Bahnhof seit Beginn der Proteste als schützenswerte Architektur stilisiert wurde. Zwischenzeitlich gaben ihm die vielen bahntechnischen Kritiken an der Zukunfsträchtigkeit der acht Gleise des Durchgangsbahnhofes immer mehr zu denken, ob die Planung eventuell doch mehr politisch als technisch motiviert gewesen ist. Die Kostensteigerung war für ihn irgendwie typisch für solche Großprojekte, solange der Bahnhof auch fertig würde. Eine never-ending-Baustelle wie im Süden Berlins wäre mitten in Stuttgart eine stadtpolitische Katastrophe.

Klaus gab Michael ein paar weitere Details, die dessen Zweifel nährten.

Klaus hatte mal einen Schaffner im ICE angesprochen, warum die Züge vor 25 Jahren pünktlich gefahren waren und heute so oft zu spät kämen. Er hatte ihm geantwortet: "Ach wissen sie, damals hatten wir im Vorstand gelernte Eisenbahner und heute keinen einzigen mehr."

"Schon hart oder? Wir wissen doch, dass unsere Volkswirtschaft von der Erfahrung unserer Spezialisten lebt. Warum werden dann solche Entscheidungen getroffen?" fragte Michael.

"Wir hatten mal einen Vorstandschef, in dessen Zeit sich die Lage der Firma verschlechtert hat. Danach wechselte der dann als Vorstandsvorsitzender zur Bahn, um sie auf den Börsengang vorzubereiten. Damals begannen die Probleme mit der Pünktlichkeit. Die angeschlagene Fluggesellschaft, die er danach retten sollte, brachte er nicht aus den Problemen. Später wurde er mit Anfang 70 aus dem Ruhestand geholt und zum Chef des Berliner Flughafens ernannt, um ihn fertigzustellen. Auch das hat er nicht hinbekommen", referierte Klaus, der seinen Unmut über die Unsicherheit in seiner Firma auf diesen sogenannten Topmanager projizierte.

Michael feixte: " Vermutlich hatte seine Frau im Kanzleramt angerufen und gefleht, sie mögen ihm irgendeinen Job geben, da er zuhause nicht zu ertragen war."

Am Bahnhof musste Klaus sich beeilen, da die planmäßige Abfahrt seines Zuges nach Heidelberg in wenigen Minuten war. Er verabschiedete sich von Michael und ging zügig den provisorischen Gang Richtung Bahngleise. Die letzten 50 Meter lief er, da es sonst knapp geworden wäre. Am Gleis sah er an der Anzeigetafel, dass sein Zug 35 Minuten Verspätung hatte. Etwas außer Atem stand er vor der Anzeigetafel und schüttelte den Kopf. Er hatte sich umsonst beeilt und musste jetzt schwitzend über eine halbe Stunde zwischen Bauzaun und zugigem Gleis warten.

Michael und Helga

Nachdem Michael Klaus am Bahnhof abgesetzt hatte, war er nach Hause gefahren. Ina war noch nicht zurück von ihren Eltern. Er setzte sich auf seinen bequemen Sessel, legte die Füße hoch und lies das Wochenende in Gedanken revuepassieren. Seine Schwimmerfreunde hatten sich kaum verändert. Sie waren etwas älter geworden, aber alle waren vom Typ her geblieben wie er sie von früher kannte. Insbesondere der Umgang untereinander in der Vierergruppe war wie damals, vielleicht etwas wohlwollender. Tendenzen hatten sich zum Teil verstärkt. Klaus war noch etwas penibler geworden und Peter wirkte bedrückter als früher.

Dann sprang er auf, holte sein Telefon und wählte Günthers Nummer, um ihm vom Wochenende zu erzählen.

"Helga, hier ist Michael Hartmann. Wie geht es dir?" begann er.

"Hallo Michael, das ist ja eine Überraschung, dass du anrufst. Du willst bestimmt Günther sprechen", antwortete sie ihm.

"Ja, ich möchte ihm von unserem ersten Treffen an diesem Wochenende erzählen. Ist er denn da?"

"Nein! Ich habe ihn heute zu seinem ehemaligen Kollegen gefahren. Die spielen heute Schach. Nach eurem Besuch habe ich Günther bearbeitet, doch mal wieder Schach mit seinem Kollegen zu spielen. Die hatten das früher regelmäßig gemacht. Dann war es eingeschlafen", erklärte Helga ihm.

"Verstehe ich das richtig, unseren Besuch hast du zum Anlass genommen, ihn wieder zum Schachspielen zu animieren?" vergewisserte er sich.

"Ja, genau. Weißt du, Günther hat sich verändert, seit die Krankheit in so beeinträchtigt. Er versucht, sich nichts anmerken zu lassen, aber ich spüre, wie sehr es ihn beschäftigt, nicht mehr alles machen zu können. Er hat sich in den letzten Jahren immer mehr zurückgezogen. An guten Tagen schaffe ich es, ihn zu motivieren, an schlechten bin auch ich machtlos."

"Das tut mir Leid. Er hat gar nicht so gewirkt, als wir bei euch waren."

"Euer Besuch war für ihn ein echter Lichtblick. Allerdings hat er mir hinterher gestanden, dass er Angst davor hat, zu eurer Lagen-Staffel zu kommen. Es ist ihm auch peinlich, vor euch so unsicher auf den Beinen zu sein."

"Das ist gut zu wissen. Wir werden das berücksichtigen. Sag ihm doch bitte, dass wir am Samstag alle vier in unserer Spezialdisziplin 50 Meter auf Zeit geschwommen sind. Unsere Zeiten lagen zwischen 30 und 38 Sekunden. Wir waren sehr zufrieden und wir werden weiter trainieren."

Helga erzählte ihm, dass Karin, von der Dieter damals erzählt hatte, wieder an einem Masterwettkampf teilgenommen und gemeinsam mit ihrem Mann Eberhard, gut abgeschnitten hatte.

Michael fragte: "Ist das der Eberhard, der auch mit uns geschwommen ist?"

"Genau der. Karin und Eberhard sind verheiratet und fahren gemeinsam auf diese Wettkämpfe."

"Günther hatte uns bei unserem Besuch im Juni erzählt, dass Karin noch aktiv schwimmt. Von Eberhard hatte er nichts gesagt. Das ist ja eine nette Überraschung, dass die zwei zusammen sind. Ich glaube ich werde Karin mal anrufen", sagte Michael, "ich halte euch auf dem Laufenden. Sag Günther bitte liebe Grüße. Ich melde mich wieder."

"Das wird ihn freuen. Ich freue mich auch sehr, dass du dich gemeldet hast. Aber bitte sag ihm nicht, was ich dir erzählt habe."

"Logo. Helga, du kannst dich auf mich verlassen."

"Danke. Es hat mir gut getan, mit dir darüber zu sprechen. Bis bald."

Nach dem Gespräch lehnte er sich zurück und atmete tief durch.

"Das Leben ist schön," dachte er, "solange wir nicht zu sehr durch Krankheiten körperlich oder geistig einschränkt werden."

Mit Mitte 50 hatte er vielleicht noch 20 gute Sommer. Wenn's gut läuft. Er würde Günther an ihrem Schwimmprojekt teilhaben lassen und ihn auf jeden Fall mitnehmen, wenn es so weit ist. Der Gedanke an die positiven Folgen ihres Besuches erzeugte in ihm ein gute Gefühl und er lächelte. Schön, dass Günther jetzt wieder Schach spielte. Helga war schon früher die gewesen, die Günther beim Schwimmtraining den Rücken frei gehalten hatte. Bei Günther und Helga passte der Spruch: Hinter jedem großen Mann steht eine starke Frau.

Michael und Ina

Am Abend erzählte er Ina, wie interessant das Wochenende gewesen war. Sie hörte ihm zu, konnte sich aber nicht so richtig mit ihm freuen. Sie hatte die Zeit bei ihren Eltern ganz gut rumgebracht. Das einzige, was sie dabei in den letzten Jahren belastete, war die Sehnsucht ihrer Mutter nach einem Enkel, die sie ihr in irgendeiner Art und Weise jedes Mal mitgab. Das hatte sie bereits mehrfach richtig wütend werden lassen. Sie fragte sich immer wieder, warum ihre Mutter sich damit nicht zurückhalten konnte? Sie wusste doch, wie sehr ihre Tochter sich ein Kind wünschte. Michael wusste das. Deshalb war er jedes Mal, wenn Ina von ihren Eltern kam, besonders vorsichtig mit ihr. Dieses Mal schien es wieder besonders heftiger gewesen zu sein. Hinzu kamen die

Unterleibschmerzen kurz bevor sie ihre Tage bekam. Dann türmten die Hormone ihre Traurigkeit, auch ohne die mangelnde Empathie ihrer Mutter, zu einem hohen Berg auf.

Michael klopfte an der Badtüre, nachdem Ina vor über zehn Minuten dahinter verschwunden war und er ein leises Schluchzen vernahm. Sie öffnete und sah ihn verheult an. Er nahm sie in die Arme und sagte nichts. Er hatte gelernt, dass körperliche Nähe und Schweigen in solchen Situationen das Beste war. Früher hatte er einmal versucht sie mit aufheiternden Worten zu trösten. Der Versuch war komplett nach hinten losgegangen und hatte zu einem der wenigen großen Streits zwischen ihnen geführt. Sie hatte ihm damals vorgeworfen, er wolle ja gar kein Kind mehr. Schließlich habe er zu seinem Sohn auch noch eine Tochter bekommen.

Ina beruhigte sich im Laufe des Abends. Später erzählte sie ihm, dass ihr an ihrem Vater heute aufgefallen war, wie viele Gemeinsamkeiten er mit Michael hatte.

Michael meinte: "Vermutlich verstehe ich mich deshalb so gut mit ihm. Aber was genau meinst du?"

"Wenn ich mitbekomme, wie er mit meiner Mutter umgeht, erinnert mich das an deine Erzählungen aus deiner Zeit mir Regina. Was er sich alles von ihr bieten lässt ist unfassbar."

"Hm."

"Heute ist er seiner Frau über den Mund gefahren, als sie mir episch breit vom frisch geborenen Enkel ihrer Freundin erzählte. Das hat mir sehr gut getan. Ihr hat das gar nicht gefallen, aber sie war augenblicklich still. Mein Vater erzählte dann von dem anstehenden Männerausflug mit seinen fünf Freunden. Die machen einmal im Jahr einen Ausflug zu einem Thema. Dieses Mal ist das Thema

Bier dran. Zuerst fahren sie mit einem Kleinbus ins Altmühltal. Dort nehmen sie an einem Braukurs in einer Minibrauerei teil. In der Nähe von Kelheim werden sie dann noch eine Brauerei besichtigen, auf deren Brauereigelände ein von Hundertwasser entworfener Turm die Bierherstellung farblich thematisiert. Die sechs machen tolle Sachen. Nächstes Jahr wollen sie in der Champagne kleine Sektkellereien besuchen."

"Das hört sich ja fantastisch an. Ob Schwimmen, Bier brauen oder ein Besuch in der Champagne, ich liebe es, gemeinsam mit anderen etwas interessantes zu planen und dann auch zu machen. Ich bin gespannt, was er vom Brauen berichten wird."

"Ja, er tut was und er tut es mit Begeisterung. Hätte meine Mama nur auch solche Freundinnen, mit denen sie etwas unternimmt, anstatt sich von deren Enkelgeschichten runterziehen zu lassen. Manchmal tut mir mein Papa leid."

"Er will es so," sagte Michael.

"Das lassen wir heute!" stoppte ihn Ina schroff. Sie kannte seine Meinung, wollte die aber in dem Moment nicht hören. Auch wenn ihr Papa selbst schuld war, wenn er sich so behandeln lässt, hatte sie Angst, dass ihre Eltern sich trennen könnten.

Michael und Ina gingen relativ früh zu Bett. Schließlich hatten sie sich fast zwei Tage nicht gesehen. Als er sie in den Arm nahm, erzählte er ihr, dass seine drei Freunde nicht den Eindruck vermittelt hätten, als hätten sie oft Sex und dass er das beim nächsten Treffen noch Mal thematisieren werde. Ina hatte früher geglaubt, dass Männer untereinander viel über Sex sprechen. Erst von Michael hatte sie erfahren, dass das nicht so ist.

Michael und Karin

Ein paar Tage später am Wochenende wählte Michael Karins Nummer, die er von Helga bekommen hatte. Karin ging nicht dran. Es war ihm nicht fremd, dass Frauen nicht ans Handy gingen. Umso überraschter war er, als sie ihn zwei Minuten nach seinem Anruf zurückrief. "Schmitz, sie hatten mich angerufen."

"Hallo Karin, hier ist Michael, Michael Hartmann, erinnerst du dich?"

"Na klar. Deine Stimme erkenne ich sofort wieder. Hallo Michael. Wie geht's dir? Von dir habe ich ja ewig nichts gehört", freute sich Karin.

"Wir hatten im Juni Klassentreffen und haben Günther und Helga besucht. Günther hat uns erzählt, dass du immer noch aktiv schwimmst und von Helga weiß ich, dass du mit Eberhard verheiratet bist."

"Das ist ja lustig. Zu den beiden habe ich auch immer wieder mal Kontakt. Wir telefonieren zu Geburtstagen und manchmal berichte ich Günther von Wettkämpfen, an denen wir teilgenommen haben."

Michael erzählte Karin von der Idee die Lagenstaffel nochmals zu schwimmen. Sie war sofort Feuer und Flamme: "Michael sag uns bitte, wenn ihr wisst, bei welchem Wettkampf ihr mitmachen werdet. Da wäre ich gerne dabei, Eberhard bestimmt auch."

"Das mache ich", versprach er ihr.

"Ich würde euch vier gerne mal wiedersehen. Schließlich war ich ja damals mit meiner Freundin Kathrin abwechselnd in jeden von euch verliebt. Wir haben immer wieder überlegt, wer von uns wen von euch haben will."

Sie musste herzhaft lachen.

Auch Michael freute sich und fragte: "Und Eberhard war damals keine Option?"

"Den mochten wir auch, aber der war doch damals mit Heike zusammen und für uns nicht erreichbar. Den habe ich erst viel später in Saarbrücken wieder getroffen und seitdem sind wir zusammen."

Sie plauderten noch eine Weile und Michael versprach ihr noch mal, sich zu melden, sobald feststeht, wo und wann sie zur Lagenstaffel antreten würden.

Kurt und Herr Bohrer

In der Praxis erhielt Kurt einen Anruf aus der Klinik. Dort war einer seiner Patienten nach einem Selbstmordversuch gestorben. Es war Herr Bohrer, der vor zirka vier Jahren wegen eines Burn Outs, was sich als starke Depression herausgestellt hatte, zu Kurt gekommen war. Seit dem war er immer wieder zu ihm in die Praxis gekommen, immer dann, wenn er glaubte nicht weiter zu kommen. Bisher hatte Kurt ihm jedes Mal helfen können. Trotzdem dokumentierte er jeden seiner Besuche akribisch, da Herr Bohrer mehrfach Selbstmordabsichten geäußert hatte, die er dann im weiteren Verlauf des Therapiegesprächs jedes Mal entkräftete. Das letzte Mal hatte Kurt ein ganz besonders ungutes Gefühl gehabt und er hatte überlegt, Herrn Bohrer ins Krankenhaus einzuweisen. Wie oft hatten sie im Studium und in den vielen Weiterbildungen das Thema Suizidalität behandelt. Theoretisch relativ klar, aber praktisch immer wieder eine große Herausforderung, auch für erfahrene Therapeuten. Herr Bohrer hatte dieses Mal nicht nur eindeutige Absichten geäußert sondern erstmals sogar konkrete Ideen zur Durchführung genannt. Das genügte für eine Einweisung in die Geschlossene. Irgendetwas hatte ihn zögern lassen, doch dann hatte er sich doch dafür entschieden und die sofortige Einweisung veranlasst.

Vom behandelnden Arzt in der Klinik hatte er am Telefon erfahren, dass sie Herrn Bohrer fünf Tage in der Psychiatrie behalten hatten. Nach seiner Entlassung war er heimgefahren und hatte dann seinen Plan in die Tat umgesetzt. Der Tablettenmix war zu heftig gewesen. Sie hatten ihm nicht mehr helfen können, obwohl eines seiner Kinder ihn noch bei Bewusstsein aufgefunden hatte.

Als Kurt auflegte, war ihm anzusehen, dass ihn diese Nachricht stark erschütterte. Herrn Bohrers Depressionen und die Gespräche dazu hatte ihn besonders stark berührt. Vermutlich hing das mit den Parallelen zu seiner Geschichte zusammen. Sie waren ungefähr gleich alt und beide waren sie im selben Jahr von ihren Frauen verlassen worden. Beide hatten sie mit Depression reagiert. Herr Bohrer war einer der ersten Patienten gewesen, die er nach seiner Rückkehr aus der Reha behandelt hatte. Nach den Gesprächen mit Herrn Bohrer war Kurt jedes Mal ziemlich durcheinander gewesen. Zuerst war er nicht draufgekommen. Erst bei einer der regelmäßigen Supervisionen hatten seine Kollegen ihn darauf hingewiesen.

Kurt versuchte sich zu beruhigen. Er hatte als Therapeut keinen Fehler gemacht. Wie gut, dass er Herrn Bohrer eingewiesen hatte. Aber, was hatte es genutzt? Hätte er das nicht verhindern können?

Auf dem Heimweg entschied er sich spontan, seinen Vater zu besuchen. Er hatte ihn vor drei Jahren zu sich nach Freiburg geholt, da er nicht mehr alleine Leben konnte. Ein Jahr später hatten sie ihn in das Pflegeheim für

Demenzkranke gebracht, weil sie es nicht mehr geschafft hatten. Dort würde er ihn heute besuchen.

Sein Vater erkannte ihn zuerst nicht. Als Kurt ihm erzählte, dass er beim Klassentreffen in der Heimatstadt gewesen sei, wirkte es kurz so, als wüsste er, dass sein Sohn bei ihm ist. Der Name der Stadt, in der er über 75 Jahr gelebt hatte, schien ihn erreicht zu haben.

Nach dem kurzen Besuch fuhr er heim. Die Besuche bei seinem Vater bedrückten ihn oft. Dieses Mal mischte sich ein neuer Gedanke hinein. Herr Bohrer hatte sichergestellt, nie so vor sich hin zu vegetieren, wie sein Vater es nun schon fast drei Jahre tat.

Am Abend kam Lisa später als erwartet nach Hause. Als sie ins Wohnzimmer kam, fragte er nicht, warum sie so spät käme, was er sonst immer tat. Er wirkte so abwesend, dass Lisas Freude über das Ausbleiben seiner eifersüchtigen Frage in den Hintergrund trat.

"Was ist denn mit dir los?" fragte sie erschrocken.

"Einer meiner Patienten hat sich letzte Nacht das Leben genommen."

Sie setzte sich kraftlos neben ihn und legte ihm einen Arm über die Schulter.

"Das tut mir Leid, Kurt", sagte sie verständnisvoll, "machst du dir Vorwürfe?" fragte sie emphatisch.

"Nicht wirklich. Ich habe alles richtig gemacht, zumindest fachlich. Ich hatte seine Absichten erkannt und ihn eingewiesen, aber er hat nach seiner Entlassung sofort Tabletten genommen. Trotzdem berührt es mich sehr und ich frage mich, was ich hätte besser machen können."

An diesem Abend genoss er Lisas Nähe. Sie half ihm aus dem Gedankenkarussell herauszukommen. Mit ihr sprach er über seinen Vater und über Herrn Bohrer. Das baute ihn auf.

•

Eine Woche später, als der letzte Patient gegangen war und Kurt sich auf den Weg zum Schwimmbad machen wollte, klingelte es. Ein Mann, der sich mit Bohrer vorstellte, fragte ob er reinkommen dürfe. Er habe etwas, dass ihn bestimmt interessieren würde. Kurt erschrak und bat den jungen Mann, wie selbstverständlich herein.

"Was kann ich für sie tun?"

"Mein Vater hat sich letzte Woche umgebracht und er war bei ihnen in Behandlung", setzte Bohrer Junior an.

"Es tut mir sehr leid, was passiert ist. Mein herzliches Beileid", sagte Kurt.

"Danke."

"Wie geht es ihnen?" wollte Kurt wissen.

"Wir versuchen damit zurechtzukommen. Zuerst konnten wir nicht verstehen, warum er das gemacht hat. Ich soll ihnen diesen Brief bringen?" sagte der junge Bohrer und reichte ihm ein von Hand beschriebenes DIN A4 Blatt.

Kurt nahm das Blatt und fragte: "Soll ich das lesen?

"Ja bitte! Es war der ausdrückliche Wunsch meines Vaters."

Sehr geehrter Herr Groß,
für mich war Martina die Frau meines Lebens. Die zwei Jahre mit ihr waren die schönsten. Immer wieder hatte wir davon gesprochen, ein gemeinsames Leben zu beginnen, obwohl wir beide verheiratet waren. Eines Tages hat sie ihren Mann verlassen, eine kleine Zweizimmer-Wohnung angemietet und wir konnten uns dort öfter treffen. Ich hatte ihr vorher immer wieder versprochen, meine Frau ebenfalls zu verlassen, habe es dann aber nicht gemacht. Als sie

merkte, dass ich nicht Wort hielt, hat sie mich verlassen, ohne ein weiteres Wort zu sagen. Die tiefe Enttäuschung in ihrem Gesicht, werde ich nie vergessen. Ich habe sie nicht wieder gesehen. Sie hatte jeden Kontakt zu mir abgelehnt.

Seit meinem Wortbruch habe ich ein schlechtes Gewissen. Erst fünf Jahre später, erfuhr ich in ihrer Todesanzeige von ihrer Krebserkrankung. Ihr Tod riss mich in eine tiefe Depression. Zur Behandlung musste ich mir einen Psycho-Therapeuten suchen. Ich ging zu dem Mann, den Martina wegen mir verlassen hatte. Ich wählte sie, Herr Groß, da ich auch Ihnen gegenüber ein schlechtes Gewissen habe und da sie im selben Jahr wie ich von der selben Frau verlassen worden sind. Sie sind ein guter Psychologe und die Gespräche mit ihnen haben mir immer sehr geholfen, unter anderem auch deshalb, weil ich so mitbekam, dass Sie zwischenzeitlich wieder liiert waren. Einmal bin ich Ihnen bis zum Cafe Milano gefolgt. Dort habe ich Sie freudig strahlen gesehen.

Ich habe es all die Jahre nicht geschafft, Ihnen die wirklichen Gründe für meinen Zustand und meine Therapeutenwahl anzuvertrauen.

Meine Schuld an der Krankheit und am Tod von Martina kann ich nicht mehr gut machen. Ich kann nicht mehr. Es tut mir leid, nicht früher mit Ihnen darüber gesprochen zu haben und hoffe, Sie können mich verstehen und mir verzeihen

Ihr Lutz Bohrer

Kurt ließ seine Hand mit dem Brief nach unten sinken. Er sah auf und sagte zum jungen Bohrer: "Danke, dass sie mir diesen Brief gebracht haben. Haben sie dazu noch Fragen?"

"Glauben sie, sie hätten meinen Vater retten können, wenn sie das gewusst hätten?" wollte der Sohn wissen.

"Ich weiß es nicht," sagte er, "ich weiß es wirklich nicht. Ich hätte ihm so gern geholfen. Er war für mich ein ganz besonderer Patient. Durch diesen Brief bekomme ich eine Ahnung, was mich bei den Gesprächen mit ihrem Vater immer so berührt hat. Wir hatten viele Gemeinsamkeiten, dennoch trennte uns etwas. Wussten sie und ihre Mutter von der Beziehung ihres Vaters zu meiner früheren Frau."

"Wir haben es erst jetzt erfahren. Meine Mutter hat ganz schön daran zu knabbern, auch wenn die Ehe meiner Eltern nicht die beste gewesen ist. Er hat auch uns einen langen Brief geschrieben, der einiges geklärt hat, gleichzeitig aber auch neue Fragen aufgeworfen hat."

"Das glaube ich ihnen. Haben sie jetzt noch Fragen?" wollte Kurt wissen.

"Nein, ich habe den Wunsch meines Vater erfüllt und hoffe, dass ihnen das weiterhilft und dass es seiner Seele hilft, Ruhe zu finden. Morgen ist die Beerdigung."

"Haben sie etwas dagegen, wenn ich zur Beerdigung komme?" fragte Kurt.

"Kommen sie gerne," sagte der Sohn im Aufstehen und gab Kurt seine Visitenkarte, "falls sie noch Fragen haben sollten."

Nachdem der Sohn von Herrn Bohrer gegangen war, saß Kurt noch lange in seinem bequemen Sessel, um einige seiner unbequemen Gedanken zu sortieren.

•

Auf der Beerdigung verabschiedete er sich von Herrn Bohrer und von den Fragen, die ihn nach Martinas Tod so lange Zeit in Unsicherheit schwimmen ließen. Auf dem Weg zum Parkplatz ging er an Martinas Grab vorbei. Es war nicht weit entfernt. Dort blieb er stehen und spürte eine tiefe Traurigkeit, als er sich in die Situation hinein versetzte, in der Martina erkannt hatte, dass Herrn Bohrer sich nicht von seiner Frau trennen würde.

"Das Leben schreibt skurrile Romane", dachte Kurt und ging.

Peter

Das gemeinsame Trainingswochenende in Stuttgart hatte Peter gedanklich mehr von seiner Arbeit abgelenkt, als die Nachricht, dass er Opa wird.

Als er am Montagmorgen das Email mit dem Betreff: Adblue Tank, öffnete, war er sofort wieder bei dem Thema, das ihn seit Wochen beschäftigte, auch nachts. Was er dort las, konnte er nicht fassen. Es war entschieden worden, dass die Größe des Tanks nicht verändert wird. Dabei hatten alle Versuche klar gezeigt, dass die Diesel-Kunden dann zwischen den Serviceintervallen mindestens zweimal den Tank auffüllen müssen. Und genau das gelte es nun zu vermeiden.

Er musste zwangsläufig an frühere Besprechungen denken. Dabei waren in vielen Sitzungen Verfahrensweisen gesammelt worden, die den Harnstoffverbrauch reduzierten und dadurch die Reichweite der Tankfüllung erhöhten. Keine dieser Möglichkeiten war umweltfreundlich, da sie bei bestimmten Betriebszuständen weniger oder gar keinen Harnstoff verwendeten. Das widersprach seiner Art zu arbeiten. Sein Ziel als Ingenieur war es immer gewesen, den technischen Fortschritt zu nutzen, um Umwelt und Ressourcen zu schonen und um die Lebensqualität zu verbessern. Die Frage, ob die Umsetzung solcher Ideen juristisch überhaupt erlaubt war, hatte er sich noch gar nicht gestellt. Peter stand auf und ging zu Bernhards Büro. Bernhard hatte auch dieses Email bekommen. Die Türe stand offen. Wolfgang war bei ihm im Büro. Peter ging rein, schloss hinter sich die Tür und fragte: "Ihr habt die Email auch gelesen?"

"Deshalb bin ich gekommen", sagte Wolfgang, "mir ist kotz übel."

"Mir auch", pflichtete Peter bei.

"Toll, dass du dich auch mal dazu äußerst", spielte Wolfgang auf Peters Zurückhaltung bei der Besprechung mit Dr. Brink vor einigen Wochen an, als er und Bernhard sich eine blutige Nase eingefangen hatten.

"Ich weiß, was du meinst", sagte Peter, der auf sein eigenes Verhalten nicht stolz war.

Bernhard starrte immer noch auf seinen Bildschirm und fragte: "Und was machen wir jetzt?"

"Ist doch ganz einfach. Wir geben im Startbetrieb einfach gar kein Adblue. Dann sparen wir am meisten, denn bei jedem Kaltanlauf braucht die Maschine einfach überproportional viel von dem Zeug", sagte Wolfgang sarkastisch.

"Stimmt, wir sparen viel Adblue und die Umwelt bekommt nur kurze Zeit etwas mehr NO_x", nahm Bernhard Wolfgangs Zynismus, der das Dilemma der Ingenieure beschrieb, auf.

Peter: "Technisch gesehen ist das wirklich sauberer, als auf Langstrecken weniger Adblue zu nehmen und auf langen Fahrten mehr NO_x in die Umwelt zu blasen."

Nach einer kurzen Pause fügte er an: "Moralisch gesehen ist beides einfach Scheiße, liebe Kollegen."

Und Bernhard fügte hinzu: "Und rechtlich? Was glaubt ihr, was los ist, wenn das rauskommt?"

"Das kommt doch nicht raus! Erinnerst ihr euch nicht an die Aussage von Dr. Brink? Da kommt keiner drauf, wenn wir das richtig machen, waren seine Worte", sagte Peter.

"Ja, genau. Das ist ja so einfach", hob Wolfgang zynisch die Stimme an und sprach resigniert weiter, "wie sollen wir das denn machen, dass wir erkennen, wenn ein Testingenieur mitfährt, der vorher entsprechende Sonden am Auspuff befestigt hat?"

"Ihr wisst doch, getestet wird nur auf dem Prüfstand und den Prüfstandmodus haben wir im Griff wie sonst keiner", fügte er resigniert hinzu.

Peter fragte die beiden anderen: "Glaubt ihr, dass das rechtens ist, was wir da programmieren sollen?"

"Ich bin kein Jurist", gab Bernhard zu, "aber mein gesunder Menschenverstand sagt mir, dass das nicht in Ordnung ist. Oder wolltest du einen supersauberen Diesel kaufen und dann später irgendwann gesagt bekommen, dass der bei mehreren Betriebszuständen eine Dreckschleuder ist?"

"Als Kunde wäre ich stinksauer und würde mir betrogen vorkommen", bestätigte Wolfgang.

Bernhard: "Die Kunden vertrauen uns, dass sie bekommen, was wir ihnen versprechen. Sie wollen guten Gewissens fahren, indem sie die Umwelt möglichst wenig belasten."

"Ach, und deshalb kaufen immer mehr Kunden SUVs? Weil die so wenig CO2 in die Atmosphäre blasen?" keifte Peter und weiter: "Ich habe meinen Kindern früher immer wieder den Spruch des Methusalix aus Asterix gesagt, "wo Unrecht zu Recht wird, wird Widerstand zur Pflicht."

"Der ist ursprünglich von Bert Brecht und da ist was dran," unterstrich Bernhard.

Peter überlegte: "Ich habe einen Freund, der ist Anwalt. Den werde ich mal fragen, was er dazu sagt."

Wolfgang und Bernhard begrüßten das: "Mach mal."

•

Beim Abendessen bemerkte Peter ein Kribbeln an der linken Schläfe, welches er ignorierte. Nach dem Essen erzählte ihm Christine von ihrem Telefonat mit Anna. Ihre Tochter hatte vom Arzt Ruhe verordnet bekommen, da sie leichte Vorwehen gehabt hatte. Die Krankschreibung sei eine reine Vorsichtsmaßnahme hatte der Arzt gesagt. Anna nahm die Warnung sehr ernst und gab Ruhe. Christine hatte Anna gefragt, ob sie sie besuchen solle, um sie auf andere Gedanken zu bringen. Anna hatte dankend abgelehnt. Peter erschien es so, als sei die werdende Oma besorgter als die werdende Mutter.

"Mich erinnert das an meine erste Schwangerschaft", sagte Christine, das war damals kein angenehmes Gefühl.

"Ich kann mich gut daran erinnern", pflichtete ihr Peter bei.

Ein Jahr bevor Christine mit Fabian schwanger geworden war, hatte sie einen Abgang in der 12ten Woche. Das war damals richtig schlimm für sie gewesen. Ihn hatte das weniger berührt. Er hatte sich gedacht, dass das Kind vermutlich krank gewesen ist und deshalb nicht lebensfähig. Das hatte er ihr allerdings nur einmal gesagt. Was einen heftigen Streit zwischen ihnen ausgelöst hatte.

Im weiteren Verlauf des Abends konnte er Christine vom Schwangerschaftsthema ablenken, indem er ihr von Problemen im Büro erzählte, ohne jedoch zu konkret zu werden, schließlich wollte er sie nicht unnötig beunruhigen und Geheimhaltung war ein Teil seines Arbeitsvertrages.

In der Nacht wachte Peter gegen drei Uhr auf. Als er zur Toilette ging, kam ihm sein linkes Ohr vor, als wäre ein unsichtbarer Pfropfen darüber gestülpt. Ein seltsames Gefühl aber keinerlei Schmerzen. Durch abwechselndes Zuhalten eines Ohres stellte er fest, dass sich das Rauschen der nachlaufenden Klospülung links anders anhörte als rechts. Ein weiterer Versuche mit laufendem Wasserhahn bestätigte diese Wahrnehmung. Das linke Ohr war nicht in Ordnung. Sollte das ein Hörsturz sein, so wie Bernhard einen vor drei Monaten gehabt hatte? Peter wurde nervös. Was sollte er tun? Sofort ins Krankenhaus fahren? Die würden ihn bis zum Morgen warten lassen. Bernhard hatte ihm damals erzählt, dass er unverzüglich an einen Tropf zur Blutverdünnung gehängt worden war. Er weckte Christine. Als Steuerberaterin konnte sie ihm medizinisch überhaupt nicht helfen. Dennoch war sie ihm eine Hilfe, bei den Überlegungen, was wann zu tun sinnvoll wäre. Nach einer halben Stunde entschied er sich dafür, sich auszuruhen und am Morgen ins Krankenhaus zu fahren. Zurück im Bett googelte er Hörsturz. Schnell war klar, dass das eine typische Stresserkrankung ist.

Neun Stunden später lag Peter im Krankenhaus und hing am Tropf. Er hatte links eine kräftige Senke zwischen 500 und 2000 Hertz. Er hörte also in diesem Frequenzbereich wesentlich schlechter. Der Arzt meinte, häufiger wären Senken im Hochtonbereich, aber was nutzte ihm das? Eine Woche Krankschreibung war das Minimum.

Vom Krankenbett aus rief er seine Schwester Dorothee an. Als Apothekerin hatte sie sich auf Naturheilmittel spezialisiert. Er schätzte ihren Rat, da sie zwischen

Allopathie und Alternativen sehr kritisch abwog. Nachdem er ihr den Grund seines Anrufs gesagt hatte, war ihre Antwort: "Liebes Bruderherz, dass das mit Stress zu tun hat, hast du bestimmt schon mitbekommen. Für mich ist das ein klarer Wink deines Schutzengels, in deinem Leben etwas zu ändern."

Peter konterte: "Ach lass mich doch mit deinen esoterischen Sprüchen in Ruhe."

"Warum rufst du mich dann an. Du hast ja jetzt Zeit nachzudenken."

"Tut mir leid", lenkte er ein.

Sie nannte ihm noch ein paar Behandlungsmethoden und Medikamente, wies ihn aber nochmal klar daraufhin, dass Entspannung das Wichtigste sei und dass er sich überlegen solle, was ihn in seinem Leben am meisten stresst und wie er das ändern könne. Zum Abschied wünschte sie ihm, gute Besserung und dass er hoffentlich kein Tinnitus zurückbehalten würde. Der könne bei manchen Menschen bis zur Arbeitsunfähigkeit führen.

Am Nachmittag schlief er ein und träumte von einer schönen Yacht, mit der er im Zig-Zack-Kurs um kleine felsige Inseln fuhr, auf denen kräftig qualmende Feuer brannten. Dann wurde das stolze Schiff beschossen. Er wachte in dem Moment auf, als eine Kanonenkugel vor der Yacht ins Wasser platscht.

Klaus und Andrea

Der Spätsommer verlief ruhig. Klaus spulte sein Tagespensum wie gewohnt ab. Morgens der obligatorische grüne Tee und ein gesundes Müsli, dazu ein Blick in die Tageszeitung und dann ins Büro, wo gerade keine weiteren Veränderungen anstanden. Die starke Zunahme des Versandhandels hatte zu einer steigenden Nachfrage nach Druckmaschinen zum Bedrucken von Verpackungen aus Pappe geführt. Das beruhigte Klaus. Er liebte solche Phasen.

An einem Freitag Ende September kam Hans kurz vor zwölf in sein Büro. Draußen schien die Sonne vom stahlblauen Himmel. Sie hatten seit dem gemeinsamen Abendessen mehrfach über die beruflichen Optionen gesprochen, die Hans hatte. Bisher hatte er sich nicht für eine entscheiden können. Hans ging zum Fenster und sah hinaus auf den Parkplatz.

"Ich habe mich entschieden", sagte er kurz und klar.

"Was hast du entschieden?" fragte Klaus.

"Ich werde sobald wie möglich in den vorgezogenen Ruhestand gehen."

Klaus schluckte. Das "so bald wie möglich" versetzte ihm einen Stich.

Und Hans weiter: "Ich war gestern bei der Personalabteilung. Die haben großes Verständnis für meine Situation und mein Anliegen und es sieht ganz danach aus, als gäbe es eine auch für mich finanziell gute Lösung. Mir kommt zu Gute, dass ich meinen Nachfolger seit drei Jahren systematisch aufgebaut habe. Die Personalabteilung hat mit ihm noch mehr vor und will ihn auf jeden Fall im Unternehmen halten. Sie haben gewisse Bedenken, dass er sich eventuell etwas anderes suchen könnte. Jetzt wollen sie ihm meinen Bahnen anbieten, um ihn weiter zu fördern."

"Wann?" fragte Klaus kurz.

"Ich scheide Ende des Jahres aus. Bis Ende November übergebe ich meinem Nachfolger, den ich als Mentor begleite, seit er vor acht Jahren ins Unternehmen kam, alle

Bahnen und Aufgaben, die er bisher noch nicht übernommen hat. Im Dezember nehme ich meinen Resturlaub und das war's."

"Ein neuer Lebensabschnitt für dich," resümierte Klaus, "und für mich auch. Ich verliere hier meinen besten Freund."

"Ich bleibe dir als Freund. Ich hoffe wir werden uns dann öfter nach Feierabend treffen als bisher."

"Weißt du schon, was du dann anfängst?"

"Ich beginne jetzt mit der Planung meiner ersten längeren Reise nach Australien. Mit meinem Sohn habe gesprochen. Er findet meine Entscheidung richtig und er freut sich auf meinen Besuch. Er will sich Zeit nehmen, wenn ich komme, damit wir dieses große Land gemeinsam bereisen können", berichtete Hans mit leuchtenden Augen.

"Geht deine Frau mit?"

"Sie wird über den Jahreswechsel mitkommen und Mitte Januar zurückfliegen, da sie arbeiten muss. Ich werde dann noch ein paar Wochen dort bleiben."

Klaus freute sich mit Hans. In seine Freude mischte sich ein Gefühl, das mit der Veränderung zu tun hatte, die Hans nun vor sich hatte. Hinzu kam das Gefühl zurückgelassen zu werden.

"Du bist der erste hier in der Firma, dem ich das erzähle. Bitte halte den Deckel noch solange geschlossen, bis die meinen Ausscheidungsvertrag unterzeichnet haben. Ich möchte nicht, dass da noch was schiefgeht. Ich will jetzt raus hier", sagte Hans, obwohl er wusste, dass Klaus solche Informationen niemals weitergeben würde.

"Keine Frage, Hans. Viel Erfolg bei den Verhandlungen."

Sie gingen zusammen in die Kantine zum Mittagessen. Dort hielten sie Small Talk mit anderen Kollegen, so wie immer. Nur für Klaus war es nicht wie immer. Veränderung stand an. Nicht sein Ding.

Den Nachmittag verbrachte er mit einer Plausibilitätsprüfung einer Kalkulation, die einer seiner jüngeren Mitarbeiter erstellt hatte. Er konnte keine Fehler finden. Das beunruhigte ihn, da er sonst immer ein paar Schwachpunkte fand. Heute konnte er sich nicht auf seine Arbeit konzentrieren. Gegen 15:40 Uhr verließ er sein Büro. Die Kalkulation nahm er mit nach Hause, damit er am Wochenende nochmals drüber sehen konnte. Die Kalkulation war schließlich für den Vorstand. Da durfte er sich keinen Fehler erlauben.

•

Er ging einmal um sein Auto bevor er einstieg, dann fuhr er zur Praxis seiner Frau. Heute wollte er sie überraschen und fragen, wie lange sie noch arbeiten würde. Am liebsten würde er sie sofort zu einem Feierabend-Drink einladen, um ihr von Hans' Entscheidung zu erzählen.

Andreas roter Mini-Cooper stand auf dem Parkplatz direkt vor ihrer Praxis. Klaus parkte seinen Daimler auf einem Parkplatz auf der gegenüberliegenden Straßenseite. Er stieg aus, umrundete seinen Wagen und ging dann zur Türe des Büro- und Praxisgebäudes. Zügig ging er die Treppe hinauf bis zum Eingang der Praxis. Die Praxistüre war verschlossen. Auch nach zweimaligem Klingeln öffnete niemand. Inne bellte der Hund, aber keiner öffnete. Er stutzte, ging dann aber langsam in Richtung Auto. In seinem Gedankenkarussell drehten sich viele Fragen. Warum war die Praxis um diese Zeit geschlossen? Wo war Andrea? Warum hatte sie den Hund nicht mitgenommen? Normalerweise kamen viele Patienten nach Feierabend, weshalb Andrea freitags oft bis 17 Uhr arbeitete, manchmal sogar noch länger.

Klaus ging zurück zum Auto. Als er gerade um den Wagen gehen wollte, sah er Andrea aus der Eingangstüre des Gebäudes herauskommen. Sie war nicht alleine. Er öffnete die Türe des Wagens und stieg schnell ein, um nicht von ihr gesehen zu werden. Im Rückblickspiegel verfolgte er, was draußen geschah. Andrea kam mit ihrem Hund heraus. Neben ihr ein eleganter, sportlicher Mann, der bestimmt zehn Jahre jünger war. Sie sprachen angeregt miteinander. Als Klaus sich umdrehte, um besser sehen zu können, was da passierte, sah er, wie Andrea diesem Mann zur Verabschiedung lächelnd eine Kusshand zu pustete. Dann schlenderte sie beschwingt und strahlend auf ihr Auto zu. Der Hund trabte neben her. Sie bewegte ihre Hüften so beschwingt, dass der knapp knielange bunte Rock fröhlich tanzte. Ihre halbhohen Stiefeletten unterstützen diesen Gang. Unter ihrer Bluse wippten ihre Brüste. Eine Frau mit Sexappeal und Ausstrahlung. So hatte Klaus sie schon lange nicht mehr erlebt. Er war wie gelähmt und hatte einen Klos im Hals. Andrea hatte seinen Wagen nicht erkannt. Sie war damit beschäftigt, den Hund auf dem Rücksitz festzuschnallen. Seine silberne E-Klasse war eine gute Tarnung.

Andrea war genauso locker und flockig abgefahren, wie sie zum Auto gegangen war. Klaus saß mit Herzklopfen und total trockenem Mund wie versteinert in seinem Wagen. Er brauchte mindestens zehn Minuten bis er losfahren konnte. Er fuhr heim, ohne vorher um den Wagen gegangen zu sein. Zu Hause stand der rote Mini bereits vor dem Haus. Er schloss seinen Wagen ab, ging einmal drum herum und dann ins Haus. Als er zur Türe rein kam wurde er freudig vom Hund begrüßt. Andrea war am Duschen. Ihre Kleider lagen im Schlafzimmer über dem Stuhl. Sein Kontrollblick erkannte den Rock, die Bluse, den BH, aber keinen Slip. Der müsste doch ganz ober liegen, denn schließlich zieht sie den zum Schluss aus. Andrea ging normalerweise entweder nackt oder im Bademantel zur Dusche. Neben dem Stuhl stand Andreas Handtasche, halb geöffnet. Dort lag er, ihr roter String-Tanga.

"Was machst du da? Warum bist du schon da?" fragte ihn Andrea, die gerade im Bademantel von der Dusche kam.

"Nichts. Ich will mich gerade umziehen, den Bürodress loswerden. Ich hab heut früher Feierabend gemacht", begann er sein Hemd auszuziehen, "und warum bist du schon hier? Freitags arbeitest du doch sonst auch länger?"

"Bei mir haben zwei von drei Patienten ihre Termine abgesagt. Da habe ich dem dritten abgesagt, weil ich keine Lust hatte eineinhalb Stunden auf den zu warten."

Klaus nahm allen Mut zusammen und fragte: "Wer war der Mann, mit dem du heute die Praxis verlassen hast?"

"Spionierst du mir nach?" zischte sie aggressiv, "das ist Stefan, der Steuerberater, der sein Büro im Stockwerk über meiner Praxis hat."

"Ich wollte dich abholen, um dich zu einem Feierabendrink einzuladen. Leider habe ich dich nicht in deiner Praxis angetroffen. Da habe ich nur das Bellen des Hundes durch die verschlossene Türe gehört. Als ich gerade fahren wollte, habe ich dich aus dem Gebäude kommen sehen. Du warst so beschäftigt, dass du mich nicht erkannt hast."

Andrea bemerkte, dass ihre Wangen warm wurden. "Du, ich war nach Praxisschluss noch bei Stefan, weil er mich zu einem Espresso eingeladen hat."

"Ohne Hund?"

"Ohne Hund!"

"Und das war so anstrengend, dass du sofort duschen musstest, als du heimkamst?" setzte Klaus nach.

"Ach las mich doch in Ruhe. Du mit deiner Kontrollsucht. Renn du doch um dein Auto solange du willst und lass mich einfach in Ruhe." Sie rannte ins Bad und sperrte sich ein. Ihre Handtasche hatte sie mitgenommen.

Klaus brauchte frische Luft. Er war zu aufgewühlt, um jetzt auf sie zu warten und dann mit ihr zu streiten. Lieber würde er sie später fragen, was das soll. Deshalb checkte er im Internet die Öffnungszeiten des Hallenbades. Es war geöffnet. Umgehend fuhr er dort hin und schwamm drei Kilometer am Stück. Während dieser Stunde im Wasser schossen ihm tausend Gedanken durch den Kopf. Nur indem er zwischendurch an seine Leistungsgrenze heranschwamm, konnte er die Gedanken etwas zurückdrängen. Auch das kalte Duschen danach half etwas.

Als er zurück kam, war das Haus leer. Andrea war samt Hund verschwunden. Ihre gebrauchten Kleider lagen in der Wäschetruhe. Der rote Slip war auch dabei.

Klaus setzt sich vor den Fernseher und öffnete eine Flasche spanischen Rotwein. Das ersten beiden Gläser leerte er schnell, da er seinen Durst nach dem Schwimmen nicht, wie sonst üblich, mit Wasser gelöscht hatte. Sein Magen war leer und fühlte sich flau an. An essen war nicht zu denken. Die Wirkung des Alkohols kam schnell und heftig. Um ihn herum begann alles sich zu drehen, so wie sich seit heute Nachmittag die Gedanken in seinem Kopf drehten. Nachdem er die Flasche geleert hatte, wurde ihm richtig schlecht. Er ging in die Küche, um etwas zu essen.

Wenigstens ein Stück Brot, dachte er, das würde helfen. Beim Abschneiden einer Scheibe Brot vom Laib, rutschte er mit dem Messer ab und schnitt sich in den Daumen, der sofort Blut überströmt war. Blut hatte ihn beim Werkunterricht in der sechsten Klasse schon mal von den Socken gehauen, als er mit dem Schnitzmesser abgerutscht war.

Als er wieder zu Bewusstsein kam, lag er in der Küche auf dem Boden. Neben ihm kniete Andrea, die mit der einen Hand seinen Kopf leicht anhob und mit der anderen seinen Daumen in einem Geschirrhandtuch hielt. Sein Schädel brummte und an der Stirn hatte er eine Beule. Der Hund blickte ihn anteilnehmend an.

"Was hast du denn gemacht," fragte Andrea, die ihn blutverschmiert gefunden hatte.

"Ich wollte mir eine Scheibe Brot abschneiden."

"Sag mal was hast du denn getrunken? Du stinkst ja voll nach Alkohol", fuhr sie ihn an. Dabei war sie so froh, dass nicht mehr passiert war. Zu allererst hatte sie geglaubt, er hätte sich etwas angetan. Sie half ihm auf, brachte ihn zum Sofa. Dann sah sie sich seinen Daumen an, bevor sie ihn verband.

"Ich glaube dein Daumen muss nicht genäht werden, obwohl es ganz schön geblutet hat. Du musst mit der Stirn irgendwo dagegen geknallt sein. Ich bring dir mal eine Kühlkompresse. Die hatten sie immer noch im Gefrierfach, wie damals als sie sie öfter gebraucht hatten, um die Kinder zu verarzten.

Klaus fragte: "Wo warst du?"

"Ich war bei Britta, ich hab es hier nicht mehr ausgehalten."

Mehr wollte er in seinem erbärmliche Zustand nicht wissen. Er zog sich bald ins Bett zurück, wo ihn seine Promille schnell einschlafen ließen.

Gegen drei Uhr wurde er wach und das Gedankenkarussell begann sich wieder zudrehen. Andrea hatte sich scheinbar ins Wohnzimmer gelegt. Das machte sie, wenn sie gestritten hatten. Erst in den Morgenstunden schlief er wieder ein. Als er gegen 7:30 Uhr aufstand, war sonst niemand da. Sein Daumen pochte, aber sein Kopf war erstaunlicherweise ok. Weder der Wein noch der Sturz hatten Schmerzen hinterlassen. Trotzdem fühlte er sich elend.

Die Ereignisse des gestrigen Tages hatten Klaus den Boden unter den Füßen weggezogen und er war komplett am Schwimmen. In der Firma würde er Hans, seinen Vertrauten, verlieren und alleine da stehen. Zuhause fühlte er sich betrogen und vollkommen alleine. Was noch viel schlimmer war, er wusste nicht wie es mit Andrea und ihm weiterging. Gestern war sie seinen Fragen ausgewichen oder hatte üble Gegenangriffe gestartet. Ihre roten Wangen waren ihm nicht entgangen, als er sie auf ihren Slip angesprochen hatte. Er fragte sich, wie lange das schon ging mit dem Büronachbarn und ob der auch so oft samstags im Büro war wie Andrea.

Dann holte er Andreas Praxisunterlagen aus dem Aktenschrank, um ihre Einnahmen der letzten drei Jahre anzusehen. Schnell war ihm klar, dass sein Verdacht zutraf. In den letzten beiden Jahren, in denen sie so oft länger oder zusätzlich in der Praxis gewesen war, war der Umsatz nicht gestiegen. Im Gegenteil, ihr Umsatz sank seit drei Jahren, zwar nur leicht, aber erkennbar. Er vermutete nun, dass Andrea ihm seit mindestens zwei Jahren etwas vormachte.

Klaus und Petra

Klaus schrieb Petra: "Hi Petra, ich hoffe, dir geht es besser als mir. Wann hast du Zeit zu telefonieren? LG Klaus"

Es dauerte keine fünf Minuten bis ihre Antwort aufleuchtete: "In 15 Minuten, aber nicht zu lange, okay?"

"Ich rufe Dich an", bestätigte Klaus.

Nach 10 Minuten klingelte sein Telefon. Petra war ihm zuvorgekommen: "Hallo Klaus, wo brennt's? Was ist los, dass du samstagmorgens mit mir telefonieren musst?" hörte er ihre angenehme Stimme.

"Ich bin am Ende. Andrea betrügt mich seit zwei Jahren."

"Bist du sicher? Wie hast du es rausbekommen?" wollte Petra wissen.

"Ich habe sie mit dem Anderen gesehen. Er hat sein Büro über ihrer Praxis."

"Das ist ja nicht verboten", versuchte sie etwas Lockerheit ins Gespräch zu bringen.

Klaus erzählte ihr, was er erlebt hatte. Petra kannte Klaus und wusste, wie sehr ihn die aktuelle Unsicherheit belasten musste. Obwohl sie vermutete, dass Klaus mit seinem Verdacht recht hatte, sagte sie zu ihm: "Klaus erinnerst du dich an das Interview, dass Ernst Günther Lueg in den 70er Jahren nach einer Bundestagswahl mit Herbert Wehner geführt hat? Damals hatte er Wehner nach der ersten Hochrechnung zum Wahlergebnis befragte und der hatte gezischt: 'Herr Lüg, ich weiß nichts und sie wissen nichts.' Und Lueg hatte geantwortet: Danke Herr Wöhner." Petra war schon damals im Sozialkunde-Leistungskurs ein SPD-Fan gewesen. Die SPD-Urgesteine Brandt, Wehner und Schmidt faszinierten sie.

"Klaus, du weißt nicht was wirklich los ist und machst dich fertig, weil es für dich so aussieht. Frag deine Andrea und bitte sie vorher um eine ehrliche Antwort."

"Das erfordert viel Mut", entgegnete er.

"Du leidest lieber, als Klarheit zu haben? So bekommst du keinen festen Boden unter die Füße, mein Lieber."

Petra mochte Klaus, aber diese unmännliche Art gefiel ihr nicht. Sie konnte sich gut vorstellen, dass Andrea an Klaus das Männliche vermisste und dass sie sich das anderweitig holte.

"Klaus sprich mit ihr und verschaff dir Klarheit. Denk dabei bitte an unsere gemeinsamen Erlebnisse, wie zuletzt bei Klassentreffen", ermahnte sie ihn, damit er es schaffte ihr wohlwollend zu begegnen.

"Wie, da war doch gar nichts," empörte er sich.

"Wir hatten da zwar keinen Sex, aber wir haben die halbe Nacht sehr intime Gespräche geführt. Ein geistiger Seitensprung war das auf jeden Fall. Und was ist mit unseren vielen Telefonaten in den vergangenen Jahren, von denen du Andrea nichts erzählt hast, in denen du mir so viel über Andrea und euch erzählt hast?"

Klaus schluckte. Da war was dran.

Sie empfahl ihm: "Klaus, ich glaube du solltest das mit Männern besprechen. Hast du keinen Freund, mit dem du darüber reden kannst?"

Zuallererst fiel ihm Hans ein. Er war sich dann aber nicht sicher, ob Hans ihm wirklich weiterhelfen würde. Dann erzählte er Petra vom Projekt Lagen-Staffel mit den anderen drei früheren Klassenkameraden und ihren guten Gesprächen beim ersten gemeinsamen Wochenende. Er würde seine Schwimmerfreunde fragen. Petra fand die Idee klasse. Sie hoffte, die anderen würden Klaus den Rücken stärken. Das nächste Treffen war für das kommenden Wochenende geplant. Dieses Mal trafen sie sich bei Peter in Ingolstadt. Von dort aus würden sie im Münchner Olympiabad schwimmen. Eine Inspiration, die sie an 1972 erinnern würde.

●

Klaus hatte das Gespräch mit Petra gut getan. Als er das Telefonat beendet hatte, sah er, dass Peter etwas in die Total Verrückte Oldies-WhatsApp-Gruppe geschrieben hatte.

"Hallo Ihr Lieben. Ich bin seit zwei Wochen krankgeschrieben. Hörsturz. Vielleicht sollten wir unser Treffen besser verschieben. Gruß Peter"

Klaus dachte sofort: "Kaum nehme ich mir etwas vor, schon kommt was dazwischen."

Michael antwortete prompt: "Du schwimmst doch nicht mit den Ohren und wir werden dir auch nicht in den Ohren liegen. Smiley"

Klaus schrieb: "Schade! Gute Besserung."

Nach einer Viertelstunde schrieb Michael: "Peter und ich haben telefoniert. Peter kann schwimmen und er freut sich auf uns. Der Termin bleibt. Wir treffen uns am Freitagabend zwischen 18 und 20 Uhr bei Peter. Mit einem fröhlichen Gut Nass Euer Michael."

Klaus freute sich. Er sollte sich bei Michael eine Scheibe abschneiden, dessen Motto lautete: Verkaufen fängt an, wenn der Kunde nein sagt.

Später sendete Kurt klatschende Hände und daumenhoch. Peter bestätigte: "Guter Plan. Ich freue mich auf euch."

Das Treffen im November

An diesem trüben, feuchtkalten Freitag machten sich alle auf den Weg nach Ingolstadt. Kurt war mit dem Zug bis Stuttgart gekommen, von wo Michael ihn mitgenommen hatte. Klaus wählte wieder den ICE, da Ingolstadt gut zu erreichen war.

Auch dieses Mal war Klaus als erster angekommen. Peter hatte ihn vom Bahnhof abgeholt. Sie hatten gerade das erste Weißbier eingeschenkt, als die beiden anderen ankamen und sich dazusetzten. Sie stießen fröhlich auf ihr zweites Trainingswochenende an.

Michael bemerkte: "Kaum sind wir in Bayern und schon haben wir ein Hefeweizen vor uns stehen. In Tonis Murksmühle hat es zu unserer Schulzeit kein Weizenbier gegeben. Da gab's Pils, das wir damals sogar in der Runde aus dem Stiefel getrunken haben. Ich habe mein erstes Weizen um die Abizeit getrunken. Damals hatte der Freund meiner Schwester, der aus dem Allgäu kam, ein paar Flaschen samt Weizengläsern mitgebracht. Ich erinnere mich noch genau daran, wie der das eingeschenkt hat. Die Flasche wurde leicht seitlich tief ins Glas gesteckt und dann langsam herausgezogen, während das Bier ins Glas lief. Der letzte Rest wurde aufgeschüttelt damit die Hefe auch ins Glas kommt. Das wird heute aus Hygienegründen nicht mehr so gemacht."

Kurt ergänzte: "Damals kam auch das Kristallweizen, in das eine Zitrone gelegt wurde oder in dem ein Reiskorn von der Kohlensäure rauf und runter tauchte."

"Heute, 35 Jahre später bekommst du in jedem Restaurant Weizenbier. Prost auf die Veränderung", rief Michael und hob sein Glas, "der erste Schluck ist der beste."

Nach einer kurzen Genusspause wischte Kurt sich den Bierschaum vom Mund und fragte: "So Peter, jetzt erzähl mal wie es dir geht. Was macht dein Ohr?"

Peter erklärte kurz und knapp, was passiert war und was er mit dem linken Ohr jetzt wie hörte: "Es ist hoch interessant, wenn mein Nachbar mit seinem Benzinmäher den Rasen mäht, kann ich die Vögel trotzdem zwitschern hören, wenn ich mir das rechte Ohr zuhalte. Mein linker Akustikeingang hat jetzt einen integrierten Hochpassfilter", theoretisierte der Ingenieur, "beim Schwimmen hört sich das Plätschern des Wassers links anders an als rechts."

"Und du bist noch krankgeschrieben?" wollte Kurt wissen.

"Ja, noch mindestens zwei Wochen. Mich zieht's auch überhaupt nicht zurück ins Büro", entgegnete Peter.

"Hattest du viel Stress in letzter Zeit?", fragte Kurt, der das Symptom Hörsturz von einigen seiner Patienten kannte. Nach seiner Erfahrung erwischte es oft die Leistungsträger, wenn der Arbeitsdruck besonders hoch ist und sie dann auch noch in Situationen geraten, die ausweglos wahrgenommen werden.

"Es ist gerade extrem schwierig im Büro. Das erzähl ich euch später. Wie geht es dir Kurt?" frage Peter.

"Ich bin zufrieden. Das Schwimmen klappt immer besser. Beruflich habe ich interessante Fälle. Eine sehr schwierige Situation vor drei Wochen war der Selbstmord eines Patienten. Das hat mich sehr bewegt."

"Das ist heftig und du hast nichts dagegen tun können?" fragte Klaus?

"Nein. Leider nicht", gab Kurt zu, "Was ist mit dir Klaus. Du siehst heute etwas mitgenommen aus."

"Mir geht es auch nicht gut", antwortete Klaus," erzähl ich euch später. Michael wie geht es dir?"

"Mir geht es prima. Ich habe keine Hiobsbotschaften zu berichten. Was ihr erzählt, zeigt mir, dass es in unserem Alter sehr schnell einschlagen kann. Deshalb mache ich mir jeden Tag bewusst wie gut es mir geht", sinnierte Michael.

"Das strahlst du auch aus", sagte Kurt, der ihn schon auf der Herfahrt so erlebt hatte.

Klaus merkte an: "Deine Power und deine Lebensfreude können einem manchmal ganz schön auf die Nerven gehen, besonders wenn's einem mal nicht so gut geht."

Kurt: "Tja, das nennt man Spiegel. Der Optimist spiegelt dem Pessimisten seinen Pessimismus auf ganz besondere Art und Weise wider."

Michael." Ich bin lieber ein Optimist, der sich ab und zu irrt, als ein Pessimist, der immer Recht hat."

"Jou, setz noch einen drauf", sagte Klaus resigniert zu Michael.

"Sorry, tut mir leid", lenkte Michael betroffen ein, "komm erzähl uns, was dich so bedrückt, Klaus?"

"Zuerst war es nur die Tatsache, dass Hans, mein bester Freund und Kollege an Parkinson erkrankt ist und deshalb Ende des Jahres in Vorruhestand geht. Damit verliere ich einen sehr guten Freund auf der Arbeit. Dann kam das eigentlich endscheidende hinzu. Meine Frau betrügt mich mit einem jüngeren Mann." brach es aus Klaus heraus.

Alle wussten, wie schlecht Klaus mit Unsicherheiten und Veränderungen umgehen konnte.

"Das ist übel. Wie bist du denn drauf gekommen?" wollte Peter wissen.

Klaus erzählte, was er gesehen und wie Andrea reagiert hatte.

"Moment mal, bisher sind das deine Vermutungen. Bestätigung hast du keine", merkte Michael an, "gilt da nicht auch die Unschuldsvermutung?"

"Stimmt, aber die Indizienlage ist erdrückend", stellte Peter fest.

"Ihr habt beide Recht. Das nutzt Klaus allerdings wenig. In der Situation würde es jedem von uns schlecht gehen", fasste Kurt zusammen.

Peter fragte: "Und was können wir dagegen machen?"

"Zum Beispiel mit Klaus überlegen, was er nun machen kann", warf Michael ein.

"Ich hab damit keine Erfahrung, zum Glück. Vielleicht du Kurt oder du Michael. Ihr wisst wie das ist, wenn eine Partnerschaft zu Ende geht", versuchte Peter sich rauszuziehen.

"Peter, wer von uns ist denn hier der Stratege? Du bist immer schon der gewesen, der am logischsten an ein Thema herangeht. Und genau das ist jetzt gefragt", versuchte Michael ihn einzubeziehen.

"Was würdet ihr denn an meiner Stelle jetzt machen?" fragte Klaus.

"Ich habe mir damals externe Hilfe geholt, als ich mir mit Regina nicht mehr zu helfen wusste und das hat mir sehr geholfen", gab Michael zu.

"Was bedeutet das, externe Hilfe?" wollte Klaus wissen.

"Ich habe einen Coach kennengelernt. Da war ich fünf bis sechs Mal. Der hat mir damals aufgezeigt, dass ich mir zuerst mal klar machen soll, was ich selber will und er hat mich dazu gebracht, dass ich mich getraut habe, das genauso Regina zu sagen", beschrieb Michael den damaligen Prozess.

"Das ist bestimmt eine gute Idee", merkte Kurt an, der diese Themen beruflich kannte.

Peter war wieder im Boot: "Klaus, meines Erachtens solltest du dir erst mal Klarheit verschaffen und mit deiner Andrea sprechen, damit die Vermutungen aufhören."

Klaus: "Das will ich ja, aber ich weiß nicht wie ich das anfangen soll und was ich fragen soll."

Peter: "Na da können wir dir doch gut helfen. Zuerst sammeln wir den Informationsbedarf und dann formulieren wir die Fragen dazu."

"Das hört sich zwar sehr technisch an, aber Peter hat Recht", sagte Kurt.

Michael fügte hinzu: "Und dann überlegen wir, wie du deine Fragen ohne Vorwürfe an die Frau bringst, was du erreichen willst und was du möglichst nicht erleben willst."

Klaus: "Das hört sich bei euch fast so an als hättet ihr ein berufliches Problem zu lösen."

"Wir sind emotional nicht so involviert wie du Klaus, deshalb können wir das auch in dieser Weise angehen", begründete Michael.

Nach der Beratung durch einen Strategen, einen Vertriebsprofi und einen Psychologen notierte sich Klaus folgendes Vorgehen:

1. Gesprächsvorbereitung inhaltlich: Was will ich erreichen?
Wie will ich künftig leben?

2.Gesprächsvorbereitung mental: Wohlwollende
Grundeinstellung.

3. Zieldefinition: Andrea soll ehrlich antworten.

4. Einleitung: Mir geht es ... Ich habe Angst davor... Ich
wünsche mir, dass du zuhörst.

5. Konkrete Frage:
Wie geht es dir?
Was ist wirklich los?
Warum
Wie geht es nun weiter?
6. Offene Punkte?
7. Am Ende: Ich danke dir für deine Offenheit.

Klaus faltete den Zettel zusammen und sagte: "Ich danke euch für eure Unterstützung. Jetzt sehe ich etwas klarer. Dieser Plan hilft mir."

Die Wohnungstür ging auf. Christine kam gerade vom Reiten zurück, begrüßte die Gäste und fragte: "Ihr sitzt hier vor leeren Gläsern und habt nichts zu essen. Peter, du bist ein schlechter Gastgeber. Ich hab euch was mitgebracht." Sie trug eine große Papiertüte vom Bäcker in die Küche und kam nach einer viertel Stunde mit einer Platte belegter Brötchen wieder. Peter hatte zwischenzeitlich jedem ein Bier nachgeschenkt.

"Seid ihr gut durchkommen?" fragte Christine interessiert.

Das allgemeine Kopfnicken und Lächeln zeigte ihr, dass alles gut geklappt hatte. Nach zehn Minuten Small Talk zog sie sich zurück und überließ den Männer das Wohnzimmer.

Während sie die Brötchen vertilgten, tauschten sie sich über ihre Trainingsaktivitäten seit dem letzten Treffen aus. Peter war als einziger nicht zufrieden mit sich, da ihn die Tage im Krankenhaus zurückgeworfen hatten. In der vergangenen Woche war er zwar schon wieder im Schwimmbad gewesen und hatte entspannte 1000 Meter Kraul absolviert, aber so richtig fit fühlte er sich nicht.

•

Kurt hakte ein: "Da sind wir ja beim Thema, Peter. Was belastet dich im denn Büro so sehr?"

Peter sah ihn an, presste die Lippen aufeinander und zog die Augenbrauen hoch. Dann begann er: "Die neuen Abgasvorschriften stellen uns vor fast unlösbare Aufgaben und ich bin mit meinem Team mitten drin."

"Das ist sicher anspruchsvoll, aber warum stresst dich das so?" wollte Kurt wissen, der von Peter eine sehr hohe Meinung hatte, was seine fachlichen Fähigkeiten anging.

"Gute Frage", reagierte Peter, "die Technik bzw. die Physik ist nicht das Problem. Die hab ich im Griff. Es geht um die vom Management vorgegebenen Eckwerte. Die sind nicht zu erreichen."

"Ihr seid doch alle Ingenieure, da sollte doch klar sein, was geht und was eben nicht geht", steuerte Michael bei.

"Theoretisch hast du recht", pflichtete Peter ihm bei, "praktisch leider nicht."

Klaus, der bisher nur zugehört hatte: "Geht es um wirtschaftliche Interessen? Darf's mal wieder nichts kosten?"

"Das auch", gab Peter zu, "das wäre ja noch verkraftbar. Es geht um unseren Ruf und darum, dass unsere Kunden nicht bei jedem dritten Tankstopp Harnstoff nachfüllen müssen."

"Ist Harnstoff so teuer?" wollte Kurt wissen.

"Ich glaube, das ist nicht das Thema, wir sprechen hier über die großen Dieselmotoren. Die sind in den teuren großen Modellen, die sowieso schon relativ viel Sprit brauchen. Da kommt es, nüchtern betrachtet, nicht auf etwas Harnstoff an. Aber für unsere Marketingstrategen passt es nicht zusammen, dass wir die saubersten Diesel der Welt bauen und unsere Kunden dazu nun sehr oft Harnstoff nachfüllen müssen."

"Tja, wer als Saubermann auftritt, sollte seinen Heiligenschein immer schön poliert halten und nicht mit Harnstoff besudeln", wurde Michael sarkastisch, "da kann ich deine Kollegen im Marketing irgendwie verstehen."

"Ich hoffe du verstehst auch mich", fügte Peter hinzu.

"Ich versteh, dass es dir als Ingenieur widerstrebt. Wo nun allerdings dein stressiges Problem liegt, versteh ich noch nicht", sagte Michael.

Peter ließ den Kopf hängen und sagte dann: "Ich weiß gar nicht, ob ich euch das überhaupt sagen darf. Schließlich habe ich einen ziemlich hart formulierten Geheimhaltungsvertrag unterschrieben."

"Das musst du entscheiden", sagte Klaus, der bei solchen Fragen sehr penibel war.

Peter setzte an: "Ich probier's mal so. Was würdet ihr tun, wenn euer Arbeitgeber von euch verlangen würde, eine Lösung zu entwickeln, die nach eurer Meinung rechtlich nicht sauber ist?"

Klaus wurde ganz klar: "Ich würde das nicht machen."

"Und wenn du Angst hättest, dann rausgeschmissen zu werden?"

Klaus runzelte seine Stirn vor Bedenken und fragte: "Bist du sicher, dass es illegal ist?"

"Ich bin kein Jurist, aber für mich stinkt das zum Himmel", antwortete Peter und Michael, der als Ingenieur die Zusammenhänge erahnte, ergänzte: "...und das was dann hinten rauskommt, stink auch zum Himmel. Stimmt's?"

"Wie kann ein Unternehmen so etwas fordern?" wollte Kurt wissen.

"Vielleicht, weil die Wettbewerber es genauso machen und weil es kaum festzustellen ist. Das heißt, das Risiko erwischt zu werden, wird als extrem gering eingeschätzt."

Kurt interessierte: "Und was machen deine Kollegen? Die sind doch im selben Dilemma, oder nicht?"

"Ich spreche nur mit zwei meiner Kollegen offen darüber. Die sind beide dagegen. Die wissen aber auch nicht, was sie tun sollen. Die anderen äußern sich nicht und ich habe sie bisher auch noch nicht gefragt", erklärte Peter.

Klaus wurde konkret: "Ich würde mir zu allererst mal juristischen Rat einholen. Anwälte unterliegen der Schweigepflicht."

Kurt und Michael pflichteten Klaus bei.

"Und was mache ich, wenn ich mit meinen Vermutungen Recht habe?"

"Dann kann der Anwalt dir bestimmt Handlungsoptionen aufzeigen, die wir heute hier nicht auf dem Schirm haben", versuchte Klaus ihn zu beruhigen.

•

Am späteren Abend wurde die Stimmung immer gelöster. Kurt erzählte von seinem Freund Joachim, der sich bei Parship angemeldet hatte.

"Joachim kommt kaum nach. In der ersten Woche als Premium-Mitglied hat er 74 Anfragen von Frauen bekommen. In der Altersklasse über 50 scheint dort ein eklatanter Frauenüberschuss zu herrschen."

Klaus fragte selbstironisch: "Du meinst, ich brauche mir keine Sorgen zu machen."

"Ne, nicht wirklich. Leute, der erlebt da die tollsten Sachen", machte er seine Freunde neugierig, "einmal hat er mit einer niedergelassenen Ärztin telefoniert, die hat ihm erzählt, sie sei die Sklavin ihrer Praxisöffnungszeiten. Eine andere hatte sich als 55jährige ausgegeben und im Xing hatte er dann gesehen, dass sie 59 ist. Andere haben die Trennung noch nicht überwunden und schimpfen hauptsächlich auf den Ex."

Michael: "Wie lange ist er denn schon dabei?"

"Vier Monate oder so."

"Und war noch keine dabei, die ihn interessiert hätte?" wollte Peter wissen.

"Er hatte schon ein paar sehr nette Dates und ein paar der Damen fanden ihn auch klasse. Er glaubt sehr anspruchsvoll zu sein", erklärte Kurt, "ich glaube, er ist sehr vorsichtig, weil ihm die Trennung von seiner Jutta noch ziemlich in den Knochen hängt. Er glaubt, sie habe ihn jahrelang verarscht."

Klaus analysierte ganz trocken: "Heißt das, dass ich es genauso schwer haben werde wie dein Joachim, wenn Andrea mich schon lange betrügen sollte?"

"O, Klaus, komm runter. Das hält ja keiner aus. Du brauchst dich nicht zu wundern, wenn deine Frau genervt ist", verschaffte Peter seinem Ärger Luft.

Klaus schluckte. Kurt wollte ihm zur Hilfe kommen und Peter bremsen, doch Klaus stoppte Kurt: "Peter hat ja Recht. Ich bin ja auch eine Zumutung. Für mich ist es extrem wichtig, die Zukunft abzuschätzen. Ich will alles kontrollieren alles inklusive mich selbst. Das hält ja auch keiner aus", und noch aggressiver "Oder würdet ihr das aushalten, jeden Tag?"

Michael: "Jetzt mach mal halb lang. Wenn du das wirklich so siehst, dann ändere es doch."

Kurt erklärte: "Da ist was dran Klaus. Du bist so in der Opferrolle. Aus der heraus kannst du gar nichts ändern."

Michael: "Echte Frauen haben kein Interesse an solchen Männern. Mann, zeig doch mal richtig Kante. Mach doch mal 'ne klare Ansage."

"Dazu müsste ich erst mal selbst wissen, was ich will", gab Klaus zu.

"Eeeeeben," sagte Michael leicht genervt.

Kurt kam Klaus zur Hilfe: "Das geht vielen so, Klaus. Mach dir keine Sorgen."

Peter: "Mag sein. Auch wenn das so ist, nutzt es denen, die nicht wissen was sie wollen, überhaupt nichts."

Klaus entgegnete Peter sarkastisch: "Wie gut, dass du genau weißt, wie du auf deine beruflichen Probleme reagieren wirst."

Peter betroffen: "Volltreffer, Klaus. Eins zu null für dich."

"Cool, Klaus", freute sich Michael.

"Der erste Schritt in die richtige Richtung", unterstütze ihn Kurt.

"Danke", sagte Klaus.

Peter pflichtete Kurt zu: "Stimmt."

Bevor sie um Mitternacht ins Bett gingen, sagte Peter: "Ich bin so froh, dass ihr gekommen seid. Das ist wie

Medizin für mich. Ich hab mir für Morgen was nettes ausgedacht. Bin gespannt, wie euch das gefällt."

●

Alle hatten gut geschlafen, auch Peter. Der Wohlfühlfaktor beim Frühstück war extrem hoch. Peter und Christine erzählten wieder davon, dass sie bald Großeltern sein würden. Die beiden waren richtig locker drauf. Auch Peters alter Macho-Männerwitz ließ Christine milde lächeln: "Dass ich Opa werde, ist kein Problem. Eher der Gedanke, dass ich dann mit einer Oma ins Bett gehe." Keiner der Besucher ahnte, wie nah die anstehende Großelternschaft die beiden wieder zusammengebracht hatte. Alles mussten die Freunde auch nicht wissen.

●

Zum Schwimmen fuhren sie gemeinsam nach München ins Olympiabad. Es war für alle sehr inspirierend im selben Becken zu schwimmen, in dem Mark Spitz 1972 sieben olympische Goldmedaillen gewonnen hatte. In den Schulpausen waren sie damals alle vier zu Peter nach Hause gegangen, um 15 Minuten Live-Übertragung aus München zu sehen. Peters Familie wohnte direkt neben der Schule. Deshalb kam er auch morgens meist als letzter.

In der Dusche erinnerten sie sich auch an den Terroranschlag auf die israelischen Sportler. Das war damals surreal gewesen. Sie hatten das als 12jährige zwar wahrgenommen, aber nicht wirklich verstanden. Der Terror war damals genauso brutal gewesen wie der aktuelle Terror heute. Es war nur irgendwie anders darüber berichtet worden. In diesem Zusammenhang kamen sie auf den deutschen Herbst 1977, als Schleyer entführt worden war und die Lufthansa-Maschine Landshut in Mogadishu stand. Sie erinnerten sich an die Bilder als der Pilot der Maschine tot aus dem Cockpit geworfen wurde. Das waren genau so schockierende Bilder, wie die des AUDIs mit geöffnetem Kofferraums, indem der Arbeitgeberpräsident tot aufgefunden worden war, mit durchgeschnittener Kehle. Die Täter waren akademisch gebildete Leute, meist aus besserem Elternhaus, die die Welt verbessern wollten. Und was haben sie geschafft? Unglück über viele Familien gebracht.

Besonders berührend war die damalige Reaktion des Bundeskanzlers, der sich zum wiederholten Male als Krisenmanager gezeigt hatte. Nachdem die Befreiungsaktion der GSG9 in Mogadishu spektakulär gut geglückt war, war er in Tränen ausgebrochen, weil eine riesige Anspannung von ihm abgefallen war. Was für ein Mensch? Ein Durchblicker, ein Macher, ein Mensch aus Herz und Blut, der mit heute 96 Jahren immer noch so etwas wie das moralische Gewissen Deutschlands verkörperte. Den hatten sie alle klasse gefunden und sie fanden ihn heute noch phänomenal. Helmut Kohl dagegen, genannt Birne, hatten sie nicht ernstgenommen. Sie hätten es nicht geglaubt, wenn ihnen damals jemand gesagt hätte, dass Kohl 16 Jahre Kanzler sein würde. Und jetzt war Kohls Mädchen im neunten Jahr an der Macht.

Nach dem Besuch des Schwimmbades erzählte Peter, was er sich ausgedacht hatte: "Und jetzt fahren wir nach Wolnzach."

"Was ist das denn? Liegt das in Polen?" frotzelte Michael.

"Keine Angst. Wolnzach liegt ganz in der Nähe von Ingolstadt. Dort werden wir das deutsche Hopfenmuseum besuchen", beruhigte Peter.

Peter hielt auf dem Weg in die Hallertau an einem typisch bayrischen Gasthof an, wo sie ein bayrisches Mittagsessen und ein lokales Bier genossen. Gut gesättigt fuhren sie weiter nach Wolnzach und besuchten das Hopfenmuseum, dessen Eingangsbereich einem Hopfenfeld nachgebildet war. Der Besuch war für alle sehr interessant und informativ, was Peter sehr freute.

Von Wolnzach brachte Peter seine Freunde nach Abensberg zur einer Weißbier-Brauerei, die sie besichtigten. Das besondere an der Führung war, dass sie vom über 70jährigen Brauereiinhaber geleitet wurde. Dieser Mann sah ein wenig aus wie Franz Josef Strauß, mit Bauch und wenig Hals, aber er war ein feinsinniger Kunstliebhaber. Er hatte eine eigene Interpretation des Da Vinci Gemäldes Abendmahl geschrieben. Den Inhalt seines Buches erklärte er an Hand einer Kopie dieses Abendmahles an der Steinwand im früheren Eiskellers seiner Brauerei. Nach dem Rundgang durch die Brauerei besichtigten die vier Freunde den Hundertwasserturm auf dem Brauereigelände. Michael erinnerte sich schmunzelnd an das Ausflugsziel von Inas Vater mit seinen Männern. Zum Abschluss tranken sie ein im Eintrittspreis enthaltenes Bier, das den Namen des Turmes trug.

Die Schwimmer begeisterte die Kombination von Bierkultur und Hundertwasser-Architektur. Auf der Rückfahrt nach Ingolstadt diskutierten sie darüber, welchen ersten Eindruck der Inhaber der Brauerei auf sie gemacht hatte. Alle gaben zu, dass sie ihn zu Unrecht in die typische bayrische Altmännerschublade gesteckt hatten, Maßbier trinkend und am Stammtisch einfache Wahrheiten heraus posaunend. Er hatte alle überrascht. Interessant fanden sie auch die Geschichte der Entstehung des Turmes. Den er zuerst 75 Meter hoch beantragt hatte, was abgelehnt worden war, weil in dieser Gemeinde kein Gebäude höher als der Kirchturm sein durfte. Es hatte sich schließlich als Segen erwiesen, dass der Turm nur 35 Meter hoch gebaut wurde. Die Baukosten waren schließlich wesentlich höher als veranschlagt. Den ursprünglichen 75-Meterturm hätte er nicht bezahlen können. Das war eine der Geschichten, die er beim Rundgang erzählt hatte.

Michael merkte an: "Tolles Beispiel. Oft ist es gut, wie es kommt, auch wenn es anders kommt als geplant. Verstehen können wir vieles erst im Nachhinein."

"Wie oft sage ich das meinen Patienten", fügte Kurt hinzu, "dieses konkrete Beispiel werde ich mir merken."

Klaus hatte mitgerechnet: "Der Umsatz durch die Brauerei-Besichtigungen ist nicht unerheblich. Er hat uns erzählt, dass pro Jahr 200.000 Besucher kommen. Wir haben € 12,- Eintritt gezahlt. Das sind € 2,4 Mio. Umsatz pro Jahr. Da müssen andere Brauereien viel Bier für verkaufen."

Peter sagte dazu: "Der Mann lebt seinen Traum. Er hat seinen Traum zum Leben erweckt, gegen alle Widerstände. Und jetzt verdient er damit gutes Geld und das ist gut so."

"Der hat viele inspiriert und er liebt seinen Beruf", sagte Kurt, "das können nur wenige meiner Patienten von sich behaupten."

Peter: "Ich liebe meinen Beruf auch, aber meine aktuelle Aufgabe finde ich zum Kotzen."

"Das ist ungesund", kommentierte Kurt.

Klaus erinnerte die Diskussion an sein Gespräch mit Hans und an die fünf Punkte, die Sterbende oft bedauern. Er murmelte: "Ich wünschte, ich hätte nicht so viel gearbeitet. Ich wünschte, ich hätte so gelebt wie ich es für mich gut ist und nicht so, wie andere es von mir erwartet haben."

"Hä? Was redest du denn da?" fragte Peter. Klaus erzählte seinen Freunden von Hans und dem Buch der Hospiz-Schwester.

Kurt kannte das Buch und hatte es auch schon einigen seiner Patienten empfohlen.

Auf der Rückfahrt über die Autobahn, sagte Kurt: "Erinnert ihr euch noch an die vier autofreien Sonntage ab November 1973?"

Alle nickten.

Kurt weiter: "Damals hatten wir für ein halbes Jahr ein Tempolimit von 100 km/h auf Autobahnen und 80 km/h auf Landstraßen.

Klaus: "Stimmt. Die Spriteinsparungen waren allerdings sehr gering. Die Regierung wollte uns allen klarmachen, dass es sich um eine ernste Lage handelte."

Kurt: "Die damalige Ölpreiserhölung von drei auf fünf Dollar pro Barrel in einem Monat war ein handfestes Argument für harte Einschnitte. Die Forderungen von Klimaforschern und den Grünen nach Reduzierung der CO2-Emmisionen nimmt kaum jemand ernst."

Sie beendeten ihr Gespräch, als Peter den Wagen vor seiner Garage parkte.

Den Abend verbrachten sie mit Erinnerungen und Episoden aus ihrem Leben.

•

Nach dem Frühstück holte Peter seinen PC: "So, und jetzt suchen wir uns einen geeigneten Wettkampf für unser Vorhaben."

Masters-Wettkämpfe in 2015 fanden in Freiburg, Regensburg und Köln statt. In Freiburg auf der kurzen Bahn und auch in Regensburg auf der 50-Meterbahn waren die 4 x 100 Meter Lagen nicht ausgeschrieben. Nur in Köln, bei den Langstreckenmasters, wurde ihre Staffel angeboten. Damit war die Entscheidung schnell einfach. Vom 17. bis 19. April würden sie nach Köln fahren.

"Uns bleiben jetzt noch fünf Monate, uns fit zu machen", meinte Michael.

Peter studierte die Ausschreibung genauer: "Also, die Lagenstaffel ist gleich am Freitagnachmittag. Das bedeutet, wir sollten am Donnerstag so anreisen, dass wir ab 17 Uhr das Angebot des Einschwimmens wahrnehmen können."

Sie notierten den Termin und packten ihre Sachen, um nochmals ins Olympiabad zu fahren. Heute würden sie sich kurz einschwimmen und dann die Staffel einmal voll durchschwimmen.

Michael hatte seine Stoppuhr mitgenommen. Er begann als Zeitnehmer. Peter startete von unten, als er anschlug sprang Klaus ins Wasser und absolvierte seine 100 Meter Brust. Dann kam Kurt. Der legte elegant los und erst nach dreiviertel der Strecke war zu merken, dass er schwer kämpfen musste, aber er zog die 100 Meter Delphin durch. Michael hatte die Uhr an Klaus weitergegeben, um mit den 100 Meter Freistil die Staffel zu beenden. 5:12 Minuten hatten sie benötigt. Alle freuten sich über das Ergebnis. Kurt klopften sie besonders auf die Schultern. Er hatte sich in den letzten Monaten am meisten verbessert und schaffte jetzt die 100 Meter Delphin.

Nach dem erfolgreichen Test, setzten sie sich noch in ein Bistro und stärkten sich mit einem Snack und Kaffee oder Tee.

Michael und Kurt waren separat zum Bad gefahren, damit sie danach direkt zurückfahren konnten. Peter nahm Klaus mit zurück nach Ingolstadt, wo er ihn zum Bahnhof brachte.

Michael und Kurt baten Peter und Klaus sie auf dem Laufenden zu halten, wenn es etwas neues geben sollte. Sie meinten damit konkret Peters berufliche und Klaus' private Situation.

Bei der herzlichen Verabschiedung zeigte sich, dass allen Vieren das Wochenende gut getan hatte. Sie hatten vereinbart, sich im ersten Quartal noch einmal zu treffen, um vor dem Wettkampf im April zu sehen, wo sie standen. Einen genauen Termin wollten sie erst Mitte Dezember fixieren.

Michael und Kurt unterhielten sich auf der Rückfahrt über die bei Klaus bestehenden Unsicherheiten und die bei Peter anstehende Entscheidung. Sie konnte beide gut verstehen, wollten aber mit keinem der beiden tauschen.

Kurt meinte, er wolle Klaus bald anrufen, um ihn zu unterstützen, falls er das wolle. Michael begrüßte das sehr und bot an, ebenfalls mitzumachen, sobald Kurt das für sinnvoll halte.

Als Peter Klaus zum Bahnhof fuhr, sagte er ihm, dass er nicht in seiner Haut stecken wollte. Klaus tat das gut und sagte Peter, dass er beruflich glücklicherweise nicht vor einer ähnlichen Entscheidung stünde wie Peter.

Peter wartete noch bis der Zug kam und verabschiedete sich dann von Klaus: "Es ist schön, Freunde zuhaben, ganz besonders in schwierigen Zeiten."

Michael und Günther

Michael hatte in der Woche nach dem Treffen zwei Tage in der britischen Niederlassung zu tun. Gemeinsam mit dem zuständigen Kollegen vom Innendienst flog er am Nachmittag nach Manchester, wo sie von ihrem englischen Kollegen abgeholt und zum Hotel gebracht wurden. Beim Einchecken kam er sich vor, wie in einem Gruselfilm. Im Foyer des sehr alten Hotels in the middle of nowhere hing ein großer blasser Spiegel. Er stellte sich vor, wie drei Leute vor dem Spiegel stehen und nur zwei im Spiegel zu sehen sind, so wie er es in Vampirfilmen schon gesehen hatte. An der Rezeption hing ein Schild: No Euro, keep our pound! Er schmunzelte und sagte zu seinem Kollegen: "Die verhalten sich hier immer noch so, wie damals, als zum Empire die halbe Welt gehörte. Die Zeiten sind lange vorbei. Heute können sie froh sein, in der EU zu sein."

Der Kollege merkte an: "Während die deutschen Firmeninhaber und Manager nach dem Krieg rangeklotzt haben, um aus dem Schlamassel herauszukommen, haben die britischen Chefs viel Zeit auf den Golfplätzen zugebracht. Jetzt sind sie hintendran und wollen es nicht wahrhaben."

Der britische Kollege blieb noch zum Abendessen. Nachdem sie den Plan für die nächsten beiden Tage besprochen hatten, verabschiedete sich der britische Kollege mit der Frage: "Should we call it the day now?" Und so ließen sie den Tag ausklingen.

Am nächsten Abend feierten sie den großen Auftrag, den sie mitnehmen konnten, in einem gemütlichen Pub mit zwei drei Pints. Michael faszinierte es immer wieder, wie das frischgezapfte Ale im Glas fast nur aus Schaum bestand, der sich dann komplett in Bier umwandelte, ganz anders als beim deutschen Bier.

Am zweiten Tag schulten sie die Mitarbeiter in der Niederlassung über Produktneuheiten und die damit verbundene Verkaufsstrategie.

Von der Airline kam die Nachricht, dass der Rückflug nach Stuttgart um 17 Uhr gecancelt sei. Sie mussten auf den Flieger um 20 Uhr umbuchen. Kurz nach 23:30 Uhr war Michael wieder zuhause. Der Flugausfall hatte ihn kurz geärgert. Dann beruhigte er sich mit dem Gedanken, dass er ja immerhin noch am selben Tag heimkommen würde. Drei Stunden Verspätung waren den Ärger nicht wert.

•

Am Abend des folgenden Tages rief er Günther an, um ihm den Termin in Köln durchzugeben.

"Hallo Helga, hier Michael, ich rufe an, um Günther den Termin durchzugeben, an dem wir unsere Lagenstaffel schwimmen werden."

"Das hört sich ja gut", antwortete Helga, "warte kurz, ich bringe Günther das Telefon."

Michael erzählte Günther vom Trainingswochenende in Ingolstadt und dass sie den einzigen Wettkampf in 2015 gefunden hätten, an dem eine 4 x 100 Meter Lagenstaffel für Männer ausgeschrieben ist.

"Günther, am Freitag den 17.April werden wir unsere Lagenstaffel im Rahmen der deutschen Masters Meisterschaften in Köln schwimmen und du gehst mit."

Günther sagte zuerst gar nichts. Dann räusperte er sich und meinte: "Du Michael, ich glaube das ist zu viel für mich. Ihr könnt mir ja hinterher berichten wie es war."

Michael: "Günther, wir holen dich ab und bringen dich hinterher wieder heim. Du musst gar nichts machen, außer dabei sein."

Michael hörte, wie Günther zu seiner Frau sagte: " Die wollen, dass ich mit zum Wettkampf nach Köln fahre. Die spinnen doch. Wie soll ich das denn machen?"

"Wir spinnen überhaupt nicht", sagte Michael, "ich glaube du spinnst. Rede dir nicht einen solchen Unsinn ein. Wir nehmen deine Gehhilfe und deinen Rollstuhl mit und du wirst uns am Beckenrand mental unterstützen."

"Meinst du wirklich?" fragte Günther, dem die Unsicherheit deutlich anzumerken war.

"Hör mal! Uns ist es ein großes Anliegen dich dabei zu haben. Wir holen dich gerne ab und bringen dich heim."

"Ich weiß nicht..." zögerte Günther.

Da packte der Vertriebsmann eine etwas größere Keule aus: "Günther, du hast uns so viel beigebracht, weit über das Schwimmen hinaus, lass uns dir eine Kleinigkeit zurückgeben und komm mit."

Helga mischte sich ein: "Jetzt stell dich bitte nicht so an und gib dir einen Ruck."

Günther wusste, dass es in der Vergangenheit immer gut gewesen war, wenn er auf Helga gehört hatte: "Also gut", willigte er ein, "ich gehe mit."

"Super," rief Michael, "das werde ich nachher gleich den anderen mitteilen. Geh mal davon aus, dass wir dich am Donnerstag den 16ten April vormittags gegen 10 Uhr abholen werden."

Dann erzählte Michael ihm noch von seinem Telefonat mit Karin: " Karin mit Eberhard waren auch wieder bei Masterwettkämpfen. Wusstest du das?"

"Klar, wissen wir das", sagte Günther. "Den Eberhard könntet ihr auch gut gebrauchen. Ich glaube der ist so richtig fit im Schwimmen."

"Wenn wir einen Ersatzmann benötigen sollten, werde ich an deine Worte denken, aber ich glaube, die Jungs sind so motiviert, dass sich keiner den Platz in der Staffel wegnehmen lassen würde."

Am Ende des Telefonats bedankte sich Günther bei Michael: "Ich bin dir so dankbar, dass du mich überzeugt hast. Ich freu mich jetzt schon drauf und sag den anderen ebenfalls danke von mir."

Nach dem Telefonat informierte er die anderen drei per WhatsApp.

Klaus und Andrea

In den ersten beiden Tagen nachdem Klaus aus Ingolstadt zurück war, schlichen er und Andrea umeinander herum. Keiner von beiden hatte das Gespräch gesucht.

Am Mittwochmorgen sagte Klaus zu Andrea: "Ich möchte heute Abend mit dir reden. Ist das für dich ok?"

"Ja, um viel Uhr?"

"19 Uhr?"

"Ausgemacht"

Andrea kam um zehn vor sieben vom Hundespaziergang zurück. Klaus saß bereits auf seinem üblichen Platz am Esstisch. Er hatte für jeden ein Glas Wasser hingestellt.

Andrea dachte: " Auch in dieser Situation ist Klaus korrekt bis auf die Knochen."

"Schön, dass du da bist", begann Klaus. Andrea setzte sich und sah ihn an.

Klaus weiter mit zitternder Stimme: " Andrea sag mir bitte was los ist."

Andrea wirkte gefasst und sah ihm in die Augen als sie anfing: "Klaus, du bist ein netter Typ und ehrlich bis auf die Knochen. Du widersprichst mir selten, forderst wenig und streitest nie. Wegen dieser Eigenschaften haben ich mich damals für dich entschieden. Ich bin aber auch eine Frau. Ich will begehrt werden. Ich will einen Mann neben mir haben, der weiß was er will und der sich das dann auch nimmt. Einer, der mir auch mal widerspricht. Einer, der sein Ding macht, auch wenn ich mal nicht damit einverstanden bin. Kannst du das verstehen?"

Klaus gehörte zu den Menschen, die etwas Zeit brauchen, bis sie antworten: "Ich versuch's gerade, bekomme es allerdings nicht ganz zusammen. Die Eigenschaften, die du früher geschätzt hast, nerven dich heute an mir. Das würde bedeuten, dass du deine Ansichten geändert hast und ich mich nicht verändert habe."

"Nicht ganz. Früher warst du schon etwas lockerer als heute und du hattest ab und zu Lust auf mich. Das ist schon lange nicht mehr so. Und das fehlt mir."

Klaus ahnte, was jetzt kam.

"Ich habe früher einiges probiert, dich zu motivieren und unsere Ehe lebendiger zu machen. Das habe ich vor geraumer Zeit aufgegeben."

"Und jetzt holst du dir das von einem anderen Mann?"

"So ist es. Und es tut mir unendlich leid, wenn ich dir damit weh tue. Aber ich konnte nicht anders."

"Ist es der smarte Steuerberater?"

"Ja."

"Deshalb auch die vielen Samstage und Überstunden in der Praxis."

Zuerst schwieg Andrea. Dann sagte sie: "Das ist eine rein erotische Beziehung. Ich liebe ihn nicht. Seit du mich mit ihm gesehen hast, habe ich ihn nicht mehr getroffen, was nicht so einfach ist, weil unsere Büros so nah sind."

Klaus war niedergeschlagen. Für ihn als Mann war das das größte Armutszeugnis, was eine Frau ihm ausstellen konnte.

Andrea hatte Tränen in den Augen: "Klaus, ich mag dich und ich möchte dich nicht verlieren."

"Das könntest du auch zu deinem Hund sagen."

"Klaus, uns verbindet so vieles, das möchte ich nicht aufgeben."

Klaus blickte stur geradeaus und sagte vor sich hin: "Bei Männern heißt das glaube ich schwanzgesteuert."

Sie zuckte zustimmend mit den Achseln, da sie dem nichts entgegenzusetzen hatte.

Dann Klaus weiter: "Ich habe versucht dir meine Wertschätzung zu zeigen, indem ich dir einmal im Monaten Blumen mitbringe. Welcher verheiratete Mann macht denn das?"

"Das ist ja auch nett von dir. Nur wirkte es irgendwann so, als wäre das ein Punkt, den du jeden Monat auf deine ToDo-Liste schreibst, nicht wie etwas, das von Herzen kommt."

"Wenn du das so sehen willst, bitte."

"Jetzt mal ehrlich! Woher weißt du denn so genau, dass es einmal im Monat war?" setzte sie nach.

Klaus fühlte sich ertappt. Andrea hatte recht. Der monatliche Blumenstrauß kam nicht von Herzen. Er hatte es getan, weil man das so macht, als guter Ehemann. Seine Selbstvorwürfe nahmen zu und er fragte sich, warum er beim Klassentreffen in der Nacht mit Petra nur mit ihr geredet hatte. Vordergründig wollte er seine Frau nicht betrügen. Wenn er ehrlich war, hatte er Angst gehabt, sich vor Petra zu blamieren. Er hatte eine latente Angst vor Frauen mit einer starken erotischen Ausstrahlung. Petra und Andrea gehörten dazu.

Petra hatte ihm in der Nacht beim Abschied gesagt: "Dein Drang unbedingt ein Gutmensch sein zu wollen, wirkt wie ein Heiligenschein und nicht wirklich authentisch."

Er hatte damals heraus gehört, dass sie sich ärgerte, ihn nicht rumgekriegt zu haben. Versucht hatte sie es. Doch er hatte es nicht zugelassen.

"Bist du noch da?" fragte Andrea ihn, weil er abwesend wirkte.

"Ja," stammelte er, "lass uns eine Pause einlegen. Ich muss das erst mal verdauen."

"Ok, ich geh noch eine Runde mit dem Hund raus", sagte sie, als sie aufstand, um die Hundeleine zu holen. Der Hund freute sich, dass er nochmal raus durfte. "Wenigstens einer, der sich freut", sagte Klaus.

•

Während Klaus duschte, rief Andrea zu Beginn des Spaziergangs ihre Freundin Britta an, die in der Nähe wohnte und ebenfalls einen Hund hatte. Britta hatte Zeit und ging mit. Andrea brauchte jemanden zum Reden. Britta war ihre Vertraute. Britta wusste fast alles.

"Und du hast es ihm gesagt?"

"Ja und auch warum es so weit kam."

"Aber keine Einzelheiten?"

"Ich habe ihm natürlich nicht erzählt, wie geil es war, als Stefan mich das erste Mal in meiner Praxis auf der Behandlungsliege genommen hat und dass ich diese Erfahrung nicht missen möchte", gab Andrea zu.

"Das muss er ja auch nicht wissen."

"Eben."

"Vielleicht solltest du ihm sagen, dass du süchtig danach bist."

"Bin ich doch gar nicht."

"Vielleicht nicht mehr. Aber du warst es. Zumindest als du vor zwei Jahren mit Stefan in dem Swinger-Club warst."

"Das war eine einmalige Erfahrung, die ich nicht mehr brauche", stellte Andrea klar.

"Und wie willst du jetzt weitermachen?" wollte Britta wissen.

"Jetzt warte ich erst mal ab, wie Klaus reagiert. Ich möchte mich nicht von ihm trennen."

"Willst du Stefan nicht mehr treffen? Schaffst du das überhaupt?"

"Das weiß ich auch nicht", gab Andrea zu.

Als hingebungsvolle Frau brauchte sie einen verlässlichen Mann an ihrer Seite und das war Klaus. Sie war der Meinung, dass eine Frau ohne festen Partner nicht ernstgenommen wird. Da war ihr Weltbild sehr konservativ.

Stefan war ein Charmeur erster Güte und er hatte ihr schon oft gesagt, dass er mit ihr zusammen leben wolle. Sie liebte seine Komplimente, glaubte ihm allerdings nicht, dass er wirklich mit ihr zusammen leben wollte. Außerdem würde das den Zauber des Verbotenen beenden. Hinzu kam eine Seite, die er auch ihr gegenüber verheimlichte. Manchmal war er für sie tagelang nicht zu erreichen und danach gab er ihr keinerlei Erklärung dafür. Das Undurchschaubare machte ihn zwar interessant aber auch unzuverlässig. Er war der geborene Lover, mehr nicht.

Für Britta war klar, dass Andrea sich genauso wenig festlegen wollte wie Stefan. Deshalb wäre er genau der richtige Lover für sie. Manchmal war Britta neidisch auf ihre Freundin Andrea, besonders wenn sie ihr vorgeschwärmt hatte, was für ein genialer Liebhaber er war und was sie durch ihn erlebt und gelernt hatte. Britta hatte vor zwei Jahren die Prüfung zur Heilpraktikerin für Psychotherapie abgelegt. Sie wollte damit anderen helfen, ihr Leben besser in den Griff zu bekommen. Ihr eigenes war nach wie vor chaotisch wie eh und je.

•

Nach einer knappen Stunde kam Andrea zurück. Klaus hatte die Dusche gutgetan. Jetzt wusste er wenigstens, was los war. Er saß am Tisch und aß eine Scheibe Brot mit Käse. Dazu trank er eine Apfelsaftschorle.

Andrea setzte sich zu ihm und fragte ihn: "Glaubst du, du kannst mir verzeihen, wenn ich das Ganze mit ihm beende?"

"Ich denke darüber nach. Glaubst du denn, du kannst mit so einem solchen Langweiler wie mir zusammenleben?"

"Ich denke darüber nach", antwortete sie. Als sie es gesagt hatte, wusste sie, dass das nicht stimmte. Sie hatte ja bereits nachgedacht.

•

Am nächsten Tag hatte Petra Zeit für ein Telefonat. Klaus erzählte ihr haargenau, was Andrea ihm gesagt hatte. Sie konnte Andrea gut verstehen und sagte zu Klaus: "Wenn ihr das wieder hinbekommen wollt, müsst ihr euch beide ganz schön bewegen, ganz besonders Du, lieber Klaus."

"Wie meinst du das?" wollte er wissen.

"Na, du hast es doch in deiner Frage an Andrea bereits selbst thematisiert. Sei kein Langweiler mehr, sei mutig, sei ein Mann, mach was, werde aktiv und sag ihr was du willst", fasste sie zusammen.

"Kannst du mir dabei helfen?" bat er sie.

"Nein, das kann ich nicht. Frag deine Freunde. Die haben bestimmt gute Tipps für dich", lehnte sie sein Anliegen ab.

"Das werde ich machen", sagte Klaus.

Bitte halte mich auf dem Laufenden", wünschte sie sich von ihm. Er sagte zu, es zu tun.

•

Klaus hatte sofort an Michael gedacht. Den würde er fragen.

Michael hörte sich an, welches Anliegen Klaus hatte. Dann machte er sofort folgenden Vorschlag: "Mensch Klaus, toll dass du dich meldest. Das besprechen wir doch am besten persönlich und nicht am Telefon. Was hältst du davon, wenn ich dich besuchen komme?"

"Du willst zu mir kommen?" fragte Klaus überrascht, "das ist momentan kein geeigneter Platz für unser Gespräch."

"Da hast du recht. Dann treffen wir uns im Kloster Maulbronn. Das liegt ungefähr in der Mitte zwischen uns. Dort können wir das ganze bei einer schönen Wanderung besprechen und hinterher im Nachbarort sehr gut zu Abend essen. Wie wäre es mit kommenden Samstag."

"Gebongt", sagte Klaus und war wieder mal überrascht von Michaels Schnelligkeit, obwohl er die ja kannte. Er freute sich über das Hilfsangebot, das so spontan gekommen war.

"Also dann am Samstag um 14 Uhr im Klosterhof in Maulbronn. Reicht das? Oder ist es noch eiliger?" vergewisserte sich Michael.

"Das passt prima", bestätigte Klaus.

Peter und Fabian

An diesem Abend hatte sich Fabian zum Essen eingeladen. Er kam gegen 19 Uhr von Neutrubling kommend, in Ingolstadt an. Christine hatte sein Lieblingsgericht gekocht, Rinderroulade mit Salzkartoffeln. Fabian erinnerte dieses Essen an früher. Er liebte die Bratensoße, die seine Mutter ohne künstliche Zusätze zauberte. Als der erste Hunger gestillt war, erzählte Fabian von seinen letzten Auslandseinsätzen. Indien hatte ihn ganz besonders fasziniert. Ein Land voller Gegensätze, extremer Reichtum direkt neben extremer Armut, tropisch heiß im Süden und gebirgig kalt im Norden. Ein tolles Land zum Bereisen, kein Land für ihn zum Leben.

Nach mehr als einer Stunde kam er dann zum eigentlichen Grund seines Besuches: "Ich überlege mir, die Firma zu wechseln."

"Warum", fragte Christine," Krones ist doch eine tolle Firma, oder etwa nicht?" Sie hatte Angst, dass ihr Sohn einen Fehler begehen könnte.

"Der Laden ist mir zu groß", sagte Fabian kurz und knapp, "und Aufstiegschancen interessieren mich nicht."

Peter fragte: "Weißt du schon, was du machen willst? Hast du schon eine andere Firma im Blick?"

"Ich überlege mir, nach Bamberg zu gehen. Entweder zu der Spezialitäten-Mälzerei Weyermann oder zu Caspar Schultz. Die machen kleine bis mittlere Sudhäuser. Beide Firmen haben einen hervorragenden Ruf in der Branche und die passenden Lösungen für die erfolgreichen kleineren Brauereien und den immer stärker werdenden Trend Craftbier."

Peter erinnerte sich: "Als wir in Stuttgart waren im September, haben wir in einer Kneipe auf einem Brett vier verschiedene Craftbiere zu probieren bekommen. Die haben sehr unterschiedlich geschmeckt und waren alle lecker."

"Ja, das ist ein großer Trend, der gerade von USA zu uns rüber schwappt", schwärmte Fabian, "und bereits großen Einfluss auf die Hopfenbauern hier in eurer Nachbarschaft hat."

Seine Mutter hörte das Gespräch der Männer, aber sie vermutete etwas dahinter: "Und warum gerade Bamberg? Gibt's das bei uns hier nicht?"

Sie kannte ihren Sohn, der nun mit weiteren Informationen herausrückte: "Ich habe eine tolle Frau kennengelernt und die wohnt in Bamberg."

"Wen die Liebe treibt, dem ist kein Weg zu weit." kommentierte sein Vater, "wie heißt sie denn?"

"Julia."

"Wie gut, das wir dich nicht Romeo genannt haben", scherzte Peter.

Fabian: "Oh, Papa, willst du im Saarländischen Fernsehen als Heinz Becker auftreten? Muss das sein?"

Peter wurde sofort wieder ernst: "Nein, sorry. Fabian, ich kann dich gut verstehen. Das Arbeiten in großen Unternehmen unterscheidet sich stark von der Arbeit in kleinen und mittleren Firmen."

"Das sagt der richtige", erwiderte Fabian," dein Arbeitgeber gehört zu den größten Konzernen in Europa."

"Deshalb kann ich das ja auch gut beurteilen, da ich vorher in Hessen bei einem Mittelständler gearbeitet habe."

"Gefällt es dir denn nicht mehr", wollte sein Sohn wissen.

"Nein, tut es gerade nicht", gab Peter zu, "aber das ist ein anderes Thema. Was sagst du denn dazu, dass du bald Onkel wirst?" lenkte Peter ab.

"Find ich gut, Anna wird bestimmt eine gute Mutter und Max ein guter Vater."

"Das glauben wir auch", stimmte seine Mutter zu.

Fabian blieb bis 21:30 Uhr und macht sich dann auf den Rückweg.

Peter und Christine blieben noch sitzen. Peter erzählte ihr, dass er am nächsten Tag später heimkommen würde. Dieses Mal nicht wegen des Schwimmens. Er hatte einen Termin bei einem Anwalt, um sich beraten zu lassen, welche Handlungsoptionen er hat. Christine spürte Peters Motivation und war gespannt auf das Ergebnis.

Peter und Dr. Schmidthuber

Peter hatte dem Anwalt, Dr. Schmidthuber, sein berufliches Problem beschrieben und sein Anliegen war, von ihm eine Risikoabschätzung sowie Handlungsoptionen und erfahren. Jetzt wartete er auf dessen Reaktion und er hoffte von dem sonst bei

Anwälten üblichen Einerseits und Andererseits und dass es auf dies und das ankäme, verschont zu bleiben.

Schmidthuber begann: "Als Mitarbeiter sind Sie Ihrem Arbeitgeber zur Loyalität und in ihrem Fall auch ganz besonders zur Geheimhaltung verpflichtet. Das schränkt Ihre Handlungsoptionen stark ein. Sie können natürlich jederzeit kündigen und ihren Arbeitgeber verlassen. Danach sind Sie immer noch zur Geheimhaltung verpflichtet. Wie alt sind Sie?"

"54"

"Das ist noch zu früh für eine eventuelle Altersteilzeit. Außerdem kommen da zuerst die aktiven Jahre und erst dann die passiven. Das wäre zu spät zur Lösung Ihres Konfliktes."

"Heißt das, dass ich als Arbeitnehmer aus Loyalität alles mitmachen muss?"

"Nein, das heißt es nicht. Juristen sprechen in diesem Zusammenhang von der Zumutbarkeit normengerechten Verhaltens. Aber das hilft uns hier vermutlich nicht weiter. Sie können sich natürlich weigern, diese Arbeiten auszuführen. Dann kann es passieren, dass Ihnen nahegelegt wird, die Firma zu verlassen. Können Sie sich das leisten, finanziell?"

"Das sollte gehen. Da meine Frau auch berufstätig ist, können wir von ihrem Gehalt leben, zumal die Kinder nicht mehr studieren. Und wie sieht das rechtlich aus? Kann ich belangt werden, wenn ich etwas programmiere, was vorsätzlicher Betrug ist?"

"Wenn Ihnen nachgewiesen werden kann, dass Ihnen das Betrügerische bekannt gewesen ist, könnten Sie zur Verantwortung gezogen werden. Haben Sie denn bisher schon Dinge in dieser Richtung gemacht?"

"So genau kann ich das nicht sagen. Bisher waren die Vorgaben, bestimmte Betriebszustände für den Testbetrieb zu programmieren. Viele hatten zum Ziel Adblue zu sparen. Jetzt wird offen darüber gesprochen, einige dieser Betriebszustände im Serienbetrieb zeitweise zu aktivieren."

"Das hört sich so an, als ging es jetzt für sie um die Frage, mitzumachen und damit den Rubikon zu überschreiten oder nein zu sagen und ihren moralischen Grundwerten treu zu bleiben", vermutete der Anwalt.

"Und wenn ich die Presse informiere?" fragte Peter.

"Wenn das rauskommt, kann Ihre Firma Sie verklagen. Sie wären also darauf angewiesen, dass Ihre Informanten dichthalten und Sie sollten sich überlegen, ob Sie dem Stress gewachsen sind, der damit verbunden ist. Denken Sie an Ihre Gesundheit. Ihr Hörsturz spricht diesbezüglich eine klare Sprache, oder meinen Sie nicht?" versuchte der Anwalt ihm davon abzuraten.

Peter nickte und er merkte, dass dieser Mensch es gut mit ihm meinte.

Bei der Verabschiedung dankte er Herrn Schmidtbauer und sagte: "Sie haben mir geholfen. Die Verantwortung für mein Leben können auch sie mir nicht abnehmen."

Bezüglich der Risikoeinschätzung gab ihm der Anwalt noch mit auf den Weg: "Herr Dreher, sollte es sich wirklich um Betrug handeln und der irgendwann in Zukunft publik werden, dann würden zuerst einmal die Mitarbeiter ins Visier der Ermittlungsbehörden kommen, die bei der Firma arbeiten. Ein Teamleiter, der Monate oder Jahre zuvor gekündigt hat, wird da kaum von Interesse sein."

•

Am Samstagnachmittag nach dem Schwimmen setzte sich Peter hin, um sich zu überlegen, wie er beruflich reagieren soll, wenn er nicht mehr krankgeschrieben ist. Die Optionen nummerierte er und notierte, was ihm als erstes zu jedem der Punkte einfiel:

1. *Mitmachen und Klappe halten -> Betrug? Unmoralisch? Hörsturz?*
2. *Intern auf eine andere Stelle bewerben -> Warum? Wohin?*
3. *Kündigen und danach etwas neues machen -> Was dann? Finanzen?*
4. *Presse informieren -> Stress? Risiko? Held spielen? Hörsturz?*

Als Christine später vom Reiten kam, erzählte er ihr von seinen Überlegungen. Sie hörte sich seine Überlegungen an und meinte dann: "Peter, das ist eine ganz blöde Situation, in der du da steckst. Ich kann gut verstehen, wenn du da nicht mitmachen willst. Von Heldentaten rate ich dir ab. Falls du kündigst und nicht sofort etwas findest, können wir auch von meinem Gehalt leben." Christine verdiente als angestellte Steuerberaterin genug für beide, zumal sie ihr Haus schon abbezahlt hatten.

Peter freute sich über Christines Unterstützung. Als er ihr dafür dankte, spürte er, wie sehr ihn das berührte. Sie besprachen das Dilemma auch während des Abendessens. Am Ende war Peter immer noch frustriert und haderte mit seiner Situation.

Gegen 21 Uhr erhielt Peter eine Nachricht von Kurt, die es in sich hatte.

Klaus und Michael

Dieses Mal war Michael vor Klaus am Treffpunkt. Er hatte sich absichtlich eine halbe Stunde früher auf den Weg gemacht, damit Klaus nicht auf ihn warten musste. Es hatte geklappt. Klaus kam 10 Minuten nach ihm zu Fuß durch das Klostertor. Es dauerte einen Moment, bis er Michael unter den gegenüberliegenden Arkaden erkannte. Sie gingen aufeinander zu und Michael nahm seinen Freund zur Begrüßung in die Arme. Klaus rührte es, wie Michael ihn empfing. Er stand da, mit Tränen in den Augen.

Dann sagte Klaus: "Alles ändert sich. Sogar die Tatsache, dass du sonst immer nach mir gekommen bist."

"Ich hoffe, du kannst mit dieser Veränderung leben", scherzte Michael.

"Wenn das alles bleibt, bekomme ich das hin", scherzte Klaus zurück. Es überraschte ihn immer wieder, wie Michael kritische Situationen mit Humor und Selbstironie entschärfen konnte und er ließ sich dieses mal gerne darauf ein.

Beide hatten eine angenehme Anfahrt gehabt. Der sonnige Novembertag hatte wesentlich dazu beigetragen.

"Komm lass uns 'ne Runde gehen", forderte Michael ihn auf.

Als sie den Klostertorbogen hinter sich gelassen hatten, sagte Michael: "Na dann fang mal an."

Klaus erzählte was geschehen war und dass Petra ihm gesagt hatte, er solle sich an einen Freund wenden. Sie als Frau wäre da die falsche Beraterin.

"Naja, das glaube ich nicht so ganz. Eine Frau kann dir sagen was sie vom Verhalten deiner Frau hält und welches

Verhalten sie selbst an Männern mag und welches nicht", kommentierte Michael.

"Das hat sie getan", gab Klaus zu, "sie meinte, wenn ich Andrea zurückgewinnen wolle, sollte ich kein Langweiler sein, sondern ein Mann sein, mutig sein, aktiv werden und Andrea eine klare Ansage machen."

"Donnerwetter, da hat sie dir ja die volle Packung verpasst."

"Sie hat ja recht", sagte Klaus selbstkritisch mit einem Hauch Wehleidigkeit, "ich weiß ja auch nicht, was ich Andrea sagen soll und wenn ich daran denke, künftig alleine zu leben, wird mir ganz anders. Auf der anderen Seite weiß ich auch nicht, wie ich zu Mut und Klarheit kommen soll. Ich will, dass es bleibt wie es war, obwohl ich mich damit auch nicht richtig wohl gefühlt habe."

Michael erzählte daraufhin: "Das erinnert mich an ein Seminar meines Coachs, an dem ich damals teilgenommen habe, als es mir in der Beziehung mit Regina immer schlechter ging. Der sagte uns Teilnehmern damals: 'Viele Menschen verharren im bekannten Unglück, aus Angst vor dem unbekannten Glück'. Du bist also mit deiner Einstellung keine Ausnahme."

"Na gut und was soll ich jetzt machen? Ich will Andrea nicht verlieren und hab keinen Dunst, wie ich das schaffen könnte."

"Gut ist auf jeden Fall, dass du dich gemeldet hast und nicht versuchst das alleine mit dir auszumachen, wie viele Männer es tun."

"Selbst darauf musste mich eine Frau hinweisen", versank Klaus immer tiefer in Selbstmitleid.

"Was glaubst du, was Andrea denken würde, wenn du eine Beziehung mit einer anderen Frau hättest?" fragte Michael provozierend.

"Hab ich ja."

"Wie bitte? Das glaub ich ja jetzt nicht", platzte es aus Michael heraus, "erzähl."

Klaus erzählte Michael von seiner Beziehung zu Petra, von den vielen Telefonaten mit ihr und wie nah sie sich am Abend des Klassentreffens gekommen waren.

Michael kommentierte: "Da stelle ich mir die Frage, wer den anderen mehr betrogen hat, Andrea dich oder du Andrea."

"Wieso denn das?" empörte sich Klaus, "ich hatte keinen Sex mit ihr, Andrea mit diesem Stefan dagegen oft."

"Klaus, so wie du es erzählt hast, war das bei Andrea hauptsächlich körperliche Lust. Bei dir und Petra hört sich das nach sehr viel Nähe und Intimität an. Was ist der größere Verrat?"

Klaus dachte nach und meinte dann: "Das ist eine interessante Frage."

"Was würdest du sagen, wenn Andrea ihrem Lover ähnliche intime Details weitererzählen würde, wie du Petra?"

"Ich weiß nicht, ob sie das gemacht hat. Vielleicht nicht gegenüber diesem Stefan, aber mit ihrer durchgeknallten Psycho-Freundin Britta bestimmt."

"Und was besprichst du gerade mit mir?" zingelte Michael ihn ein.

Klaus erkannte, was Michael ihm sagen wollte.

"Ich überlege gerade, was Andrea sagen würde, wenn sie wüsste, wie nah ich Petra seit langer Zeit stehe und wenn ich jetzt auch noch Sex mit ihr hätte."

"Was glaubst du?" wollte Michael wissen.

"Ich glaube, das würde ihr nicht gefallen."

"Wäre Petra denn eine Frau für dich?"

"Petra ist verheiratet", versuchte Klaus abzuwiegeln.

"Und wenn sie es nicht wäre oder unglücklich verheiratet wäre und nur auf dich warten würde?"

"Petra ist eine tolle Frau, deshalb war ich ja auch mit ihr zusammen bevor ich Andrea kennengelernt habe. Damals hat sie allerdings Drogen genommen und mit anderen Männern rumgemacht. Deshalb hatte ich mich von ihr getrennt."

"Wie war denn damals der Sex mit Petra?" wollte Michael wissen.

"Petra lebte wild und intensiv und so war auch unser Sex. Das war es mit Andrea nie. Die kommt doch aus besserem Hause und war gut erzogen. Bei ihr habe ich mich nicht getraut etwas im Bett auszuprobieren und nach der Geburt der Kinder hatte ich bald gar keine Lust mehr. Da gab es nur noch Kinder, Kinder, Kinder", erinnerte sich Klaus.

"Na, da haben wir es doch. Du warst also mit Petra genauso, wie Andrea dich heute haben möchte und hast dich wegen ihr beziehungsweise wegen deiner Annahme, wie sie sei, zum Pantoffelhelden und guten Familienvater gewandelt. Und genau das wirft sie dir nun vor. Das ist ein klassischer Fall von Kommunikationsstörung in der Ehe. Soll öfter vorkommen."

Klaus hatte sich als Ehemann genauso verhalten, wie er es von seinem Vater kannte. Der hatte sich als Hausmeister der Realschule und auch zuhause um alles gekümmert und versucht es seiner Frau recht zu machen. Seine Mutter hatte es seinem Vater nicht leicht gemacht. Sie hatte sich oft über ihn beschwert. Er hatte nie mit der Faust auf den Tisch gehauen und sich das verbeten.

"Michael, jetzt erinnere ich mich wieder an meine Studentenzeit und an die wilde Zeit mit Petra."

"Und wie ist das?"

"Ich glaube, dass Andrea Petra sehr ähnlich ist und wäre ich ihr begegnet, wie ich mit Petra bin, würden wir dieses Gespräch heute wahrscheinlich nicht führen."

"Das glaube ich auch", stimmte Michael zu.

Auf dem Weg zurück zum Kloster tauschten sie viele Erlebnisse, die sie mit Frauen erlebt hatten, aus. Gegen 18 Uhr standen sie auf dem Parkplatz bei ihren Autos.

"So, und jetzt fahren wir zu dem Super-Restaurant, von dem ich dir erzählt habe. Ich lade dich zum Essen ein."

"Kommt nicht in Frage. Ich lade dich ein", sagte Klaus bestimmt.

Nur weil Michael einen Tisch reserviert hatte, durften sie Platz nehmen. Ein richtiges gut bürgerliches Restaurant, so wie ganz früher das Bahnhofshotel in ihrer Heimatstadt. Mit dem entscheidenden Unterschied, dass hier eine Qualität angeboten wurde, die an ein Sternerestaurant erinnerte, sich aber sehr wohl durch die üppigen Portion und die moderaten Preise davon unterschied. Als Vorspeise wählten sie beide den hausgebeizten Wildlachs. Michael nahm die Schweinebäckle als Hauptgericht und Klaus die Sülze mit Bratkartoffeln. Dazu ließen sie sich einen jeweils passenden Wein empfehlen.

Klaus war begeistert. So gut hatte er lange nicht gegessen. Für Michael war dieses Restaurant eines der besten, dass er kannte. Er kannte viele gute Restaurants, da er kam beruflich oft essen ging. Nicht mal im Baskenland, wo er schon in verschiedenen Sterne-Restaurants gegessen hatte, hatte es ihm besser geschmeckt, maximal genauso gut.

Nachdem Klaus die Rechnung beglichen hatte, gingen sie zu ihren Autos. Bevor sie einstiegen, sahen sie auf ihre Handys. Beide hatten eine Gruppen-Nachricht von Kurt erhalten, die es in sich hatte.

Kurt und Lisa

Obwohl er die 100 Meter Delphin in München geschafft hatte, war diese Distanz für Kurt immer noch eine große Herausforderung. Die 100 Meter Freistil wären ihm lieber, aber er war der Delphinschwimmer und sie wollten die Staffel wie damals schwimmen. Er trainierte immer öfter und immer härter. Das Projekt war ihm immer wichtiger geworden und er wollte seinen Beitrag leisten.

An diesem frühen Samstagnachmittag Ende November lief es im Schwimmbad besonders gut. Kurt hatte bereits 2500 Meter absolviert. Zum Abschluss vor dem Ausschwimmen spurtete er 10 mal 50 Meter Delphin. Nach dem achten Sprint hechelte er heftiger als zuvor. Normalerweise beruhigte sich seine Atmung innerhalb der Minute, die er pausierte, bevor er den nächsten Spurt machte. Dieses Mal beruhigte sich zwar seine Atmung, aber er bekam kaum noch Luft. Hinzu kam ein unangenehmer Druck auf die Brust. Er war nicht in der Lage weiter zu schwimmen.

Wie aus der Ferne hörte die Stimme des Bademeisters, der neben ihm am Beckenrand stand: "Alles ok?"

Als er wieder zu sich kam, lag er neben dem Schwimmbecken am Boden, der Bademeister kniete neben ihm und gab Anweisung den Notarzt zu rufen. Verdacht auf Herzinfarkt. Innerhalb weniger Minuten waren die Retter vor Ort, legten ihn auf eine Liege, hörten ihn ab, maßen den Blutdruck und hielten ihm ein Beatmungsgerät auf Mund und Nase, so wie Kampfpiloten es beim Einsatz tragen. Der Notarzt sprach ganz ruhig mit ihm.

"Was sollte das alles? Was war passiert?" fragte sich Kurt. Der Bademeister hatte ihn aus dem Wasser gezogen. Dabei hatte er kurz das Bewusstsein verloren.

Kurt wurde umgehend ins Krankenhaus gebracht. Dort wurde er nochmals untersucht und kam dann direkt in den OP, wo ihm zwei Stunts gesetzt wurden. Alles war sehr schnell gegangen. Mit dem Setzen der Stunts war der Druck auf seinem Brustkorb sofort verschwunden. Kurt hatte beim Schwimmen einen Herzinfarkt erlitten. Gegen 19 Uhr konnte er Lisa anrufen, die sofort zu ihm ins Krankenhaus kam.

Lisa hörte sich an, was passiert war und sagte dann: "Ich glaube, du hast übertrieben mit deinem Training."

Kurt war wegen der Beruhigungsmittel ganz ruhig: "Lisa, ich habe Glück gehabt. Hat der Arzt gesagt. Die Engstelle in den Herzkranzgefäßen war in der Vorderwand und sie haben die Stunts gut setzen können. Rückwandinfarkte sind kritischer. Der Arzt hat mit erklärt, dadurch dass die Stunts sofort gesetzt wurden, wurde vermutlich kein Gewebe zerstört. Das will er sich morgen genau ansehen. Wenn sie bis morgen gewartet hätten, sähe das anders aus."

Lisa: "Das hört sich ja ganz gut an. Trotzdem mache mir große Sorgen Kurt. Ist eurer Projekt nicht eine Nummer zu groß oder zu gefährlich?"

Kurt bat sie: "Lisa, das will ich jetzt nicht hören. Darum geht es jetzt nicht."

Lisa verstand ihn, nahm einfach seine Hand und war froh, dass er überlebt hatte. Alles Weitere würde sich geben. Gegen 20 Uhr verließ sie das Krankenhaus, weil die Schwestern sie baten, ihn jetzt schlafen zu lassen.

Bevor Kurt das Handy ausschaltete, tippte er eine kurze Nachricht an seine Schwimmergruppe: "Liege im Krankenhaus. Herzinfarkt. Stunts bekommen. Nichts kaputt gegangen. Melde mich morgen. Kurt"

Kurts Nachricht

Peter war immer noch mit seiner Frau am diskutieren, was er tun solle, um aus dem beruflichen Dilemma herauszukommen, als Kurts Nachricht ankam. Was er las, verschlug ihm die Sprache.

"Was ist passiert," fragte Christine, die seine Betroffenheit spüren konnte.

"Kurt hat einen Herzinfarkt", sagte Peter kurz und knapp.

"Wann?"

"Heute"

"Und wie geht's ihm?"

"Scheinbar gut. Er las ihr die Nachricht vor.

Kurts Nachricht lenkte Peters Aufmerksamkeit weg von seinem beruflichen Problem, hin zu Kurts gesundheitlicher Situation.

"So schnell kann es gehen", sagte er resignierend, "und auf einmal sieht die Welt ganz anders aus. Vieles was dir vorher wichtig war, wird plötzlich nebensächlich."

Christine erinnerte ihn: "Peter, dein Hörsturz war auch ein Infarkt, allerdings nur in einem von zwei Ohren und nicht in den Herzkranzgefäßen. Du hast deinen Schuss vor den Bug doch schon bekommen. Ich hoffe, du hast ihn auch verstanden."

Peter daraufhin nachdenklich: "Stimmt. Da ist was dran."

•

Michael und Klaus sahen sich an. Sie standen wie angewurzelt neben ihren Autos auf dem Parkplatz des Restaurants.

Dann sagte Klaus: "Ich wollte jetzt nicht mit Kurt tauschen, auch wenn meine Situation gerade alles andere als schön ist. Aber wenn die Gesundheit nicht mitmacht ist doch alles Scheiße."

Michael: "Ich werde morgen versuchen, Kurt zu erreichen. Sobald ich genaueres weiß, melde ich mich bei dir und Peter."

Sie machten sich kurz danach auf den Weg.

Auf dem Rückweg musste Klaus die ganze Zeit an Kurt denken. Wie es ihm wohl gerade ging? Ob alles wieder wie früher würde oder ob er jetzt mit Einschränkungen leben musste?

•

Am nächsten Vormittag rief Michael gegen 9 Uhr bei Kurt zuhause an. Lisa war schnell am Telefon, da sie auf dem Sprung ins Krankenhaus war. Zeitlich sollte das reichen bevor sie Ihr Cafe um 11 Uhr öffnete. Michael erzählte ihr von Kurts Nachricht und wollte wissen, wie es ihr ging und wie sie Kurt erlebt hatte. Was sie berichtete, beruhigte ihn etwas. Dann versuchte er Lisa zu beruhigen. Und er bat sie, Kurt zu grüßen, auch von Klaus und Peter. Außerdem solle sie ihm sagen, dass er ihn gerne besuchen würde und sie solle doch bitte herausfinden, wann das am besten möglich wäre, schließlich käme ja nach dem Krankenhaus oft Reha und so weiter.

Als Lisa Kurts Krankenzimmer betrat, war sein Bett leer. Sie erschrak. Als Kurt in diesem Moment von der Toilette zurück ins Zimmer kam, beruhigte sich. Sie ging auf ihn zu und nahm ihn in den Arm. Er wirkte wie immer. Sie wollte wissen, wie die Nacht war und wie es ihm ging. Kurt fühlte sich wohl. Nur der Gedanke, einen Herzinfarkt gehabt zu haben, ließ ihn viel nachdenken. Lisa erzählte ihm von Michaels Anruf und dass er zu Besuch komme wolle, sobald das ginge. Kurt freute sich darüber. Dazu musste er abwarten, was die Ärzte ihm später sagen würden. Gegen 10 Uhr sollte er zu weiteren Untersuchungen abgeholt werden. Als die Schwestern kamen, um ihn zu holen, verabschiedete sich Lisa. Sie würde nach Feierabend wiederkommen und sich dann die Patienten notieren, denen sie für Montag und Dienstag absagen sollte.

Die Ärzte waren sehr zufrieden mit den Ergebnissen der Untersuchungen. Sie hatten keine Gewebszerstörungen in den Gefäßen hinter der Engstelle festgestellt. Blutdruck und EKG waren in Ordnung. Sie würden ihn noch zwei Tage im Krankenhaus behalten und dann mit einer Krankschreibung und einer Überweisung für eine Reha nach Hause schicken. Die in Aussicht gestellte ambulante Reha gefiel ihm auf Anhieb am besten. Michael könnte also bereits am kommenden Wochenende kommen.

Am Abend freute sich Lisa über die guten Nachrichten. Sie notierte die Patienten. Kurt fühlte sich von Lisa und den Ärzten gut betreut. Das einzige was ihm nicht gefiel, war die Aussage des jüngeren Arztes, der ihm zwar Spaziergänge empfohlen hatte, ihn aber explizit vor dem Schwimmen in den nächsten sechs Wochen gewarnt hatte.

Nachdem Lisa gegangen war, bemerkte Kurt, dass er überhaupt keine eifersüchtigen Fragen gestellt hatte. Nicht einmal Gedanken in dieser Richtung hatte er gehabt. Er war froh, Lisa an seiner Seite zu haben.

●

Michael hatte Klaus und Peter informiert. Beide wollten unbedingt mitkommen, wenn er Kurt besuchen würde. Die Frage hatten sie schnell mit Kurt geklärt. Gleich am kommenden Samstag brachen die Drei nach Freiburg auf. Peter sammelte Michael zu Hause in Stuttgart und Klaus in Karlsruhe am Bahnhof auf, dann fuhren sie durchs Rheintal nach Freiburg.

Unterwegs hatten sie sich so viel zu erzählen, dass sie die Schönheit der Landschaft nicht wahrnahmen. Die Herbstsonne hob die Wolken über Schwarzwald und Vogesen weiß hervor. Das lenkte angenehm von der Tristesse der blattlosen Bäume ab. In der fünften Klasse hatten sie im Erdkundeunterricht gelernt, dass die lange, von Süden nach Norden verlaufende Rheinebene, früher einmal genauso hoch war, wie die beiden bewaldeten Bergrücken, die sie heute östlich und westlich begrenzten. Vor Millionen von Jahren war der oberrheinische Grabenbruch auf die heutige Höhe abgesunken und konnte dadurch das Flussbett des Rheins aufnehmen.

Gegen 13 Uhr kamen sie in Freiburg an. Lisa hatte sie gebeten, zu ihrem Cafe zu kommen. Dort hatte sie Kurts Lieblingstisch reserviert, an dem er bereits gemütlich Platz genommen hatte.

Michael ging auf Kurt zu, schlug ihm leicht auf den linken Oberarm und sagte: "Sag mal spinnst du? Wer hat dir denn erlaubt einen Infarkt zu bekommen."

Klaus sagte energisch: "Michael!" Er betonte es, wie eine Mutter, die ihren Sohn ermahnt, wenn er etwas unpassendes getan hat.

Kurt antwortete lächelnd: "Dasselbe habe ich meine Pumpe auch gefragt."

Peter ergänzte: "Mein Ohr hatte auch keine offizielle Erlaubnis zum Stürzen", grinste er.

Nach der Begrüßung ließen sich alle nieder und Lisa brachte erst einmal Espresso und Tee. Danach servierte sie eine große gemischte Vorspeisenplatte, die die Männer sehr genossen.

Kurt erzählte, wie es ihm beim Schwimmen vor einer Woche auf einmal schlecht geworden war und wie sich der Druck auf seiner Brust und die allgemeine Schwäche angefühlt hatten. Dann beschrieb er den Ablauf bis zum Setzen der Stunts und wie damit der Druck sofort verschwunden war. Seine weiteren Aussichten waren sehr gut, da durch das schnelle Handeln der Ärzte kein Gewebe in den Herzkranzgefäßen geschädigt worden war.

Dann meinte er: "Tja, Jungs trotzdem wird das mit der Lagenstaffel wohl nix. Die Ärzte sagen, dass ich das Schwimmen erst mal seinlassen soll."

"Hä? Was soll das denn?" fragte Michael, "immer wenn ich erkältet war, beginne ich mit Schwimmen bevor ich wieder jogge oder Rad fahre. Echte Schwimmer können mit weniger Anstrengung schwimmen, als andere zu Fuß gehen."

Peter meinte dazu: "Einer meiner Segelflugfreunde ist Herzchirurg im Klinikum Großhadern. Den werde ich mal fragen, ob das wirklich so ist."

Kurt begrüßte das: "Mach das und lass mich wissen, was er sagt. Unabhängig davon, was da rauskommt, glaube ich nicht, dass ich mit schwimmen kann."

Michael hatte eine Idee: "Jungs ich war ja nicht untätig. Ich habe mit Karin gesprochen. Ihr Mann Eberhard wäre bereit einzuspringen. Der ist im Training und nur ein Jahr jünger als wir, so dass wir in der selben Altersklasse antreten können."

Kurt: "Das ist eine hervorragende Idee, Michael. Bitte macht das. Nehmt Eberhard mit ins Boot. Ich fahre dann als Fan mit nach Köln und kümmere mich um Günther. Wir feuern euch an."

Nachdem sie das beschlossen hatten, berichtete Peter von seinem Gespräch mit dem Anwalt, dass die juristischen Optionen sehr beschränkt seien und es letztendlich seine persönlich Entscheidung sei. Klaus erzählte, was sein Gespräch mit Andrea ergeben hatte und dass er seit dem Gespräch mit Michael vor einer Woche etwas besser mit der Situation zurechtkomme. Beiden war durch Kurts Infarkt bewusst geworden, wie wichtig die Gesundheit ist. Beruflich Probleme ließen sich lösen. Selbst Eheprobleme waren lösbar. Bei gravierenden gesundheitlichen Problemen konnte das schnell anders aussehen.

Kurt daraufhin: "Was glaubt ihr, wie viel ich in der letzten Woche darüber nachgedacht habe? Ich danke meinem Schutzengel, dass er mir nur einen Schuss vor den Bug gegeben und mir keinen Volltreffer verpasst hat."

Mit Einbruch der Dunkelheit verabschiedeten sie sich von Kurt und Lisa und machten sich auf den Heimweg.

Nachdem sie Kurts Situation und die Auswirkungen auf ihr Staffelprojekt besprochen hatten, telefonierten sie auf der A5 fahrend mit Eberhard. Der sagte sofort zu und war auch bereit die Delphinstrecke zu übernehmen. Sie verabredeten, sich in der ersten Januarhälfte bei Eberhard in Saarbrücken zu treffen, um dort gemeinsam zu schwimmen. Kurt und Günther sollten natürlich mitkommen. Eberhard würde in die WhatsApp-Gruppe aufgenommen. Darüber sollte dann das Treffen im Januar fixiert werden. Michael sagte zu, Günther zu überzeugen. Klaus bot an, Günther im Januar abzuholen und mit nach Saarbrücken zu nehmen.

Das Gespräch über die Freisprecheinrichtung war durch die Fahrtgeräusche nicht sehr komfortabel. Hinzu kam die schlechte Netzabdeckung. Dreimal mussten sie neu wählen. Deshalb beendeten sie das Telefonat, obwohl sie noch gerne länger mit Eberhard gesprochen hätten. Auch wenn es draußen noch hell gewesen wäre, hätten sie wieder nichts von der Landschaft mitbekommen.

Michael

Michael hatte keine große Mühe, Günthers Zusage für das Treffen im Januar in Saarbrücken zu bekommen. Mit Eberhard diskutierte er am Telefon über die Zeiten, die sie beide aktuell schwimmen konnten, und sie planten das Treffen am zweiten Januarwochenende gemeinsam.

Ina hatte sich von ihrem Kinderwunsch verabschiedet und litt darunter. Sie versuchte, es ihn nicht spüren zu lassen. Michael spürte es dennoch. Besonders dann, wenn sie darüber sprachen, wie sie Weihnachten feiern wollten und Michael sich fragte, ob sein Sohn kommen würde und seit neustem auch, ob vielleicht sogar seine Tochter kommen wollte. Das machte Ina deutlich, dass sie das einfach nicht hatte und auch nie haben würde.

Beruflich lief das Jahr dem Ende zu. Es war ein gutes Jahr gewesen. Die Umsätze in seinen Ländern waren schön gestiegen. Die internationale Wirtschaft war in robustem Zustand. Das hatte auch die Budgetgespräche einfacher als in den Jahren davor gestaltet. Die Vorgaben der Geschäftsleitung für das kommende Geschäftsjahr waren zwar wieder extrem ambitioniert, aber Michael wusste damit umzugehen. Er sah seine Hauptgabe darin, seinen Verkaufsleitern in den Ländern die hohen

Steigerungen so zu erklären, dass sie nicht frustriert waren. Sein US-amerikanischer Kollege hatte ihm einmal gesagt, solange er für ihn der Bullshit-Umbrella sei, könne er gut verkaufen. Er meinte damit, dass er ihm den Unsinn von Leib halten solle, der sonst von ganz oben auf sie runter prasseln würde, seit in der Geschäftsleitung ein neuer Mann von einer Unternehmensberatung saß, der vom tatsächlichen Verkaufen keine Ahnung hatte. Diese Aufgabe nahm Michael sehr ernst. Dieser unerfahrene Schnösel gehörte zu den Managern, die ohne praktische Erfahrung sofort ins Management aufgestiegen sind und dort durch mangelnde Praxiserfahrung schnell die Verkäufer an der Verkaufsfront frustrieren, ohne es zu merken. Dieser aalglatte Mensch, der selbst zu große Schuhe trug, hatte Michael empfohlen handgemachte Schuhe aus Großbritannien zu tragen. Dann käme er im Management schneller nach oben. Michael hatte sich früher in jeder Besprechung aufgeregt, wenn Teilnehmer ihm zu langsam oder einfach unfähig erschienen. Heute amüsierte er sich innerlich, wenn der neue Vertriebsgeschäftsführer mal wieder eine Besprechung anberaumte, die letztendlich lediglich dessen Nachhilfe diente.

Privat trainierte er gezielter als früher. Schließlich hatte er das ganze angeleiert. Da wollte er auch mit einer guten Zeit zu einem Erfolg beitragen.

Kurt

Kurt war auf dem Weg der Besserung. Stationäre Rehaplätze waren schwer zu bekommen und wenn, dann nach langer Wartezeit. Das hatte Kurt die Entscheidung für eine ambulante Reha leicht gemacht. Als Psychologe hatte er gute Kontakte zu Ärzten. So bekam er einen Rehaplatz, der seinen Vorstellungen entsprach. Peter hatte, wie zugesagt, seinen Freund, den Herzchirurgen bezüglich des Schwimmtrainings nach Herzinfarkt befragt. Der hatte keine besonderen Bedenken, da Schwimmer flach im Wasser liegen und als Sportler eine gute Körperwahrnehmung haben. Seit dem ging Kurt wieder schwimmen. Die ersten beiden Male war er langsam geschwommen. Dann steigerte er sein Tempo, bis zu einer Herzfrequenz von 120 Schlägen.

Anfangs war Lisa gar nicht einverstanden, dass er wieder regelmäßig schwimmen ging. Sie lag ihm immer wieder in den Ohren, vorsichtig zu sein und es nicht zu übertreiben.

Kurt hatte in der zweiten Dezemberwoche wieder begonnen, Patienten zu empfangen. Die tägliche Einnahme der blutverdünnenden Mittel nahm er als Erinnerung daran, dass er Glück gehabt hatte. Die Reha-Maßnahmen waren für ihn nicht allzu interessant. Schließlich war sein Körpergewicht im idealen Bereich und er ernährte sich schon so, wie es den Teilnehmern dort empfohlen wurde. Er war der Exot in der Reha-Gruppe. Bei seinen Risikofaktoren hätte er gar keinen Herzinfarkt bekommen sollen. Das einzige was als etwas höheres Risiko betrachtet werden konnte, war seine Pfeife, die er ab und zu samstags rauchte. Neben der Reha ging Kurt auch wieder zu seinem Kollegen, den er wegen seiner Eifersucht bereits ein paar Mal besucht hatte. Mit ihm betrachtete er die belastenden Faktoren in seinem Leben. Außer seinem Infarkt, seiner Eifersucht und der Demenz seines Vaters, gehörte auch Lisas latente Trauer über ihr schlechtes Verhältnis zu ihrer Tochter Jule dazu.

Besonders wenn seine Töchter sich bei ihm meldeten, ihn um Rat fragten oder ihm etwas Schönes aus Ihrem Leben berichteten, bemerkte er Lisas Traurigkeit.

In einer der Sitzungen bei seinem Kollegen betrachteten sie die unterschiedlichen Einflüsse der verschiedenen Belastungsfaktoren. Als aufdeckendes Verfahren wählten sie eine systemische Aufstellung. Dazu setzten sie sich an einen Tisch und der Kollege gab Kurt nacheinander verschiedene Holzfiguren, die Kurt dann auf dem Tisch platzierte. Jede der Figuren stand für eines der genannten Themen. Der Kollege wählte eine verdeckte Aufstellung, so dass Kurt nicht wusste, für welches Thema er gerade einen geeigneten Platz auf dem Tisch wählte. Eine Figur stand für Kurt, eine für seine Eifersucht, eine für seinen Infarkt, eine für Lisas Traurigkeit über die Distanz zu ihrer Tochter, eine für seinen Vater und eine für dessen Demenz.

Kurt betrachtete die Positionen der Figuren. Sein Kollegen stellte ihm dazu Fragen und deckte auf, welche Figur, für was stand. Für Kurt bestätigte sich sein Gefühl, dass seine Eifersucht sich seit seinem Infarkt zurückgezogen hatte. Ebenso erkannte er, dass er sich mit der Demenz seines Vater abgefunden hatte. Ihm wurde deutlich, dass Lisas Traurigkeit ihn am stärksten belastete. Er würde Lisa fragen, ob sie Angst habe, ihn zu verlieren.

Nach dieser Sitzung beim Kollegen fühlte sich Kurt leichter und er sprach mit Lisa darüber. Als er sie fragte, ob sie Angst habe ihn zu verlieren, brach sie in Tränen aus. Als sie sich wieder beruhigt hatte, überlegten sie, wie Lisa den Kontakt zu ihrer Tochter verbessern könnte. Der Gedanke daran, fühlte sich für Lisa und Kurt gut an.

Peter und Dr. Brink

Peter hatte während seiner Auszeit nach dem Hörsturz, viel über seine berufliche Zukunft nachgedacht. Der Gedanke an der anstehenden Aufgabe arbeiten zu müssen, schnürte ihm den Hals zu. Die Überlegung, nach einer Kündigung finanziell von seiner Frau abhängig zu sein, fühlte sich nicht so gut an, obwohl er ja in den Jahren zuvor wesentlich mehr verdient hatte und sie deshalb alle ihre Schulden bereits abbezahlt hatten. Falls sich gar nichts anderes ergeben sollte, könnte er sich einen Minijob suchen und so einen kleinen Beitrag leisten. In ihm reifte der Entschluss, Schluss zu machen mit seiner beruflichen Unzufriedenheit und sich dann etwas sinnvolles zu suchen, was auch immer das sein würde.

Dabei hatte ihm ein Gespräch mit seinem Fliegerfreund und Arzt Axel geholfen. Der hatte ihn gefragt, wie seine Entscheidung ausfallen würde, wenn er einen weiteren Hörsturz oder einen Herzinfarkt bekommen würde. Er hatte spontan geantwortet: "Dann hätte ich ja einen triftigen Grund, nicht weiter zu machen."

"Siehst du, auch du willst erst reagieren, wenn das Kind in den Brunnen gefallen ist. Dabei wäre vorsorglich handeln viel klüger. Weißt du, wir Ärzte werden immer wieder angefeindet, weil wir nur die Symptome behandeln, nicht aber die Ursachen. Dabei machen die meisten Menschen genau das und werden dadurch erst zum Patienten", öffnete Axel ihm die Augen und fragte dann noch: "Was machen denn deine Schlafstörungen?"

Peter antwortete: "Ich bin in den letzten Wochen nur noch ganz selten nachts schweißgebadet aufgewacht."

"In den letzten Wochen warst du krankgeschrieben, oder?"

"Stimmt", da merkte Peter, wie gut ihm die Auszeit nach dem Hörsturz getan hatte und er fügte grinsend hinzu: "Nur von innen sieht das Hamsterrad aus wie die Karriereleiter."

Es war nun nicht mehr die Frage ob, sondern wie er aussteigen würde. Wenn er kündigen würde, würde er vom Arbeitsamt erst mal gesperrt. Würde ihm gekündigt, wäre das besser für ihn. Er brauchte auch kein gutes Zeugnis, um sich irgendwo anders zu bewerben. Mit 54 war der Zug vermutlich abgefahren. Durch eine normale Bewerbung würde er kaum eine interessant Stelle bekommen. Außerdem war er sich nicht sicher, ob er überhaupt eine Beschäftigung als Ingenieur suchen sollte. Zuerst würde er mal ein paar Monate aussetzen, das Leben genießen und nachdenken.

Am ersten Tag nach seiner Krankschreibung ließ er sich von Wolfgang und Bernhard auf den neuesten Stand bringen. Beide hatten bereits mit der Programmierung der Softwareänderung begonnen. Peter bemerkte ihre Resignation. Am gleichen Tag ließ er sich einen Termin bei Dr. Brink geben. Er wollte mit seinem Abteilungsleiter sprechen und dessen Meinung zu diesem technischen Unsinn hören.

●

Drei Tage später saß er im Büro des Leiters der Motorenentwicklung. Der ihn mit den Worten empfing: "Na, sind Sie wieder fit? Es stehen wichtige Aufgaben an. Wir haben schon auf Sie gewartet."

Peter sah ihn an und begann ruhig und besonnen: "Meinen Sie die Änderungen, mit denen wir Adblue einsparen?"

"Ja genau. Die sind wichtig und eilig."

"Finden Sie das aus Umweltgründen vertretbar?" fragte er ihn direkt.

"Warum fragen Sie das? Unsere Motoren sind die saubersten der Welt und das bleiben sie auch. Wir müssen nur etwas Harnstoff einsparen, um unsere Kunden nicht zu verärgern. Oder wollten sie zwischen den Serviceintervallen immer wieder Adblue nachtanken, wenn sie ein Fahrzeug für über 60.000 Euro gekauft haben?"

"Das ist doch gar nicht nötig, wenn wir den Adblue-Tank vergrößern."

"Sie wissen wie ich, dass wir in den Modellen keinen 30-Litertank unterbringen", wurde Brink energisch.

"Wenn wir das machen, werden unsere großen Motoren im praktischen Betrieb wesentlich mehr NO_x ausstoßen, das wissen Sie", blieb Peter beim Thema.

Dr. Brink wurde ganz still. Dann sagte er: " Herr Dreher, als Mitarbeiter sind Sie zur Loyalität verpflichtet. Sie haben die Aufgabe, mit ihrem Team die Software so anzupassen, dass sie zur Unternehmensstrategie passt. Ich weiß nicht, was Sie sich da ausgedacht haben. Glauben Sie etwa, unsere Wettbewerber würden das anders machen? Wollen Sie, dass wir den Anschluss verlieren? Überlegen Sie sich das gut."

Als Peter die Worte von Dr. Brink hörte dachte er: "Arschloch. Karrieregeiles Arschloch", und zu seinem Vorgesetzten sagte er: "Ich habe das prüfen lassen. Ich glaube Sie irren sich. Sie tragen eine große Verantwortung und ein großes Risiko. Ist Ihnen das klar?"

"Sie unterliegen der Geheimhaltung", schrie Dr. Brink.

"Mein Berater auch. Machen Sie sich keine Gedanken. Denken Sie lieber darüber nach, welches Angebot Sie mir machen können, damit ich im Guten ausscheide."

Dr. Brink bat seine Sekretärin, den Werkschutz zu rufen. Die uniformierten Riesen kamen unverzüglich herein und auf Peter zu. Als die beiden ihn greifen wollten, wachte er auf. Er war schweißgebadet. Sein Herz raste. Seine Arme und Beine kribbelten vor Angst. Erst als er in der Küche ein Glas Wasser getrunken hatte, beruhigte er sich wieder. Es war drei Uhr in der Nacht und am kommenden Vormittag um elf Uhr hatte er seinen Termin bei Dr. Brink.

Um elf Uhr saß er im Büro seines Chefs. Zum Glück war er nach dem Alptraum in der Nacht schnell wieder eingeschlafen, nachdem er sich eingestanden hatte, dass er nicht zum Helden geboren war.

Dr. Brink kam herein und fragte: "Na, sind Sie wieder fit? Es stehen wichtige Aufgaben an. Wir haben schon auf Sie gewartet."

Peter sah ihn an und begann ruhig und besonnen: "Herr Dr. Brink ich hatte einen schweren Hörsturz. Wissen Sie das?"

"Inoffiziell schon. Offiziell natürlich nicht. Wie kommen Sie damit zurecht?" fragte er.

"Ich habe verstanden, dass ich mich zu lange Zeit überfordert habe. Ich bin dem Stress hier nicht mehr gewachsen", räumte Peter ein.

"Was wollen sie damit sagen?" wollte Dr. Brink wissen.

"Genau was ich ihnen gerade gesagt habe. Ich kann nicht mehr und ich bitte Sie, mit mir zu überlegen, welche Möglichkeiten es für mich gibt, aus dem Stress herauszukommen", war Peter sehr klar.

"Herr Dreher, Sie sind einer meiner Leistungsträger. Ich brauche Sie. Bitte lassen Sie mich jetzt nicht hängen", versuchte er ihn umzustimmen.

"Ich meine es ernst. Welche Möglichkeiten gibt es?"

"Sie können jederzeit kündigen?" sagte Brink kühl. Dann fragte er direkt: " Was ist es wirklich, dass Sie nicht mehr wollen?"

Peter versuchte es seinem Vorgesetzten zu erklären: "Herr Dr. Brink, mein Vater war Offizier und als solcher durch und durch loyal. Nach seinem Ausscheiden aus dem Dienst hat er oft darüber nachgedacht, was er mit seiner Loyalität alles mitgemacht hätte, wenn es von ihm gefordert worden wäre. Und er hat sich im Alter für seine unreflektierte Einstellung geschämt. Das "Nein" von Gerhard Schröder zum Irakkrieg hatte ihm sehr imponiert."

"Was wollen Sie damit sagen", fragte Dr. Brink unsicher.

"Sie haben mich gefragt, was mich zu meinem Entschluss gebracht hat. Ich habe lediglich versucht ihnen meinen familiären Hintergrund zu erklären. Wissen Sie, ich bin jetzt 54 Jahre alt und ich frage mich, schon länger, um was es im Leben geht. Und ich bin zu dem Entschluss gekommen, dass täglicher Stress und Unwohlsein bei der Arbeit nicht dazu gehören."

Dr. Brink hielt inne. Peter konnte seinen Blick nicht interpretieren. Er war auf alles gefasst. Als in diesem Moment die Türe aufging, dachte er an seinen Traum und an die Wachmänner, die in abholen wollten.

Aber Dr. Brink rief laut: "Jetzt nicht!"

Dann sagte er zu Peter: "Ich merke, dass es ihnen ernst ist, Herr Dreher und ich danke ihnen für ihre ehrlichen Worte".

Nach einer kurzen Pause fuhr er fort: "Was ich ihnen jetzt sage, ist nur für sie und ich habe es nie gesagt. Glauben sie mir, ich kann sie gut verstehen. Mein Vater war Richter und er hat unter vielen seiner Urteile gelitten, wenn er einen offensichtlichen Täter nicht verurteilen konnte, weil die Beweislage es nicht zuließ."

Peter sah ihn überrascht an. Brink fuhr fort: "Glauben Sie bitte nicht, dass mir das hier Spaß macht. Ich glaube, mich belasten ähnliche Dinge wie sie. Nur dass ich zwei studierende Kinder aus erster Ehe und seit sieben Jahren ein kleines Kind mit meiner zweiten Frau habe. Mein Haus wird erst in acht Jahren abbezahlt sein. Ich kann mir solche Gedanken wie Sie nicht leisten."

Peter hätte niemals erwartet, dass sein Boss sich ihm so anvertraut. Er sah ihn an und sagte ohne nachzudenken: "Herr Dr. Brink, ich danke ihnen für ihr Vertrauen und ihre offenen Worte."

Peters Worte riefen ihn zurück in den Businessmodus: "Ok. Was kann ich für Sie tun? Ich werde mit der Personalabteilung sprechen, ob wir in Ihrem Fall eine einvernehmliche Aufhebung des Arbeitsvertrages machen können, da Sie der Hörsturz so sehr belastet. Haben sie verstanden?"

"Ja!"

"Ich kann ihnen nichts versprechen. Aber bitte, sprechen Sie mit niemandem darüber. Ingolstadt ist ein Dorf und wenn irgendjemand davon erfährt, ist es vorbei. Die dahinterstehende Thematik ist zu heiß. Kann ich mich auf Sie verlassen?"

"100%" sagte Peter und Dr. Brink wusste, dass er Peter vertrauen konnte. Mit Brinks letztem Satz war für Peter klar, dass er ihn genau verstanden hatte. Bevor er das Büro verließ, bedankte er sich nochmals für das Gespräch. In dem Moment, als er die Bürotür von außen geschlossen hatte, fragte er sich, was er Wolfgang und Bernhard sagen sollte und er spürte ein neues Dilemma auf sich zukommen.

Das Gespräch wirkte nach. Jetzt hatte er eine Idee, wie es weitergehen könnte. Festen Boden unter den Füßen hatte er allerdings noch nicht.

Klaus und Petra

Auf der Bahnfahrt von Karlsruhe nach Heidelberg, wo Peter ihn auf der Heimfahrt von Freiburg abgesetzt hatte, schrieb Klaus an Petra: "Hi tolle Frau, ich brauche mal eine ausführliche Beratung. Dazu würde ich Dich gerne treffen. Wann hast Du dazu Zeit? LG Klaus"

Klaus konnte sehen, dass Petra seine Nachricht sofort las. Während sie ihm schrieb sah er sich ihren WhatsApp-Spruch an: Einer Versuchung sollte man nachgeben, wer weiß wann sie wieder kommt. Pling, da war die Antwort: "hey klaus, deine frage lässt mir nicht die option nein zu sagen. glg p"

"Stimmt!"

"ist es denn so wichtig?"

"Ich will Dich treffen. Das ist alles."

"klare ansage. den klaus will ich live erleben."

"In 10 Minuten bin ich am Bahnhof. Dann rufe ich Dich an", schrieb Klaus.

Beim Verlassen des Bahnhofs in Richtung Parkplatz wählte er Petras Nummer. Sie verabredeten sich für den kommenden Samstagnachmittag in Bad Kreuznach, wo Petra wohnte. Er hatte die Saline im Kurpark als Treffpunkt vorgeschlagen. Die kannte er, da er dort früher einige Male an Wettkämpfen im Salinenbad teilgenommen hatten. Außerdem war der Kurpark gut geeignet für einen ausgiebigen Spaziergang.

Am Samstagmittag fuhr Klaus nach Bad Kreuznach. Andrea hatte er gesagt, dass er Petra, seine Jugendliebe, besuchen würde. Seine Frau wollte ihm das zuerst nicht glauben, merkte dann aber, dass er es ernst meinte. Der Gedanke daran, dass Klaus in dieser Situation diese Petra treffen würde, gefiel ihr überhaupt nicht.

"Tu, was du nicht lassen kannst", sagte sie spitz, "ich glaube nicht, dass das eine gute Idee ist."

"Ich schon," antwortete Klaus, der sich gut vorbereitet hatte, um nicht einzuknicken.

Klaus war 20 Minuten vor der verabredeten Zeit an den Salinen und erinnerte sich an einen der Wettkämpfe von damals. Hier war er seine Bestzeit über 100 Meter Brust auf der langen Bahn geschwommen.

Petra kam nur zehn Minuten nach der verabredeten Zeit. Das war ein neuer Rekord für sie. Früher hatte sie ihn viel länger warten lassen. Er sah sie kommen. Ihr Lächeln, ihr Gang und ihre Kleidung erinnerten ihn an Andrea. Genauso locker, genauso wippend, genauso weiblich war sie aus der Praxis gekommen, als er sie mit diesem Stefan gesehen hatte. Nur die Haarfarbe war anders. Petra hatte ihren unterschiedlich grauen Haaren einen frechen Kurzhaarschnitt verpassen lassen, der hervorragend zu ihr passte. Andreas halblange Haare waren seit Jahren dunkelblond gefärbt.

Als Klaus vor ihr stand, umarmten sie sich und sie küsste ihn auf die Wange. Er genoss ihre Umarmung.

"Na, mein Lieber, wie geht es dir? Du siehst gar nicht so schlecht aus", begann Petra.

"Es ging mir schon schlechter", antwortete er.

"Komm lass uns eine Runde gehen und dann bring mich mal auf den aktuellen Stand", schlug Petra vor.

Nachdem er ihr die Fakten berichtet hatte, erzählte er von seinem Treffen mit Michael in Maulbronn, zu dem sie ihn animiert hatte.

"Während der Gespräche mit Michael habe ich mich an die Zeit mit dir erinnert und an unseren tollen Sex. Den hatte ich fast vergessen. Da ist mir aufgefallen, dass ich mit Andrea nie so guten Sex gehabt habe, wie mit dir."

"Genau so hatte ich mir das gedacht, als ich dich beim Klassentreffen darauf angesprochen hatte."

"Ich habe mir jahrelang eingeredet, dass die Lust mit dem Alter weniger wird. Dabei hatte ich meine Frau völlig falsch eingeschätzt. Jetzt erst habe ich erfahren, dass sie sich diesbezüglich lange Zeit mehr gewünscht hat."

"Und das holt sie sich jetzt woanders", ergänzte sie ihn.

"Genauso ist das. Wobei sie sagt, sie hätte es beendet. Ich weiß nicht, ob das stimmt und ich weiß nicht, wie es weitergehen wird. Wenn du zu haben wärst, würde ich momentan lieber mit dir zusammenleben", platzte es aus ihm heraus.

Petra war über die Direktheit überrascht und fragte ihn: "Weiß Andrea, dass du bei mir bist?"

"Ja, ich habe es ihr gesagt. Weiß dein Mann, dass ich hier bei dir bin?"

"Nein", sagte Petra.

"Hattest du mir nicht beim Klassentreffen erzählt, dass ihr euch alles sagt?"

"Ich habe gesagt, ich kann ihm alles sagen."

"Warum hast du ihm nichts gesagt?" wollte Klaus wissen.

"Weiß nicht. Nicht so wichtig. Ich kann's ihm ja erzählen, wenn ich heimkomme."

Klaus wunderte sich. Da war er gegenüber Andrea klarer gewesen. Sie gingen nebeneinander. Als er zu ihr hinübersah, drehte sie ihren gesenkten Kopf zu ihm und sah ihn an.

"Klaus, ich habe dich damals belogen. Ich kann mit meinem Uwe leider nicht über alles sprechen. Wir kommen trotzdem gut miteinander aus. Die Leidenschaft wie zwischen uns damals, kann ich mit ihm leider nicht leben. Da geht es mit ähnlich wie dir", gestand sie ihm.

"Jetzt bin ich aber platt", sagte Klaus.

"Was glaubst du denn, warum ich so gerne und oft mit dir telefoniere und warum ich auf unserem Klassentreffen immer wieder deine Nähe gesucht habe?"

"Darüber habe ich nie wirklich nachgedacht, weil ich dachte, du wärst glücklich verheiratet und wärst mir gegenüber einfach nett und hilfsbereit. Schließlich hatte ich doch öfter Fragen an dich als du an mich."

"Das stimmt. Ich war und bin gerne für dich da. Es ist sogar so, dass ich deine Nachrichten und Anrufe oft ersehnt habe. Du hast mir offen und ehrlich gesagt, wie es dir geht", sagte Petra mit feuchten Augen.

Klaus blieb stehen und stellte sich vor sie, um sie in die Arme zu nehmen. Sie drückte sich fest an ihn. Er spürte ihren Körper. Sie standen lange so da. Als sie schließlich weitergingen, begann Petra ihm zu erzählen, wie es ihr mit ihrem Uwe ging. Obwohl sie es positiv und wohlwollend formulierte, merkte Klaus, dass sie nicht glücklich war.

Nach ihrem langen Spaziergang setzten sie sich in dem Brauhaus in der Nähe der Salinen an einen kleinen Tisch am Fenster und jeder bestellte einen Kaffee und ein Stück Kuchen. Sie erinnerten sich an ihre gemeinsame Zeit während des Studiums und Petra gestand ihm, dass sie sehr darunter gelitten hatte, als er sie damals verlassen hatte. Ihr war erst später klar geworden, wie wichtig das für sie war, um später von den Drogen loszukommen. Mehrfach wischte sie sich Tränen aus den Augen.

Obwohl es sehr kalt war, standen sie später lange an Petras Auto und flirteten miteinander. Sie verabredeten, sich bald wieder zu treffen und den Tag wirken zu lassen. Schließlich entriegelte Petra ihr Auto und gab Klaus einen Kuss. Dann stieg sie ein und fuhr los. Klaus ging zum Wagen und fuhr ebenfalls zurück nach Heidelberg. Auf der Rückfahrt bemerkte er, wie gut es ihm getan hatte, Petra zuzuhören und ihr ein guter Gesprächspartner zu sein. Er fühlte sich kräftiger als auf der Hinfahrt.

●

Zuhause saß Andrea am Tisch, als Klaus rein kam. Der Hund begrüßte ihn freudig. Sie bemerkte, dass er gut gelaunt war und fragte: "Hi. Wie war's?"

"Gut. Wir haben gute Gespräche geführt."

"Das habe ich auch," sagte Andrea, "ich habe mit Stefan gesprochen."

"Schön", sagte Klaus uninteressiert. Seine Reaktion ärgerte sie.

"Ich habe Schluss gemacht", sagte sie.

"Ich dachte, das hättest du schon längst gemacht."

"Hatte ich auch, aber er wollte es nicht akzeptieren. Deshalb habe ich es ihm heute nochmal klar gemacht", versuchte sie ihn zu erreichen.

"Und wie geht es dir damit jetzt?" wollte er wissen.

"Ich weiß, dass das die einzige Möglichkeit ist, unsere Ehe zu retten. Deshalb bin ich froh, diesen Schritt gemacht zu haben."

"Ich bin auch froh, Petra getroffen zu haben. Wir hatten uns eine Menge zu erzählen. Das hat gut getan", blieb er bei der Wahrheit, baute sie aber nicht weiter aus."

Andrea stand auf und sagte: "Ich gehe mit dem Hund raus. Der muss mal."

"Ja, mach das. Ich esse eine Kleinigkeit."

"Ich habe schon gegessen. Da ist noch was übrig. Das kannst du dir warmmachen." Dann verschwand sie mit dem Hund.

Klaus schrieb Petra: "Liebe Petra, ich bin gut angekommen. Der Nachmittag mit Dir war unbeschreiblich schön. LG Klaus."

"hi klaus ich fands auch schön mit dir. hoffe ihr findet gemeinsam einen weg P"

Er fragte sich, ob diese Nachricht von derselben Frau kam, die er heute getroffen hatte oder ob sie wieder Drogen nahm.

Er antwortete mit: "???"

Von ihr kam: "sorry, bin dabei mich zu sortieren. lass mir etwas zeit"

Die Antwort beruhigte ihn etwas. Vielleicht wirkte Petra wie auf Drogen, weil sie auch Schmetterlinge im Bauch fühlte.

Andrea kam später vom Spaziergang als erwartet. Sie setzte sich zu Klaus und war froh, dass Lukas nicht zuhause war.

"Ich glaube nicht, dass es uns zusammenbringt, wenn du dich mit anderen Frauen triffst", begann sie.

"Ich treffe mich nicht mit anderen Frauen. Ich treffe Petra und das bringt mich weiter."

"Willst du jetzt auf einmal nicht mehr, dass wir wieder zusammenfinden?"

"Doch! Gerade deshalb treffe ich anderen Menschen, um von denen ein Feedback über mich zu bekommen", erklärte er ihr.

"Wie? Du sprichst mit anderen über unsere Probleme?" fragte sie.

"Ja. Machst du das denn nicht?" fragte er.

"Nö" kam leise von ihr.

"Willst mir wirklich erzählen, dass deine durchgeknallte Freundin Britta nichts von unseren Problemen und deinem Lover weißt?" fragte er energisch.

"Britta ist nicht durchgeknallt", insistierte sie.

"Das kannst du sehen wie du willst. Für mich ist Britta eine echte Problemnudel", legte er nach.

Andrea erkannte Klaus nicht wieder. So hatte er noch nie geredet. Einerseits imponierte ihr das, aber in der jetzigen Situation machte es ihr Angst. Was war mit ihrem Klaus passiert? Sollte diese andere Frau eine solche Wirkung auf ihn haben?

"Jetzt sag schon," forderte er sie auf, "hast du mit Britta darüber gesprochen oder nicht?"

Andrea sah betroffen nach unten.

"Was du machst, darf ich doch auch, oder etwa nicht?" legte Klaus fest.

"Ja, ist ja gut. Du hast gewonnen", lenkte sie ein.

"Andrea, es geht doch nicht um Sieg oder Niederlage. Es geht um Offenheit und Ehrlichkeit und darum, authentisch zu leben. Ich finde es gut, von dir zu erfahren, dass du dein Verhältnis zu diesem Stefan beendet hast. So bekomme ich zeitnah mit, dass es vorbei ist, wenn ich schon nicht erfahren habe, als es begonnen hat. Ich möchte, dass du weißt, dass ich mich in den letzten Jahren immer wieder telefonisch mit Petra ausgetauscht habe."

"Das weiß ich doch", sagte Andrea.

"Ich hatte dir gesagt, dass ich ab und zu mit ihr gesprochen habe, nicht aber, dass ich mit ihr zum Teil sehr intime Gespräche geführt habe. Ihr habe ich mehr anvertraut als dir. Das war nicht ok von mir. Heute hingegen war es ok für mich und es hat mit geholfen. Petra ist eine tolle Frau."

Andrea spürte, wie ihr das zusetzte. Sie konnte den Impuls, ihm deshalb nun Vorhaltungen zu machen, gerade noch stoppen. Schließlich hatte sie ihn im klassischen Sinne betrogen.

"Willst du mich eifersüchtig machen?" wollte sie wissen.

"Nein. Überhaupt nicht. Ich versuche ehrlich zu dir zu sein. Ich habe festgestellt, dass ich in den letzten Jahren nicht immer ehrlich zu mir selbst gewesen bin", antwortete Klaus.

"Wie meinst du das?"

"Ich habe mir in den letzten Jahren eingeredet, die Lust würde mit dem Alter nachlassen und ich dachte, du hättest kein Interesse an Sex. Da hatte ich mir etwas vorgemacht."

Andrea schluckte und fragte: " Und wie ist das mit Petra?"

"Mit ihr hatte ich tollen Sex, als wir damals ein Paar waren. Das hatte ich vergessen. Dir gegenüber glaubte ich braver sein zu müssen", gab Klaus zu, "und jetzt brauche ich Zeit, um meine Gedanken und Gefühle zu sortieren." Dann forderte er den Hund zu einem Spaziergang auf. Der sprang freudig auf und ging mit.

Als er zurückkam, war Andrea bereits zu Bett gegangen. Klaus legte sich an diesem Abend ins Wohnzimmer, wo er schnell einschlief.

Andrea lag wach im Bett. Sie konnte nicht fassen, wie Klaus sich verändert hatte. Erstmals kam ihr der Gedanke, dass er sich von ihr trennen könnte. Das machte ihr Angst.

●

In der darauf folgenden Woche Ende November feierte Hans in der Firma seinen Ausstand. Er hatte zu einem Sektempfang mit Häppchen nach der Arbeit in seinem Büro eingeladen. Um 18 Uhr waren ungefähr 50 Kollegen anwesend, als Hans sich mit einer kurzen, aber sehr guten Rede bedankte und verabschiedete. Anschließend hielt sein Nachfolger eine bewegende Laudatio nach der Hans sich herzlich bedankte und humorvoll anmerkte, er würde ja noch leben. Gegen 19 Uhr überreichten die drei Geschäftsführer Hans einen überdimensionalen Blumenstrauß und einen Gutschein für ein Essen für zwei Personen in einem nahe gelegenen Sternerestaurant. Der CEO hielt ebenfalls eine kurze Rede. Klaus hatte selten eine so gute Rede anlässlich einer Verabschiedung gehört. Er freute sich für Hans und auch darüber, dass er in einem Unternehmen arbeitete, indem die Topmanager solche Anlässe ernstnehmen.

Nun war es endgültig. Seinen Freund konnte er ab jetzt tagsüber nicht mehr im Büro erreichen. Hans würde nun seine Australien-Reise vorbereiten und wäre dann erst mal mindestens zwei Monate down under. Er gönnte es ihm. Den Verlust von Hans als wichtigen Kollegen konnte er besser verkraften als er das vorher angenommen hatte. Vermutlich hing das damit zusammen, dass er mit sich und seiner privaten Situation beschäftigt war.

●

In der Zeit vor Weihnachten hatte er Petra dreimal getroffen, ohne dass er Andrea davon erzählt hatte. Zunächst nur tagsüber. Dazu hatte er spontan einen freien Tag genommen und war zu ihr gefahren. Sie hatten die Tage sehr genossen. Einmal hatten sie zusammen in einem Art-Hotel übernachtet. Es war wie früher. Danach überlegte Klaus ernsthaft, ob er Andrea verlassen sollte, kam aber zu keinem klaren Ergebnis. Das hing auch damit zusammen, dass er Andrea nicht wehtun wollte und dass er Angst vor der Reaktion seiner Söhne hatte. Vielleicht spielte dabei auch Petra eine Rolle. Sie begeisterte ihn mit ihrer direkten und erotischen Art. Andererseits machte sie ihm Angst, da er sie nicht einschätzen konnte. Vieles, was sie ihm in den letzten Jahren und am Klassentreffen erzählt hatte, hatte sich später als Lüge herausgestellt.

Im Hotelzimmer hatte Klaus Petra erzählt, wie Michael ihm die Steigerungsformen von Frau erklärt hatte. Frau, Weib, Hexe. Petra hatte ihn freudig gefragt, wo er sie denn zuordnen würde und er hatte spontan gesagt:

"Du bist definitiv eine Hexe".

Das hatte ihr gefallen und sie war dann über ihn hergefallen, wie früher. Bevor sie eingeschlafen waren, hatte sie ihn angesehen und zu ihm gesagt: "Hexenmeister."

Er wusste, dass sie das nicht nur rhetorisch gemeint hatte und er fragte sich, was Andrea wohl sagen würde, wenn sie ihn so erleben könnte.

Das Treffen im Januar

Am dritten Januarwochenende trafen sie sich in Saarbrücken bei Eberhard und Karin. Klaus brachte Günther mit. Peter holte Michael in Stuttgart ab und gemeinsam fuhren sie nach Karlsruhe zum Bahnhof, um Kurt mitzunehmen. Von dort waren sie zusammen auf der B10 durch die Pfalz, vorbei an Zweibrücken, nach Saarbrücken gefahren.

Günther freute sich ganz besonders, seine Schützlinge von damals zu treffen. Klaus hatte auf Helgas Rat hin außer der Gehhilfe auch den Rollstuhl eingepackt. Üblicherweise genügte die Gehhilfe.

Als alle angekommen waren, verteilte Karin Sektgläser und gab Peter eine gut gekühlte Flasche Champagner, die sie für ihn besorgt und kaltgestellt hatte.

Peter nahm die Flasche und sagte: "Ich möchte mit euch anstoßen auf meinen ersten Enkel. Meine Tochter Anna hat letzte Woche den kleinen Alex geboren. Mutter und Kind sind wohl auf."

Alle klatschen. Peter öffnete die Flasche und schenkte jedem eine guten Schluck ein.

Klaus fragte: "Gibt das Bonuspunkte beim Wettkampf, wenn ein Opa dabei ist?" Alle lachten.

Günther erhob das Glas und sagte: "Als der Methusalem unter euch, gratuliere ich dir Peter zu deinem Enkel und euch allen zur Umsetzung eurer tollen Idee. Prost."

Sie stießen an und jeder gratulierte Peter noch mal einzeln zu seiner Entscheidung. Danach gab es etwas zu essen. Karin hatte Dippelabbes gekocht. Bei diesem saarländischen Gericht, das im Hunsrück, ihrer Heimat, Schales genannt wird, handelte sich um einen knusprigen Kartoffel-Schinken-Lauch-Auflauf, den die Schwimmer sehr genossen. Vielleicht hing das auch damit zusammen, dass sie es mit gemeinsamen Rückblicken auf die Weihnachtstage garnierten.

Kurt bewunderte den Esstisch, an dem sie saßen: "Das ist ein toller Tisch. Was ist das für ein Holz? Welche Markt ist das?"

Eberhard antwortete: "Dieser Tisch ist komplett aus Ahorn. Eines der härtesten Hölzer. Wurde oft für Wirtshaustische verwendet, ist heute meist zu teurer. Das ist meine Eigenkonstruktion. Diesen Tisch habe ich selbst konstruiert und ein Freund von uns ist Schreiner, der hat ihn für uns gebaut."

"Eine Maßanfertigung aus Ahorn. Das ist ja unbezahlbar", merkte Michael an, der sich etwas mit Holzsorten auskannte.

"Du hast Recht. Heute ist Ahorn noch teurer als damals und unser Freund hat uns den Tisch zum Sonderpreis gemacht", erklärte Eberhard.

Alle bewunderten das Teil und bemerkten, dass er kaum Gebrauchsspuren hatte. Ahorn ist eben sehr hart. Nachdem alle mit dem Essen fertig waren, räumten Karin und Eberhard den Tisch ab. Danach tauschten sich über die gerade vergangenen Weihnachten aus.

Peter erzählte, dass er und Christine einen ruhigen Heiligabend verbracht und ihre Vorfreude auf den zweiten Weihnachtstag genossen hatten. Fabian hatte bei der Familie seiner Freundin Anna in Bamberg gefeiert und das werdende Elternpaar hatte entschieden, einmal Weihnachten alleine zu feiern, schließlich war dieses Mal für lange Zeit das letzte Mal. Der Geburtstermin stand vor der Tür. Ihre Kinder hatten sich zum Mittagessen am zweiten Weihnachtstag angemeldet. Anna war mit ihrem Max und Fabian mit seiner Julia gekommen. Ein interessantes Familientreffen mit viel Neuem. Julia war zum ersten Mal dabei, ebenso das erste Enkelkind in Form einer großen Kugel, die Anna vor sich hertrug.

•

Michael und Ina hatten den Heiligenabend alleine gefeiert und waren zwischen den Jahren in Berlin wo sie die Zeit mit Michaels Sohn Sebastian und dessen Freund sehr genossen hatten.

"Stellt euch vor, wir haben mit Sebastian Gras geraucht", erzählte Michael. Sebastian hatte am zweiten Abend in Berlin etwas Gras besorgt.

"Ina und ich lachen ja oft miteinander, aber so herzhaft und lange wie nach den zwei Zügen an der Tüte haben wir uns noch nie verlacht."

Sebastian hatte sich über seinen Vater und Ina amüsiert. Das Rauchen hatte etwas von einer Friedenspfeife, denn Michael hatte früher den Marihuana-Konsum seines Sohnes scharf kritisiert.

"Das war eine interessante, neue Erfahrung. Brauch ich aber nicht nochmal", erklärte Michael.

•

Kurt und Lisa hatten am ersten Feiertag Besuch von Kurts jüngerer Tochter Katharina mit Enkelkind und Schwiegersohn. Am zweiten Feiertag war seine ältere Tochter Lena zu Besuch gekommen. Sie hatte wenig Interesse, ihre jüngere Schwester zu treffen. Die war ihr zu dominant, seit sie Mutter war. Vielleicht hing das mit der Überlastung durch das Kind zusammen, aber sie hatte an Weihnachten wollte sie sich das nicht antun. Nachdem

Kurts Töchter abgereist waren, hatte Lisas Tochter sich gemeldet. Jule wollte ihre Mutter besuchen und kam dann wirklich zwei Tage vor Silvester. Kurt hatte Lisa noch nie so aufgeregt erlebt, wie in den beiden Tagen vor Jules Ankunft und noch nie so glücklich wie in den fünf Tagen, die Jule bei ihr war. Die beiden hatten viel nachzuholen und zu klären. Kurt hatte Jule sofort ins Herz geschlossen. Er fand sie klasse. Hinzu kam, dass sie in Mainz Medizin studierte. So konnte sie ihm einige Frage wegen seines Herzinfarktes und des Schwimmens beantworten. Sie würde sich diesbezüglich an ihren Lieblingsprofessor wenden, der eine Koryphäe auf diesem Gebiet zu sein schien.

•

Klaus und Andrea hatten an Heiligabend Besuch von ihren Söhnen Julian und Lukas. Sie hatten vorher nicht gewusst, ob und wie sie ihren Söhnen sagen sollten, in welchem Status quo sie lebten.

"Wie ist denn jetzt die Situation zwischen Andrea und dir?" wollte Kurt wissen.

"Wenn ich das wüsste", begann Klaus, "Andrea sagt, sie habe das Verhältnis zu diesem Stefan beendet weil sie unsere Ehe retten will."

Eberhard und Karin konnten damit gar nichts anfangen. Deshalb fragte Karin: "Was ist denn bei euch los? Habt ihr Eheprobleme?"

Klaus erzählte den beiden und auch Günther knapp was los war. Dann wiederholte er: "Also Andrea hat ihr Verhältnis beendet."

"Das ist doch schon mal gut, oder?" fragte Michael.

"Das ist es", gab Klaus zu, "nur zwischenzeitlich habe ich mich verliebt."

"Nee! Das glaub ich ja jetzt nicht. Wie hast du das denn angestellt?" fragte Michael und ahnte etwas.

"Michael, du hast mir dankenswerterweise empfohlen, mir Klarheit zu verschaffen. Das habe ich gemacht. Deshalb habe ich unsere Klassenkameradin Petra getroffen, um ihre Meinung als Frau zu hören. Tja, und dabei haben wir uns sehr gut verstanden."

"Oh nein", warf Peter ein, "damit machst du eure Situation nicht gerade einfacher."

"Das stimmt", nickte Klaus, "aber seit ich in Petra eine so gute Gesprächspartnerin habe, geht es mir besser. Jugendfreundschaften und Jugendbeziehungen haben etwas ganz besonderes."

"Und was sagt deine Frau dazu?" wollte Kurt wissen.

"Die findet das gar nicht gut."

Kurt weiter. "Und wie soll es jetzt weitergehen?"

"Das wissen wir noch nicht. Momentan leidet Andrea mehr unter der Situation als ich."

"Und wie habt ihr das an Weihnachten gemacht? Was habt ihr euren Söhnen gesagt?" wollte Karin wissen.

"Weder Andrea noch ich wollten an Weihnachten schmutzige Wäsche waschen, schon gar nicht vor unseren Söhnen."

"Und da habt ihr denen gar nichts gesagt?" empörte sich Karin etwas.

"Doch. Wir haben ihnen gesagt, dass wir Eheprobleme haben und einen Weg suchen, das in den Griff zu bekommen. Für Lukas kam das nicht überraschend. Er hatte sich seit Wochen stark zurückgezogen, weil er auf die Stimmung zu Hause keinen Bock hatte. Für Julian kam das ganze völlig überraschend. Er war viel zu sehr mit seinem Jurastudium beschäftigt, als dass er etwas mitbekommen hätte. Sein Ziel ist der Auswärtige Dienst und das schaffen nur die Allerbesten", erklärte Klaus.

"Na da hattet ihr ja tolle Weihnachten", resümierte Michael, "und wie geht es dir jetzt, Klaus?"

"Ich bin froh, hier bei euch zu sein und ich bin gespannt, wo wir schwimmtechnisch stehen. Wann gehen wir denn schwimmen?" versuchte Klaus das Thema zu beenden.

"Wir fahren in einer knappen Stunde los", informierte Eberhard alle.

•

Eberhard und Karin hatten an Weihnachten traditionsgemäß ihre Eltern besucht, am ersten Feiertag seine und am zweiten ihre Eltern.

"Ohne Kinder ist Weihnachten kein so einfaches Fest. Hinzu kommt, dass unsere Eltern nur eine Autostunde weg wohnen und nicht mehr so fit sind. Außerdem freuen sie sich, wenn sie uns sehen", erklärte Karin. Eberhard nickte.

Günther erzählte, dass er mit Helga über Weihnachten ihre Tochter in Norddeutschland besucht hatten. Dort ging es immer turbulent zu. Der Enkelsohn war hyperaktiv und die zwei Enkeltöchter waren als Pubertierende gerade sehr schwierig. Günther hatte die Abwechslung trotzdem sehr genossen.

Günther bemerkte: "Bei uns hatte sich die Art und Weise Weihnachten zu feiern auch mit Mitte fünfzig geändert. Vorher war klar gewesen, dass wir mit unseren Kindern zusammen feiern. Irgendwann begannen die dann mit ihren Partnern zu feiern. Es ändert sich halt alles. Bis auf eines, nämlich die Tatsache, dass sich alles ändert."

Sie lachten und brachen auf zum Schwimmbad.

•

Im Hallenbad in Dudweiler schwammen sich alle sieben 20 Minuten ein. Auch Günther hatte seine Schwimmsachen mitgebracht und war ins Wasser gegangen. Nach dem Einschwimmen half Kurt ihm aus dem Wasser. Günther, Kurt und Karin hatten sich für die Zeitnahme mit Stoppuhren ausgerüstet. Peter steigerte sich auf 100 Meter Rücken um 2 Sekunden gesteigert. Klaus schwamm seine 100 Meter Brust drei Sekunden schneller, als beim letzten Test. Eberhard absolvierte die 100 Meter Delphin, Kurts bisherige Aufgabe, nur drei Sekunden schneller als Kurt beim letzten Testschwimmen. Michael beendete den Test mit 100 Meter Freistil in derselben Zeit, wie beim letzten Mal. Günther hatte die Zeiten der vergleichbaren Masterstaffeln, deren Schimmer zusammen zwischen 200 bis 240 Jahren alt waren, im Kopf und nickte anerkennend über das Ergebnis, das seine Jungs erreicht hatten. Er sagte: "Ihr braucht euch nicht zu verstecken. Mit dieser Zeit könnte ihr beruhigt nach Köln fahren. Ihr werdet euch dort nicht blamieren. Ich gratuliere euch. Ihr ward heute acht Sekunden schneller als letztes Mal. Wenn ihr die Wechsel noch etwas trainiert, sind da nochmal ein bis zwei Sekunden drin. So kommt ihr immer näher an die Fünfminuten-Schallmauer heran.

Kurt freute sich mit den anderen. Ihm war nicht entgangen, dass Eberhard, der regelmäßig schwamm, kaum schneller gewesen war, als er beim letzten Mal.

•

Zum Abendessen hatten Karin und Eberhard einen Tisch in einem urgemütlichen Lokal am St. Johanner Markt mitten in der Saarbrücker Altstadt reserviert. Günther schaffte es vom Parkplatz zum Lokal mit einer Gehhilfe. Unter Schwimmern war er in seinem Element.

Günther erinnerte daran, dass die Teilnahme an Wettkämpfen und Meistershaften nur mit gültigem Startpass möglich sei. Er schlug vor, alle fünf bei ihrem alten Verein anzumelden. Günther würde die Startpässe organisieren. Dazu müssten ihm alle unverzüglich aktuelle Gesundheitsatteste schicken. Sie freuten sich über Günthers Hinweise und notierte sich bis wann sie was zu schicken hatten.

Beim Essen erzählte Peter von seiner beruflichen Situation und seiner Entscheidung, die Firma zu verlassen.

"Es besteht die Chance, dass ich mit einem Aufhebungsvertrag ausscheiden kann. Das wird gerade geprüft. Mehr möchte ich da jetzt nicht drüber sagen. Ich halte euch auf dem Laufenden."

"Wow, und du hast wirklich vor aufzuhören? Weißt du denn schon, was du dann machen wirst?" wollte Klaus wissen.

"Ja, ich werde aufhören und nein, ich weiß noch nicht, was ich dann machen werde", sagte Peter kurz und klar.

"Hochachtung!" gratulierte Michael, "da gehört viel Mut dazu. Den haben wenige in unserem Alter."

"Es war auch nicht einfach für mich. Aber jetzt bin ich froh, aufzuhören und mich neuen Dingen zuzuwenden. Dingen, die ich gerne mache, die mich inspirieren", berichtete Peter.

Kurt merkte an: "Du bist jetzt Opa, da hast du ja dann neue Beschäftigung."

"Gott bewahre", sagte Peter, "nur im Ausnahmefall werde ich mich da einspannen lassen."

Kurt erzählte von seinem Radfahrfreund Jens, der außer seinem Enkel Liam nichts mehr zu kennen schien.

Peter beruhigte ihn: "Ich werde mich mehr im Segelflugverein engagieren und dann werde ich mir überlegen, wo ich mich sinnvoll einbringen kann. Einer meiner Nachbarn ist Professor an der Hochschule. Er hat mich bereits zweimal gefragt, ob ich nicht eine Vorlesung in seinem Fachbereich übernehmen könnte."

"Das hört sich vielversprechend an", freute sich Michael, "welches Thema?"

"Er hat verschiedene Inhalte zur Auswahl. Von denen ein paar sehr interessant sind. Wir werden sehen", schmunzelte Peter.

Seit er sich entschieden hatte, aufzuhören, hatte er begonnen Ideen für die Zukunft zu entwickeln.

Mit jedem Bier wurde die Stimmung lustig. Am späteren Abend kam die Idee auf, nach der Teilnahme an der deutschen Mastermeisterschaft auf die Masters-WM zu fahren. Günther wusste, dass das bei den Zeiten möglich wäre. Der Weg zurück zum Auto war für Günther beschwerlicher als der Hinweg. Der Alkohol hatte bei ihm stärker gewirkt als bei den anderen. Kurt und Klaus hatten seine Unsicherheit beim Gehen sofort bemerkt und ihn mit seinem Rollator zwischen sich genommen und ihn untergehakt.

Eberhard und Karin bereiteten für die vier Schwimmer im Wohnzimmer ein Matratzenlager. Für Günther hatten sie im Gästezimmer das Bett bezogen, das war hoch genug, damit er gut rein und raus kam und ggf. nachts alleine zur Toilette kommen würde.

Günther, Peter und Kurt verabschiedeten sich, da sie müde waren. Karin und Eberhard hatten auch genug. Michael hatte Klaus gefragt, ob er noch einen Absacker mit ihm trinken würde. Eberhard hatte ihnen dazu noch zwei kalte Biere aus dem Kühlschrank gebracht.

Michael wollte wissen, was das mit ihm und Petra ist. Klaus erzählte ihm, wie sie die rare Zeit zusammen genießen und wie anders das für ihn ist. Michael konnte die Veränderung seines Freundes kaum fassen, freute sich aber darüber, dass er einen Anteil daran hatte.

Um zu testen, wie Klaus das sieht, sagte er: "Wenn ich das so höre, hätte ich besser meinen Mund gehalten."

"Auf keinen Fall. Ich bin dir unendlich dankbar. Du hast mir die Augen geöffnet. Ohne dich hätte ich es nicht geschafft, klar zu sagen, was ich will und mir das dann auch zu nehmen."

"Hoffentlich erfährt Andrea das nicht. Die bringt mich um", testete Michael ihn weiter.

Klaus winkte ab. "Ach, die soll sich nicht so haben. Nicht mit mir reden, aber mit einem anderen ins Bett gehen."

"Höre ich da so etwas wie Häme?" fragte Michael, der Klaus so nicht kannte.

"Sie tut mir schon leid. Trotzdem denke ich jetzt erst mal an mich und mache was mir gut tut. Ich bin mir auch nicht ganz sicher, ob sie mit diesem Stefan nur Schluss gemacht hat, um mich nicht zu verlieren, oder ob es stimmt, dass er ihr nur für den Sex diente, wie sie es behauptet hat."

"Also fährst du gerade ein Testprogramm", fasste Michael zusammen, "du testest sie und nutzt die Zeit, um dir selbst klar zu werden, was du willst, also welche Frau du willst."

"Das hört sich hart an, aber irgendwie ist das so. Du bringst es auf den Punkt", bemerkte Klaus, "und jetzt lass uns ins Bett gehen. Es ist schon spät."

•

Am nächsten Morgen beim Brunchen am Frühstückstisch fragte Günther Kurt: "Kurt, sag mal, wie geht es dir seit deinem Herzinfarkt? Musst du irgendwas beachten?"

"Naja, ich nehme seither ein blutverdünnendes Mittel und ich denke öfter mal daran, wie viel Glück ich hatte. Keine vier Stunden nach meinem Schwächeanfall im Schwimmbad hatten mir die Ärzte bereits zwei Stunts gesetzt."

"Damit werden die Engstellen geweitet, oder?" fragte Peter.

"Genau, diese kleinen Hülsen werden durch die Beinarterie ins Herz geschoben und dann unter hohem Druck an den richtigen Stellen positioniert und aufgeblasen. Auf jeden Fall war mit dem Setzen der Stunts der Druck auf meinen Brustkorb sofort weg. Und weil es so schnell gemacht wurde, wurde das hinter der Engstelle liegende Gewebe nicht geschädigt."

Günther wollte es genauer wissen: "Bedeutet das, dass du wieder voll belastungsfähig bist?"

"So haben es mir die Ärzte gesagt, wobei sie sich da nicht ganz einig zu sein scheinen. Einer hat mir empfohlen, es nicht zu übertreiben, rein aus Vorsicht. Ein anderer ist der Meinung, dass die Wahrscheinlichkeit eines weiteren Infarkts bei mir genauso hoch sei, wie bei anderen die vorher noch keinen Infarkt gehabt haben."

"Da hast du ja wirklich richtig Glück gehabt", sagte Günther, "als das mit meinem Kribbeln in den Beinen anfing, habe ich immer wieder geträumt, es wäre wieder weggegangen und alles wäre gut. Nichts ist gut, wenn die Beine nicht mehr gehorchen."

"Das glaube ich dir," sagte Michael, "gerade deshalb ist es klasse, dass du mitgekommen bist."

"Ich genieße es sehr, mit euch zusammen zu sein. Gestern im Schwimmbad, habe ich mich gefühlt wie früher beim Training."

Als das Brunchen sich dem Ende zu neigte, sagte Karin: "Ich habe mich sehr gefreut, euch alle wieder zu treffen und ich erinnere mich gerne an unsere gemeinsame Zeit vor über 35 Jahren. Ich habe euch damals schon alle sehr gemocht. Als Pubertierende hatte ich mir oft mit meiner damaligen Freundin Heike überlegt, wer von uns beiden mit wem von euch gehen wollte."

"Erinnert ihr euch noch an unser Flaschendrehen und die Küsse in der Turnhalle vor dem Training?" fragte Michael.

Peter und Klaus gaben zu, dass sie damals beim Flaschendrehen zum ersten Mal ein Mädchen geküsst hatten.

"Eberhard, du hast es schließlich geschafft, Karin als Frau zu gewinnen. Herzlichen Glückwunsch", sagte Michael.

Eberhard bedankte sich und pflichtete ihm bei: "Das war damals nicht so leicht, da Karin lange Zeit ein Auge auf dich geworfen hatte."

"Das war mir ganz entgangen. Ich dachte sie hätte Klaus im Auge gehabt", wehrte Michael ab.

Kurt intervenierte: "Nee, nee, Klaus hatte damals nur Augen für Petra. Die beiden waren wie füreinander gemacht."

"Peter: " Stimmt, so war das. Ich erinnere mich."

Klaus merkte, wie seine Wangen warm wurden. Deshalb lenkte er ab: "Leute ich würde jetzt gerne aufbrechen. Günther ist das ok für dich? Ich nehme dich wieder mit."

Bei der Verabschiedung vor dem Haus sagte Michael zu Klaus, so dass es die anderen nicht hören konnten: "Sag Petra einen Gruß von mir. Du wirst sie doch hoffentlich noch besuchen, wenn du Günther abgegeben hast. Oder?"

"Mach ich", sagte Klaus und zwinkerte ihm zu.

Auf dem Rückweg erzählte Günther Klaus von seiner Ehe mit Helga, die er genauso glücklich schilderte, wie die Schwimmer sie immer wahrgenommen hatten. Günther offenbarte ihm, dass er sich nach wenigen Jahren Ehe in eine andere Frau verliebt hatte und dass er heute immer noch froh sei, sich für Helga entschieden zu haben. Das sei ihm damals nicht leicht gefallen, da er sich heftig in die andre Frau verliebt hatte. Klaus hörte schweigend zu.

Bei der Verabschiedung gab Günther ihm mit auf den Weg, wohlwollend mit allen Beteiligten umzugehen und nicht zu lange zu warten, bis er eine hoffentlich kluge Entscheidung treffen würde. Klaus begleitete Günther bis zur Wohnung. Den von Helga angebotenen Tee lehnte er ab, da er gleich weiter wollte. Günther verabschiedete sich bei Klaus mit den Worten: "Vielen Dank, dass ihr mich mitgenommen habt und dass du mich abgeholt hast. Komm gut heim."

Klaus verabschiedete sich bei Helga und Günther, ging zum Auto, stieg ein, ohne um das Fahrzeug herum zu laufen und begann sofort Petra zu schreiben, wann er am vereinbarten Treffpunkt sein würde.

•

Michael, Kurt und Peter hatten auf der Rückfahrt viel Spaß. Sie waren bester Laune und überlegten, wie sie die Tage in Köln organisieren sollten. Kurt stieg in Karlsruhe aus und musste auch nur 12 Minuten auf den ICE nach Basel warten, der pünktlich war.

Peter fuhr mit Michael nach Stuttgart. Durch die ewige Engstelle bei Pforzheim kamen sie ohne Stau. Sie philosophierten über die Düsenwirkung einer solchen Engstelle und den daraus resultierenden Rückstau und über die offensichtliche Unfähigkeit der Politik, solche Stellen zu beseitigen.

Peter dazu: "Es ist doch irgendwie peinlich, dass eine der technologisch stärksten Nationen immer mehr Projekte finanziell in den Sand setzt oder ewig nicht fertig bekommt. Denk nur mal an den Flughafen in Berlin, die Elbphilharmonie und den Bahnhof in Stuttgart."

Michael stimmte zu und ergänzte: "Nicht zu vergessen die Unpünktlichkeit der Bahn und die immer größer werdenden Löcher im Mobilfunknetz. Du kannst ja heute kein wichtiges Telefonat mehr aus dem Auto führen. Viel zu oft hast du da kein Netz."

Peter: "Ich habe mal einen erfahrenen Schaffner gefragt, warum die Bahn vor 30 Jahren so viel pünktlicher war als heute. Der meinte, dass sie damals noch gelernte Eisenbahner im Vorstand hatten und heute keinen einzigen mehr."

Michael erinnerte das an einen Spruch von Konfuzius: "Willst du etwas wissen, frage einen Erfahrenen nicht einen Gelehrten."

Peter wandelte den Spruch: "Hier gilt: Willst du pünktliche Züge, frage erfahrene Eisenbahner und nicht abgeschobene ehemaligen Politiker."

Als sie bei Michael zu Hause ankamen machte Peter eine kurze Pause um einen Espresso zu trinken und die Toilette zu benutzen. Bevor er erleichtert weiter fuhr, wünschte Michael ihm viel Glück bei seinen Verhandlungen und dass er ihn auf dem Laufenden halten solle.

Klaus und Petra

Als Klaus am Treffpunkt ankam, stieg er aus, holte seine Winterjacke vom Rücksitz und zog sie an. Dann schloss er die hintere Türe und sperrte ab. Langsam ging er zu Burgruine, an deren Eingang sie sich treffen wollten. Er war wieder nicht ums Auto gegangen. Seine Gedanken waren ganz wo anders.

Petra wartete bereits auf ihn. Sie kam strahlend auf ihn zu und fiel ihm um den Hals. Sie küssten sich leidenschaftlich. Seine Hände wanderten unter ihrem offenen langen Wintermantel über ihren Körper. Dabei flüsterte sie ihm ins Ohr, dass sie keine Unterwäsche unter ihrem halblangen Rock trug. Er nahm ihre Einladung an und sie liebten sich im Innenhof der alten Ruine, die eher wie ein Turm aussah. Sie musste nicht lange auf Klaus warten. An diesem kalten Sonntagnachmittag waren keine Menschen an diesem zugigen Ort.

Wenige Minuten später wirkten sie wie ein biederes Paar, das auf seinem Spaziergang auf die Stadt blickte, deren Häuser teilweise mit Schnee bedeckt waren.

Petra hatte ihrem Mann immer noch nichts von Klaus erzählt. Ihr ging es ähnlich wie Klaus. Auch sie wusste nicht, was sie tun sollte. Sie genoss die Zeit mit Klaus. Aber sollte sie wirklich ihren Mann wegen Klaus verlassen? Sie erzählten sich, wie sehr sie sich aufeinander gefreut hatten und wie wichtig ihnen der andere sei. Als sie sich nach zwei Stunden verabschiedeten, waren beide durchgefroren. Die Sitzheizungen in ihren Autos waren an diesem Tag besonders wertvoll.

Die Vorbereitung

Die drei Monate bis Mitte April waren schnell vergangen. Alle hatten gewissenhaft weitertrainiert. Jeder wollte seinen Beitrag zu einem guten Ergebnis leisten.

Kurt war ebenfalls regelmäßig schwimmen gegangen, weil es ihm gut bekam. Während er seine Bahnen schwamm, dachte er anfangs des Öfteren daran, wie gerne er mit schwimmen würde. Dann hatte er sich damit abgefunden und freute sich dennoch auf die gemeinsame Reise zur Masters-Meisterschaft nach Köln.

Klaus erlebte, wie sehr Andrea sich bemühte, ihn zurückzugewinnen. Sie war sehr zuvorkommend und nett zu ihm und sie thematisierte das Thema Petra nicht. Das häufige Schwimmtraining half ihm seinen Entscheidungsstress zu mildern.

Peter bereitete seinen beruflichen Ausstieg vor. Seinen Kollegen Bernhard und Wolfgang hatte er früh informiert. Anfänglich hatten sie ihm Vorwürfe gemacht, wie er sich einfach zurückziehen könne. Schnell hatten sie eingesehen, dass es ein sehr mutiger Schritt war, den sie sich nicht erlaubten. Beim Schwimmen hatte er zwischenzeitlich die neue Rückenwende perfekt im Griff. Seit seiner beruflichen Entscheidung machte ihm das Schwimmen noch mehr Freude.

Für Michael standen einige Auslandsreisen auf dem Programm. Er verbrachte viel Zeit mit Ina. Dennoch schaffte er es, öfter als sonst schwimmen zu gehen.

Eberhard schwamm weiter wie bisher. Er freute sich auf den gemeinsamen Wettkampf.

Die Reise nach Köln

An diesem Donnerstagmorgen im April hatte Eberhard mit Karin gefrühstückt bevor er aufbrach, um Günther abzuholen und dann mit ihm nach Köln zu fahren. Karin hatte anfangs die Idee gehabt, mitzufahren, da sie gerne dabei sein wollte, wenn die vier bei ihre Staffel schwimmen. Doch dann hatte sie gerade an diesem Freitag und Samstag eine Weiterbildung, die sie nicht verpassen wollte. Außerdem wollte sie die Männer bei ihrer Männeraktion nicht als einzige Frau begleiten. Sie hatte darüber auch mit Helga, Günthers Frau, telefoniert. Helga war so froh, dass Günther etwas ohne sie unternahm. Es war das erste Mal seit er an Neuropathie erkrankt war. Sonst wäre Helga auch zu gerne mitgefahren, aber sie war eine kluge Frau, die ihre Belange gerne hintenanstellte, wenn es der Sache diente. Schließlich ging es ihr besser, wenn es Günther besser ging. Karin konnte sie gut verstehen und war froh von Helga auf diesen Aspekt aufmerksam gemacht worden zu sein.

Eberhard kam voller Vorfreude bei Günther an. Da er genug Zeit eingeplant hatte, damit Günther sich nicht unnötig beeilen musste, konnte er mit Helga und Günther noch gemütlich einen Kaffee trinken. Dann nahm er Günthers Sachen und Helga half Günther zum Auto. Rollator und Rollstuhl packte Eberhard ein. Sie verabschiedeten sich herzlich von Helga, die ihnen viel Spaß und ein gutes Rennen wünschte.

Unterwegs erzählte Günther, wie es ihm mit seiner Krankheit ging. Eberhard hatte ihn gefragt, weil er wissen wollte, wobei er ihn unterstützen konnte. Er fühlte sich beim Umgang mit Kranken unsicher. Das war nicht sein Ding. Als Anwalt war er lieber mit harten Bandagen unterwegs, um das Beste für seine Mandanten herauszuholen. Günthers offener Umgang mit seinen Einschränkungen und auch mit seinem zeitweise heftigen Frust über seine Situation machte es ihm leicht, auf Günther einzugehen. Was ihn ganz besonders beeindruckte, war die wertschätzende Art, wie er über seine Frau sprach. Er wusste, was er an ihr hatte, auch wenn er ihr das im Alltag nicht immer durch entsprechendes Verhalten zeigen konnte. An schlechten Tagen, reagierte er ihr gegenüber oft unfair. Das bereitete ihm dann ein schlechtes Gewissen.

Günther wollte von Eberhard wissen, ob er mit Karin eine harmonische Ehe führen würde. Nach kurzem Zögern sagte er: "Ja, das tun wir."

"Und was lässt dich zögern?" wollte Günther wissen.

"Es würde uns noch besser gehen, wenn wir Kinder hätten", erklärte Eberhard: "Hat nicht sollen sein. Zum Glück wissen wir nicht an wem es liegt, dass es nicht klappt."

Günther konnte ihn gut verstehen. Er hatte bereits bei ihrem Treffen in Saarbrücken im Januar bemerkt, dass dieses Thema für beide nicht ganz einfach ist.

●

Am selben Morgen war Peter bereits um neun Uhr bei Michael angekommen, um ihn abzuholen. So hatten sie noch Zeit für einen guten Espresso. Peter bedauerte, dass Ina schon gegangen war. Sie gab donnerstags bereits ab der ersten Stunde Sportunterricht.

Michael fragte Peter: "So, und du bist jetzt freigestellt?"

Peter hatte Michael und auch die anderen Ende Februar kurz informiert, dass er nur noch bis Ende März arbeiten würde und dann erst mal freigestellt wäre.

"Ja, die haben mir einen fairen Aufhebungsvertrag angeboten. Der beinhaltet meine Freistellung von April bis Ende des Jahres. Ab Januar werde ich dann arbeitslos sein. Ich bekomme sogar noch eine kleine Abfindung. So bin ich finanziell bis Mitte kommenden Jahres abgesichert. Alles andere werde ich sehen. Meine Frau verdient genug für uns beide. Außerdem kann ich ja noch meine Hälfte an unserem Segelflugzeug verkaufen."

"Das würdest du machen? Das ist doch dein Hobby?" fragte Michael überrascht.

"Dasselbe hat mich Christine auch gefragt", antwortete Peter.

"Und was hast du ihr geantwortet?"

"Bevor ich dort weiterarbeite, fliege ich lieber nur noch mit Vereinsfliegern, wenn sie frei sind. Das wäre dann eine viel kleinere Einschränkung als etwas zu tun, hinter dem ich nicht stehe", erklärte Peter.

"Du bist eine ganz schön coole Socke. Weißt du das?" sagte Michael, "und was kommt als nächstes bei dir?"

"Du wirst es nicht glauben, ich fahre mit tollen Freunden nach Köln zu den deutschen Masters im Langstreckenschwimmen", grinste er.

Michael merkte, dass es keinen Sinn machte, jetzt weiter zu fragen. Sie räumten die Tassen weg, Michael nahm seine beiden Taschen und dann gingen sie zum Auto.

Unterwegs fragte Michael ganz vorsichtig: "Du sag mal, habt ihr noch regelmäßig Sex?"

"Wieder."

"Wie wieder? Habt ihr pausiert?"

"Die Nachricht, dass wir Großeltern werden, hat uns wieder näher zusammengebracht. Zumindest haben wir seit dem pro Monat mehr Sex als davor im ganzen Jahr. Und was noch viel besser ist, wir verstehen uns wieder besser. Vielleicht geben wir uns ja auch nur mehr Mühe, den anderen zu verstehen."

"Das ist ja klasse", freute sich Michael.

"Dir brauche ich die Frage wohl nicht zu stellen?"

"Mir geht's gut, seit ich mit Ina zusammen bin. Mit Regina hatte ich jahrelang Probleme und über längere Zeiträume gar keinen Sex. Ich weiß nicht, wie ich das so lange ausgehalten habe", gab Michael zu.

"Vermutlich kann Klaus uns dasselbe sagen, oder was meinst du?" wollte Peter wissen.

"So hörte es sich beim letzten Mal an. Petra scheint ihn aus dem Dornröschenschlaf geküsst zu haben."

"Die Ironie liegt doch darin, dass seine Frau ihn erst durch ihr Verhältnis zu einem anderen Mann dazu gebracht hat. Sonst würde er doch immer noch abgeschaltet neben ihr her leben", kommentierte Peter.

Michael: "So ist es ja oft. Ich wünsche den beiden, dass sie einen guten Weg finden."

Peter: "Den beiden? Du meinst wohl den dreien. Petra spielt da doch auch eine Rolle."

Michael: "Stimmt, aber bisher noch eine Nebenrolle."

Peter: "...die schnell zur Hauptrolle werden kann."

"Wir werden ja hören, wie weit Klaus mit seiner Entscheidungsfindung ist."

Die nächsten Kilometer schwiegen sie, bis Peter der in den Rückblickspiegel sah, sagte: "Da kommt einer mit Lichthupe."

Peter fuhr auf der linken Spur mit 140 km/h um in 50 Metern einen LKW zu überholen: "Jetzt ist er so nah dran, dass ich seinen Kühlergrill nicht mehr sehen kann."

Der Raser zog nach rechts und versuchte vorbeizufahren. Peter drückte das Gaspedal durch. Der Sechszylinder drückte die beiden Schwimmer in die Sitze und der andere hatte keine Chance vorbei zu kommen. Wild mit den Händen hinter dem Lenkrad gestikulierend bremste er hart ab, um nicht mit dem LKW zu kollidieren. Peter beschleunigte weiter, um Abstand zu dem wild gewordenen Fahrer des Konkurrenzproduktes zu bekommen. Michael packte sein Handy aus und begann zu filmen. Peter fuhr auf die rechte Fahrbahn und ging vom Gas. Der andere überholte und fuhr knapp vor Peters A6 ebenfalls nach rechts und bremste. Peter hatte scheinbar damit gerechnet, denn er zog sofort nach links und gab wieder Vollgas. Jetzt begann ein Rennen. Peter sagte: "Wenn ich den vor uns lasse, wird's richtig gefährlich."

Michael meinte: "Ich habe alles gefilmt."

In diesem Moment kündigte das Navigationsgerät einen mobilen Blitzer in 300 Metern an. Bei über 180 km/h würde der rote Blitz in weniger als 6 Sekunden zuschlagen. Peter zog sofort ruckartig nach rechts und bremste stark. Sein Manöver war so abrupt, dass der andere nicht reagieren konnte und links an ihnen vorbeibretterte. Beim Überholen sah er wütend zu ihnen rüber und rauschte mit voller Geschwindigkeit in die Radarfalle. Peter hatte bereits auf unter 100 km/h runter gebremst.

"Klasse gemacht. Du bist ein echter Rennfahrer", meinte Michael.

"Versuchsfahrertraining damals beim Erlkönigtesten in Nord-Schweden", sagte Peter trocken.

"Cool."

Direkt nach der Radarfalle kam ein Rastplatz, wo Peter die Autobahn verließ. "Dem will ich jetzt nicht mehr begegnen", meinte er.

Beim Aussteigen merkten beide, dass die Situation sie gestresst hatte. Nach der Pinkelpause rannten sie zweimal auf dem Parkplatz hin und her, um wenigsten etwas Adrenalin abzubauen. Während der Fahrt überlegten sie, ob sie den Raser wegen Nötigung anzeigen sollten. Sie würden Eberhard fragen, ob sich das lohnt und ob der Film verwendbar wäre. Schließlich hatten sie in ihm einen Juristen in der Gruppe.

Die restliche Fahrt verlief friedlich. Je näher sie Köln kamen, umso vergnügter wurden sie. Die Geschichten von früheren Wettkämpfen wurden immer lustiger.

•

Kurt und Klaus hatten sich verabredet, ab Mannheim denselben Zug nach Köln zu nehmen. Kurt hatte für beide die Plätze reserviert. Als Klaus zu ihm in den Großraumwagen kam, war er froh, dass der Zug mit der geplanten Wagenreihung gekommen war. So hatte er keinen Stress Kurt zu finden. Sie fuhren zweiter Klasse. Klaus fuhr sonst gerne erster Klasse. Er hatte manchmal leicht snobistische Züge. Kurt hatte sich durchgesetzt.

Als der Zug sich in Bewegung setzte, fragte Klaus: "Sag mal Kurt, wie war das damals bei deiner Scheidung? Wer hat sich von wem getrennt? Wenn man das überhaupt so sagen kann."

"Bei uns war das ganz klar. Martina hat mich verlassen."

"Und warum? Wenn ich das so einfach fragen darf", war Klaus ganz vorsichtig.

Kurt wusste sofort, warum er fragte. Klaus stand vor in einer schwierigen Entscheidung.

"Kein Problem, Klaus", begann Kurt, "Martina hatte einen anderen Mann kennengelernt. Das hatte sie mir damals allerdings nicht gesagt. Ich habe es erst viel später erfahren", erklärte Kurt und fuhr fort, "erst lange nach ihrem Tod."

"Und du hast nichts gemerkt?" fragte Klaus ganz erstaunt.

"Nein! gar nichts. Du weißt doch, bei anderen sehen wir alles und bei uns selbst nichts. Das gilt auch für Psychologen."

"Und wie hast du es erfahren?" hakte Klaus nach.

"Meine älteste Tochter hatte das Tagebuch ihrer Mutter irgendwann gefunden. Dort hatte sie gelesen, dass es für ihre Mutter während unserer Ehe einen anderen Mann gegeben hatte."

"Und wegen dem hat sie dich verlassen?"

"Genau", sagte Kurt und erzählte Klaus von Herrn Bohrer und dessen Selbstmord und dass er erst dadurch erfahren hatte, was wirklich geschehen war.

Klaus war baff: "Das ist ja eine Geschichte wie aus einem Roman."

Dann kam Klaus zu seiner Situation: "Kurt darf ich dir ein paar Fragen als Paarberater stellen?"

"Nein."

Klaus stutze. Kurt fuhr fort: "Als Freund."

Klaus lächelte: "Das ist noch viel besser. Dann muss ich die Beratung nicht bezahlen."

Kurt lachte: "Nein musste du nicht. Leg los."

Klaus erzählte ihm: "Petra ist die erotischste Frau, die ich kenne, aber irgendwie ist sie auch undurchsichtig und für mich nicht kalkulierbar. Andrea dagegen ist mir sehr vertraut und sie tut mir jetzt auch leid. Aber ich fühle mich zu Petra hingezogen."

Peter meinte: "Zu den Klassikern einer erotischen Beziehung gehört etwas Unkalkulierbares. Ich habe diese Situation öfter in meiner Praxis.

Klaus meinte dann: "Bei Andrea ist es offensichtlich ähnlich gewesen. Dieser Stefan war scheinbar ebenfalls nicht zu fassen, aber immer für eine erotische Überraschung gut."

Kurt fragte: "Hast du Sex mit Andrea?"

Klaus wurde rot und sagte: "Wir hatten lange keinen, aber seit ich Petra treffe, hatte ich schon zweimal Sex mit Andrea."

"Und der ist jetzt viel besser als er die Jahre davor war?"

"Woher weißt du das?" fragte Klaus überrascht.

"Auch das ist typisch. Bei Verlustängsten sind wir aktiver. Wusstest du, dass die Fruchtbarkeit von Tieren und auch von uns Männern steigt, wenn Nebenbuhler im Spiel sind oder auch nur vermutet werden?"

"Nein, das wusste ich nicht", gab Klaus zu.

"Bonobos reagieren auf jede Art von Stress mit Artgenossen mit Sex. Danach geht's ihnen besser."

"Was sind Bonobos?"

"Primaten, Affen."

Klaus wusste einfach nicht, was er tun sollte. Früher wollte er, dass alles bleibt wie es ist. Jetzt aber wollte er die anregenden Erfahrungen mit Petra nicht missen, obwohl ihm Andrea viel näher stand.

Klaus fragte konkret: "Kurt, was soll ich machen? Oder wie komme ich zu einer guten Entscheidung?"

Kurt überlegte kurz. Dann erklärte er ihm: "Bei solchen Entscheidungen spielen unterbewusste Einflüsse oft eine große Rolle. Das Problem beim Unterbewusstsein ist nun mal, dass wir mit unserem Bewusstsein nicht oder nur sehr schwer ran kommen."

Klaus hörte aufmerksam zu, konnte damit aber noch nichts anfangen.

Kurt fuhr fort: "Es gibt verschiedene aufdeckende Verfahren, die wir in der systemischen Therapie anwenden. Eine Möglichkeit ist eine Familienaufstellung."

"Was ist das denn? Was kann denn meine Familie dafür?" fragte Klaus überrascht.

"Das ist nicht so leicht zu erklären", fuhr Kurt fort, "da werden die in Frage kommenden Einflussfaktoren von Stellvertretern in Beziehung gesetzt, um deren Wirkung auf den, um dessen Anliegen es geht, aufzudecken."

Klaus konnte Kurt nicht folgen und fragte deshalb: "Kurt, ich vertraue dir. Wenn du eine Idee hast, was ich tun kann, damit ich klarer sehe, bin ich dabei."

Kurt war überrascht, dass Klaus so schnell mitmachen wollte. Er kannte es eher so, dass die Betroffenen sich lange wehrten auf eventuelle unbewusste Hintergründe zu sehen oder diese komplett in Abrede stellten. Dann meinte er: "Ich überlege mal, ob ich dir in deiner Gegend jemanden empfehlen kann. Falls nicht, könntest du zu mir nach Freiburg kommen. Ich biete einmal im Quartal einen Tag für solche Aufstellungen an. Wenn mindestens 10 Teilnehmer zusammenkommen findet das dann auch statt. Ich schicke dir mal die nächsten Termine."

Kurt merkte, wie sehr Klaus unter dieser Entscheidungssituation litt. Gerade deshalb war es sehr wichtig, keine vorschnelle Entscheidung zu treffen, nur um der Unsicherheit zu entkommen. Dennoch würde er Andrea nicht allzu lange hinhalten können, sonst würde sie ihm eventuell eine der jetzt noch möglichen Optionen entziehen.

Sie hatten auf Kurts Empfehlung hin den IC genommen. Der brauchte zwar etwas länger von Mannheim nach Köln als der ICE, dafür fuhr er am Rhein entlang und das Ticket war etwas preisgünstiger. Sie hatten darauf geachtet auf der rechten Zugseite zu sitzen. So hatten sie freie Sicht auf den Rhein und die gegenüberliegenden Weinberge. Jetzt im Frühling bei diesem Wetter war das ein besonderer optischer Genuss.

Klaus musste an Hans denken: "Mein Freund Hans, mein Ex-Kollege mit Parkinson, kam Anfang März aus Australien zurück. Er hat viel erlebt und sehr von der Schönheit des Landes geschwärmt."

Kurt meinte: "Das ist bestimmt ein tolles Land. Da war ich noch nicht. Wie geht es ihm denn gesundheitlich?"

"Ich glaube auf seiner Reise hatte er so viele Eindrücke zu verarbeiten, dass er nicht die ganze Zeit daran gedacht hat. Das hat ihm gut getan. Und es hat ihn inspiriert mehr über dieses Land zu lesen. Er plant schon seine nächste Reise dorthin im Herbst, wenn dort Frühling ist. Ganz besonders hat er die Zeit mit seinem Enkel genossen."

Kurt merkte an: "Dann kommt er jetzt erst so langsam im Ruhestand an, oder?"

"Ja, das hat er auch schon gesagt. Ich treffe ihn einmal im Monat zum Schachspielen. Da haben wir dann auch sehr gute Gespräche", erzählte Klaus.

Der Lautsprecher kündigte die baldige Ankunft in Köln an. Klaus meinte: "Pünktliche Züge sind was Tolles."

Kurt ergänzte: "Als das noch Standard war, hat sich keiner über ein pünktliches Ankommen gefreut. Heute schon."

Das Abschlusstraining

Sie waren rechtzeitig zum Einschwimmen in der Schwimmhalle. Jeder schwamm sich nach Belieben ein. Das machte sie nach der Anreise schön locker und es stimmte sie auf den morgigen Wettkampf ein.

Nach dem Einschwimmen gingen sie gemeinsam zur Dusche. Auf dem Weg dorthin warfen sie sich gegenseitig eine Duschgelflasche zu.

Als Peter sie Eberhard zuwarf rief er: "Jetzt du."

Da er ungenau geworfen hatte, machte Eberhard einen schnellen Schritt nach vorne, um den Ballersatz noch zu bekommen. Sein Fuß rutschte auf einer nassen Fliese aus und er fiel mit Wucht der Länge nach auf die rechte Seite. Er blieb liegen. Sie sahen sein schmerzverzerrtes Gesicht. Michael bückte sich zu ihm runter, um ihm aufzuhelfen. Kurt lief sofort zum Bademeister. Als er mit ihm zu Eberhard kam, hatte sich bereits eine Gruppe von Schwimmern um den Gestürzten geschart. Einer aus der Gruppe sagte, "Ich bin Arzt, darf ich mal durch?"

Seine Diagnose stand schnell fest: "Die Schulter ist ausgekugelt. Die werde ich jetzt einrenken. Versuch bitte ganz locker und entspannt zu bleiben."

"Leicht gesagt", versuchte Eberhard trotz Schmerzen zu scherzen.

Der Arzt zog am lädierten Arm. Eberhard schrie kurz auf, und schon war es erledigt. Die Schmerzen waren nicht mehr so stark. Beim Bewegen schmerzte der Arm immer noch. Eberhard bedankte sich bei dem Schwimmkollegen für dessen Hilfe und fragte: "Kann ich mit dem Arm morgen schwimmen?"

"Sicherlich nicht. Das wird eine Zeit lang dauern, bis du wieder richtig durchziehen kannst. Du solltest die Schulter röntgen lassen, um sicher zu gehen, dass sonst nichts kaputt gegangen ist."

Dann machte er aus Kleidungsstücken eine Schlinge, damit Eberhard seinen linken Arm schonen konnte. Auf das Duschen verzichtete er. Die anderen halfen ihm und Günther in der Umkleidekabine beim Anziehen.

Michael meinte: "Wenn das so weitergeht, können wir bald bei den Paralympics mitmachen." Seine Sprüche kamen nicht immer gut an. Dieses Mal mussten alle herzhaft lachen, besonders Günther und Eberhard.

Kurt drängte darauf, Eberhard zur Notaufnahme ins nächste Krankenhaus zu bringen, um nichts zu versäumen. Michael und Peter brachten ihn hin. Klaus fuhr Eberhards Wagen mit Kurt und Günther zurück zum Hotel, wo sie auf die anderen warteten.

Erst gegen 23 Uhr kamen die beiden mit Eberhard im Hotel an. Klaus hatte für die drei Freunde belegte Brote machen lassen, bevor die Hotelküche um 22 Uhr geschlossen hatte. Während sie die Brötchen aßen, erzählten sie, wie es ihnen ergangen war. Eberhard war geröntgt worden. Außer ein paar Prellungen und den bei einer ausgerenkten Schulter üblichen Überlastungen der Sehnen und Bänder hatte er nichts weiter abbekommen. Eberhard hatte Karin bereits aus dem Krankenhaus informiert, was passiert war und dass er nicht autofahren könnte, da er mit dem Arm nicht schalten könne. Sie hatten ausgemacht, dass Karin am Samstagmorgen mit der Bahn nach Köln kommen würde, um ihn und Günther heimzufahren. Sie konnte leider nicht schon am Freitag kommen, da sie arbeiten musste.

Dann sagte Eberhard: "Es tut mir leid, dass ich so blöd war und ausgerutscht bin. Jetzt versemmel ich eure tolle Idee auf der Zielgeraden."

Klaus redete auf ihn ein und wollte ihm sein schlechtes Gewissen nehmen. Michael und Peter hatten das bereits im Krankenhaus versucht. Günther sagte nichts. Er war heilfroh, dass Eberhard nicht noch mehr passiert war. Kurt war ganz still und fragte dann: "Warum soll das morgen nicht klappen?"

"Na, weil ich nicht schwimmen kann. Unmöglich", sagte Eberhard.

"Dann schwimme ich." sagte Kurt.

Alle sahen ihn fragend an.

"Du willst trotz deines Infarktes die 100 Delphin schwimmen? Kommt gar nicht in Frage", sagte Günther.

"Die müssen es nun wirklich nicht sein, aber die 100 Freistil, schwimme ich."

"Delphin kann ich auch schwimmen", warf Michael ein und rückte Kurts Idee damit in den Bereich des Möglichen.

Klaus gab zu bedenken: "Kurt, bist du dir da sicher? Ist das nicht ein zu großes Risiko? Also ich finde das nicht gut."

"Peter, was sagst du dazu?" fragte Michael.

"Ich überlege noch, ob es das wirklich wert ist", steuerte er bei.

Günther erinnerte daran, dass Kurt selbst der Meinung sei, Glück gehabt zu haben und froh darüber sei, keine bleibenden Schäden zurück behalten zu haben.

Kurt stimmte ihm zu, gab aber auch zu bedenken, dass er von mehreren Ärzten untersuchte worden sei, die ihm bestätigt hätten, vollkommen gesund zu sein. Außerdem hatte Lisas Tochter ihren Medizinprofessor befragt. Der hatte ihn eingeladen, zu ihm nach Mainz in die Uniklinik zu kommen, damit er ihn untersuchen konnte."

Klaus unterbrach ihn: "Und? Was kam dabei heraus."

"Der arbeitet gerade an einer großen Studie genau zu diesem Thema. Er hat bei mir nichts gefunden, was mich davon abhalten könnte. Ich habe bei ihm sogar ein verschärftes Belastungs-EGK gemacht. Deshalb ist er sich sicher, dass das Risiko nicht höher ist, als bei euch. Eher niedriger, da er mich ja untersucht hat, euch nicht."

Michael, der Taktiker schlug vor, eine Nacht drüber zu schlafen und am nächsten Morgen beim Frühstück zu entscheiden. Die anderen stimmten zu.

Die Doppelzimmer hatten sie aufgeteilt, wie die Anreise. Michael und Peter, Klaus und Kurt sowie Eberhard und Günther.

Vor dem Einschlafen wollte Klaus von Kurt wissen, ob er wirklich starten wolle und keine Angst davor habe, dass es ihm gesundheitlich schaden könnte.

Kurt erklärte ihm: "Weißt du Klaus, darüber habe ich im Vorfeld schon viel nachgedacht. Natürlich ist da eine gewisse Angst. Ich habe mich entschieden, den Ärzten zu vertrauen, die mich untersucht haben und auf mich einen kompetenten und pragmatischen Eindruck gemacht haben. Außerdem verlasse ich mich auf mein Körpergefühl. Seit ich nach meinem Infarkt das Schwimmtraining wieder aufgenommen habe, achte ich noch genauer auf die Signale. Nach vier Wochen habe ich meine Sprints bis zu einem Pulsschlag von 130 hochgeschraubt und mich sehr wohl dabei gefühlt. Vorletzte Woche habe ich noch ein Belastungs-EKG gemacht. Auch da waren alle Werte in einem sehr guten Bereich. Klaus dankte ihm für die Erklärung und wünschte Kurt eine gute Nacht.

Günther erklärte Eberhard, dass er als ehemaliger Lehrer lernen müsse, seine früheren Schüler und auch seine erwachsenen Kinder als Erwachsene ernst zu nehmen. Deshalb würde er sich bei einer eventuellen Abstimmung der Stimme enthalten. Eberhard machte sich immer noch Vorwürfe. Denn wäre er nicht gestürzt, würden sie jetzt nicht über Kurts Einsatz nachdenken müssen, und Kurt würde nicht in Gefahr kommen. Er war sich nicht sicher, wie er sich entscheiden sollte. Die Schmerzen in seinem rechten Arm ließen ihn erst einschlafen, als die Schmerztablette wirkte, die er beim Zubettgehen genommen hatte.

Michael und Peter fanden Kurts Mut bewundernswert. Sie würden die Idee, trotz gewisser Bedenken, unterstützen. Peter sah Parallelen zwischen Kurts Entscheidung mit zu schwimmen und seiner beruflichen Entscheidung.

"Ein Restrisiko ist immer dabei." endete er.

Michael pflichtete ihm bei. Sie schliefen schnell ein.

•

Sie hatten sich auf acht Uhr zum Frühstück verabredet. Das Büfett ließ keine Wünsche offen. Nacheinander trudelten alle ein. Günther und Eberhard kamen erst kurz vor 8:30 Uhr. Das Duschen hatte bei beiden länger gedauert. Die anderen genossen bereits die Vielfalt des Frühstücks. Klaus bot Günther und Eberhard an, mit ihnen zum Büfett zugehen, um ihnen ihre Teller zu tragen. Eberhard willigte ein, obwohl er es alleine hinbekommen hätte, damit Günther dieses Mal nicht der einzige war, der auf Unterstützung angewiesen war.

Als alle sich schon etwas gestärkt hatten, nahm Kurt demonstrativ seine morgendliche blutverdünnende Tablette und fragte in die Runde: "Hat jemand von euch etwas dagegen, wenn Michael Delphin übernimmt und ich Kraul schwimme?"

Schweigen. Alle hatten aufgehört zu kauen und warteten was nun passieren würde.

"Der wäre dann der Grund, weshalb wir unsere Staffel nicht schwimmen könnten", ergänzte Kurt.

Günther hatte fast zeitgleich seinen Tabletten-Cocktail vor sich ausgebreitet. Damit lenkte er die Aufmerksamkeit der anderen von Kurts Tablette ab.

Dann ergriff er das Wort: "Ich enthalte mich der Stimme, auch wenn es mir schwerfällt. Ihr seid alle erwachsen und wisst was ihr tut. Da spielt meine Meinung keine Rolle. "

Peter sagte: "Ich bin dafür, dass wir heute antreten, wie von Kurt vorgeschlagen."

Michael: "Ich auch."

Eberhard: "Ich bin eingesprungen, weil ich gemerkt hatte, wie wichtig euch euer Ziel ist. Wie könnte ich euch jetzt raten, es sein zu lassen."

Klaus: "Du hast mir gestern Abend erklärt, dass du dich genau informiert hast und das Risiko einschätzen kannst. Manchmal müssen wir mutige Entscheidungen treffen, um unsere Ziele zu erreichen. Let's go for it."

Kurt berührte die Zustimmung seiner Freunde. Mit feuchten Augen sagte er: "Danke," und schüttelte jedem die Hand.

"Einer für alle. Alle für einen", zitierte Günther die Musketiere und alle klatschten.

Um 14 Uhr begannen die Wettkämpfe. Die langen Strecken 1500 und 800 Meter kamen zuerst. Der erste Wettkampftag endete mit den Lagenstaffeln. Günther hatte das Meldeergebnis studiert. Es gab genau einen Lauf über 4 x 100 Meter Lagen Männer, da nur sechs Mannschaften in der Altersklasse 200 bis 239 Jahre gemeldet waren. Ihr Team hatte mit 220 Jahren das mit Abstand höchste Alter. Die anderen fünf Mannschaften brachten nur 200 und 206 Jahre zusammen.

"Dann sind wir ja in Summe 14 Jahre älter als die nächstalte Mannschaft", meinte Michael.

"Viel Feind, viel Ehr", kommentierte Peter.

Das Einschwimmen war bis 10 Minuten vor Wettkampfbeginn möglich. Sie legten fest, über Mittag zum Einschwimmen zu gehen. Danach würden sie wieder zurück ins Hotel gehen, um sich auszuruhen. Ihr Wettkampf war erst am Abend dran. Vorher kamen viele Läufe mit den 1500- und 800-Meter-Schwimmern. Günther sagte zu, sich um die Startkarten zu kümmern. Bei Anmeldungen von Staffeln werden keine Namen genannt. Die werden erst kurz vor dem Wettkampf in die Startkarten eingetragen.

•

Die Bahnen des Wettkampfbeckens im Leistungszentrum Müngersdorf waren nur mäßig belegt. So konnten sie sich ungestört einschwimmen. Nach einer halben Stunde waren alle durch. Als sie in Richtung Dusche gingen, meinte Kurt: "Jetzt gibt es eine erprobte Methode sich dem Wettkampf zu entziehen", die drei sahen ihn an., "ausrutschen und hinfallen", sagte er.

"Psychologenhumor", meinte Klaus, der froh war, dass Eberhard das nicht gehört hatte. Unter der Dusche und in der Umkleidekabine blödelten sie wie früher bei den Wettkämpfen. Der Schwimmbadgeruch erinnerte sie an früher und interessanterweise bemerkten sie eine gewisse Nervosität, auch wie früher.

Günther hatte derweil mit Eberhards Hilfe die Formalitäten im Wettkampfbüro geregelt. Dabei war ihm zugutegekommen, dass er einen der Kampfrichter von früher kannte.

•

Im Hotel nahmen sie ein leichtes Mittagessen zu sich und machten danach eine Mittagsruhe.

Michael bekam eine Nachricht von Ina: "Mein Held, ich drücke dir die Daumen. Lass knacken, Deine Ina"

Lisa schickte Kurt: "Lieber Kurt, ich drücke dir ganz fest die Daumen, dass alles gut klappt. Ich denke an dich. Viele Grüße auch von Jule. Lisa". An dieser Nachricht freute ihn besonders, dass Lisa ihn nicht mit ihren Bedenken belastete und dass sie mit ihrer Tochter gesprochen haben musste.

Christine unterstützte Peter: "Mein Lieber ich wünsche dir einen guten Start und schnelle Wenden. Ich küsse dich Christine."

Sie hatte genau zugehört. Deshalb wusste sie, dass die Wende für ihn eine gewisse Herausforderung darstellte, da die heute anders gemacht wurde als damals.

Klaus bekam per WhatApp Unterstützung von zwei Frauen. Petra hatte zuerst geschrieben: "hey tiger zeig denen wo der hammer hängt. ich denke an dich und deinen hammer kuss petra" Über ihre Nachricht musste er schmunzeln.

Andreas Nachricht kam etwas später: "Lieber Klaus, ich freu mich mit dir, dass ihr es geschafft habt euer Ziel zu erreichen. Ich würde dich gerne schwimmen sehen. Deine Andrea".

Das Rennen

Gegen 18 Uhr waren sie wieder in der Schwimmhalle und verfolgten die laufenden Wettkämpfe. Die Langstreckenschwimmer legten tolle Zeiten vor. Viele der Frauen und Männer sahen wesentlich jünger aus. Sie waren schlank und hatten sportlichere Figuren, als viele jüngere unsportliche Zeitgenossen. Selbst die über 70jährigen sprangen mit einer enormen Spannkraft ins Wasser. Erst bei den über 80jährigen waren vereinzelt Schwimmer dabei, die vorsichtiger oder etwas steif ins Wasser sprangen, dann aber beim Schwimmen richtig loslegten. Das wahre Alter der Athleten konnte durch die gereiften Gesichter und bei manchen Frauen und den meisten Männern auch durch die Haarfarbe abgeschätzt werden.

"Da sind ganz schön knackige Frauen dabei", kommentierte Michael.

"Wirst du mal wieder sexistisch?" wollte Klaus wissen.

"Ich bin ein Mann und ich sehe mir gerne attraktive Frauen an. Ich weiß nicht, was daran sexistisch ist", konterte Michael energisch.

Peter stimmte zu: "Allerdings! Viele Frauen wären froh, wenn sie so aussehen würden."

"Das ist definitiv so", ergänzte Kurt.

Sie saßen nebeneinander auf der Tribüne am Beckenrand. Wie früher trugen sie lange Schlabberhosen und weite Sweatshirts obwohl in der Halle Temperaturen um 30°C herrschten. Alle trugen dasselbe T-Shirt. Michael hatte für jeden ein gelbes T-Shirt mit blauer Schrift bedrucken lassen. So hatte damals ihr Vereinskapuzenpulli ausgesehen. Der Aufdruck sah im ersten Moment aus wie das Logo von damals: T.V.O. Michael hatte darunter seine Erklärung der drei Buchstaben drucken lassen: Total Verrückte Oldies. Und darunter war der rote Mund mit rausgestreckter Zunge aufgedruckt, den sie von den Rolling Stones kannten.

Günther sagte: "So jetzt gleich geht es mit den Lagenstaffeln los. Dann dauert es nicht mehr lange, bis ihr dran seid."

Nach dem zweiten Staffelrennen ging es nicht weiter. Im Startbereich standen viele Leute wie eine Traube zusammen.

Eberhard sagte: "Ich sehe mal nach, was da los ist."

Er ging mit seinem bandagierten Arm in Richtung der Startblöcke. Als er zwei Sanitäter im Laufschritt ebenfalls in diese Richtung eilen sah, hörte er wie zwei andere Schwimmer von dort kommend sich unterhielten: "Der sah nicht gut aus. Hast du sein schmerzverzerrtes Gesicht gesehen."

"Der war ganz blau. Hoffentlich nichts Ernstes."

Über Laufsprecher war zu hören: "Der Wettkampf wird für 15 Minuten unterbrochen. Bitte räumt den Startbereich für die Sanitäter."

Eberhard ging zurück zu den anderen und sagte: "Es sieht so aus, als wäre dort einer zusammengebrochen. Die Sanitäter sind schon da."

Klaus fragte: "Ein Schwimmer?"

"Weiß ich nicht."

Von draußen war das Martinshorn des Notarztwagens zu hören. In der Halle herrschte plötzlich eine betretene Stimmung. Gemurmel war zu hören. Im Startbereich arbeiteten die Sanitäter routiniert. Dann eilte der Notarzt herein. Es wirkte, als wären die Retter richtig gefordert. Nach einer Weile wurde jemand auf einer Trage hinausgetragen. Die kleine Menschentraube hinter den Startblöcken löste sich danach auf.

Klaus blickte sehr ernst auf die anderen. Michael und Peter unterdrückten den Impuls, Kurt anzusehen. Eberhard stand vor den anderen und sah zum Startbereich. Günther starrte vor sich hin und schüttelte leicht den Kopf.

Kurt hatte ein flaues Gefühl in der Magengegend. Dann war über Lautsprecher zu hören: "Einer unserer Kampfrichter hatte einen Schwächeanfall und wird gerade ins Krankenhaus gebracht. Der Wettkampf wird in Kürze fortgesetzt."

Kurt sah die anderen an und fragte: "Und wenn's ein Schwimmer wäre?"

"Dann wäre es für den Schwimmer dasselbe wie für den Kampfrichter. Für uns würde das nichts ändern. Der Zwischenfall zeigt uns, dass es jeden von uns treffen kann, zu jeder Zeit", antwortete Michael.

"Kurt, wenn du dich jetzt anders entscheidest, wäre das für mich ok", sagte Klaus.

"Das gilt immer. Egal, ob jemand anderes einen Schwächeanfall bekommt oder nicht", äußerte sich Peter, "Kurt ist für dich alles ok?"

"Kurt sah Peter an: "Ja! Ich bleibe dabei. Wir werden schwimmen. Es sei denn, einer von euch macht jetzt einen Rückzieher."

In der Wettkampfpause traf Karin in der Schwimmhalle ein. Sie erkannte Eberhard sofort, ging auf ihn zu und musterte seinen rechten Arm.

"Was machst du denn schon hier?" fragte er seine Frau.

"Ich komme, um dich morgen nach Hause zu fahren. Und da ich heute früh genug Feierabend machen konnte, habe ich einen Zug genommen, der mich rechtzeitig hier her gebracht hat, um euch schwimmen zu sehen."

Eberhard freute sich und umarmte Karin mit dem linken Arm. Dann begrüßte sie die anderen und freute sich auf das Staffelrennen.

Nach Wiederaufnahme der Wettkämpfe, dauerte es einen Moment, bis die ersten Staffelschwimmer sich am Start einfanden. Danach lief alles wie gewohnt. Noch drei Läufe, dann waren sie dran. Als das letzte Staffelrennen vor ihrem startete, zogen sie ihre warmen Klamotten aus. Mit ihren neuen T-Shirts bewegten sie sich langsam in Richtung Start, wo sie die Shirt auszogen. Karin, Eberhard und Günther standen eine drittel Bahnlänge vom Start entfernt am Beckenrand. Günther hielt sich am Rollator fest. Der letzte Kraulschwimmer des vorherigen Laufes hatte gerade angeschlagen und verließ das Wasser. Dann kam der lange Pfiff des Starters. Peter sprang mit den anderen fünf Rückenschwimmern ins Wasser und kraulte die paar Meter zurück zum Start. Alle hielten sich rechts und links des Startblocks fest und hatten die Füße in der

Höhe versetzt an der Beckenwand positioniert. Die Total Verrückten Oldies starteten auf Bahn sieben.

"Auf die Plätze", rief der für den Start verantwortliche Kampfrichter und die Startschwimmer spannten sich an. Dann kam der Pfiff und alle Startschwimmer streckten sich wie eine aufspringende Feder rückwärts aus und begannen ihr Rennen. Peter war gut weggekommen. Bei der Wende nach 50 Metern lag er an vierter Stelle. Seine regelkonforme Saltowende klappte gut. Klaus ging auf dem Startblock in Position. Peter schlug als fünfter an und Klaus schaffte einen guten Wechsel. Fast wäre er zu früh ins Wasser gesprungen.

Michael sagte: "Der Klaus wird noch zum echten Zocker", und grinste.

Günther: "Peter ist 1:17,4 geschwommen. Wahnsinn."

Klaus hatte sich mit seinem guten Wechsel und einem kräftigen Tauchzug wieder auf Platz vier vorgearbeitet. Nun stieg Michael auf den Block. Kurt sagte: "Ich drück dir die Daumen." Klaus kam als vierter ins Ziel.

Günther: "1:20,5. Donnerwetter."

Auch Michael erwischte einen guten Start. Er zog kräftig durch und legte eine schnelle erste Bahn hin. Auf den zweiten 50 Metern hatte er schwer zu kämpfen. Kurt sah sich den Kampf vom Startblock aus an. Michael schaffte es und hatte nur einen Platz verloren.

Günther: "1:14,5. Klasse."

Dann sprang Kurt ins Wasser und es sah nicht so aus, als würde er sich schonen. Seine Armzüge waren kräftig und schnell. Die Mannschaften auf den Bahnen drei, vier und fünf waren uneinholbar weit vorne. Zwischen den Schwimmern auf den Bahnen zwei, sechs und sieben war jeweils eine knappe Länge Abstand. Beim Start lag Kurt auf Platz fünf. Auf dem Weg zur Wende wurde er vom hinter ihm liegenden Schwimmer auf Bahn sechs attackiert. Sein Vorsprung war auf eine halbe Länge geschmolzen. Dann gelang ihm eine perfekte Wende.

Am Rand sagte Günther zu Eberhard: "Die Wende war immer schon Kurts Spezialität. Super schön und super schnell." Eberhard staunte über Kurts Power.

Nach der Wende lag Kurt eine dreiviertel Länge vor seinem Verfolger auf der Nachbarbahn, der bei der Wende

nicht gut ausgesehen hatte. Der Schwimmer auf Bahn zwei hatte nur noch eine halbe Länge Vorsprung vor Kurt, was Kurt auf Bahn sieben nicht sehen konnte. Als die Mannschaft auf Bahn vier als erste anschlug, hatte Kurt noch über eine halbe Bahn zu schwimmen. Die Wende schien den Schwimmer auf Bahn sechs demoralisiert zu haben. Erst auf den letzten 15 Metern kam er wieder etwas näher, aber Kurt hatte ihn im Blick und zog auch im Endspurt stilistisch sauber und kräftig durch.

Die Zielrichter notierten die Reihenfolge des Zieleinlaufs: 4/3/5/7/6/2.

Kurt hatte sich vom fünften auf den vierten Platz vorgearbeitet.

"Unter fünf Minuten", rief Günther und zu Eberhard sagte er "1:07,1. für Kurt. Unglaublich."

Doch Eberhard sah zum Startblock, an dem Kurt sich festhielt und kräftig atmete. Michael und Peter beugten sich gerade zu ihm runter und sprachen mit ihm. Peter reichte ihm die Hand, um ihm aus dem Wasser zu helfen. Kurt schüttelte mit dem Kopf. Er sah blas und fertig aus. Dann schwamm er unter der Leine hindurch quer über die achte Bahn zur Leiter am Beckenrand. Dort hielt er sich einen Moment fest und schüttelte den Kopf. Irgendwas schien nicht in Ordnung zu sein. Eberhard war ihm entgegengegangen und stand an der Ausstiegsleiter. Dann sah er was los war. Kurt hatte Freudentränen in den Augen als er ausstieg, streckte die geballte rechts Faust nach oben und rief den anderen zu: "Geschafft."

Dann stieg er aus und umarmte Eberhard, Karin und die anderen drei, die ebenfalls zum Ausstieg gekommen waren.

Günther kam nun mit seiner Gehhilfe dazu und sagte: "Gratuliere! Ihr seid klasse geschwommen. Jeder von euch. Und ihr seid unter fünf Minuten geblieben."

Karin merkte an: "Ich hätte jeden von euch am Schwimmstil erkannt. Ihr schwimmt noch genauso wie früher."

•

Klaus stand mit den anderen im Halbkreis um Günther herum, als er von hinten umarmt wurde.

"Ich gratuliere dir", hörte er eine ihm vertraute Frauenstimme.

Er drehte sich um und fragte: "Was machst du denn hier?" dabei blickte er in ein milde lächelndes Frauengesicht.

"Ich habe dir beim Schwimmen zugesehen", strahlte sie ihn an und zu allen sagte sie, "Männer ihr ward klasse. Ich hab eure Staffel verfolgt."

Die Schwimmer waren überrascht. Die Umarmung war so liebevoll und herzlich, wie es Michael aus Klaus' Erzählungen von Petra erwartet hätte, nicht von Andrea, die er vorher noch nie persönlich getroffen hatte. Dann sah er, wie Klaus seine Frau in die Arme nahm und lächelnd "Danke", sagte. Klaus stellte seine Andrea Karin und den anderen Männern vor.

Andrea sah klasse aus. Die Blicke der Männer liefen an ihr herunter und ihnen war anzusehen, wie attraktiv sie Andrea fanden. Sie hatte alle Register gezogen, um Klaus zu gefallen. Bei den anderen Schwimmern war ihr das sichtlich gelungen. Klaus war beeindruckt, dass sie extra gekommen war. Sie hatte genau das wahrgemacht, was sie ihm geschrieben hatte. Erst die Blicke seiner Freunde machten ihn darauf aufmerksam, wie toll seine Frau aussah. Karin war im Trainingsanzug in die Schwimmhalle gekommen. So wie sie es in der Schwimmhalle immer machte. Sie hatte wahrgenommen, dass Andrea sich schick gemacht hatte. Da sie wusste, dass sie in ihrem Sportler-Outfit auch gut aussah, gab es keine Konkurrenz zwischen den beiden Frauen.

Während die Männer duschen waren, unterhielten sich die Frauen mit Günther. Karin hatte Günther morgens telefonisch gebeten, ein weiteres Doppelzimmer im Hotel zu reservieren. Das hatte Günther gemacht. Somit konnte jetzt nicht nur Karin sondern auch Andrea in dem Hotel übernachten. Andrea wäre sonst noch am selben Abend nach Hause gefahren.

Kurze Zeit später nahmen die Schwimmer ihren Trainer mit in die Umkleidekabine. Dort hatten sie bereits geklärt, dass Kurt zu Günther, Andrea zu Klaus und Karin mit Eberhard in das zusätzliche Zimmer ziehen würden.

Zurück im Hotel bezogen sie die Zimmer wie besprochen, was ein lustiges Hin und Her ergab. Danach trafen sie sich im Restaurant, wo sie einen Tisch zum Feiern reserviert hatten. Zwei zusätzliche Stühle wurden an den Tisch gestellt. Günther hatte für alle einen Aperol-Spritz als Aperitif bestellt. Außer Klaus und Karin saßen alle hinter ihren rot-orange schimmernden Gläsern in denen das Eis begann sich aufzulösen, während sie auf Klaus und Andrea warteten. Michael hatte schon befürchtet, dass die beiden sich im Zimmer streiten würden.

Als sie in den Gastraum kamen und Platz nahmen, sagte Günther: "Nachdem nun alle da sind, möchte ich mit euch auf euren Erfolg anstoßen", und er erhob sein Glas. Alle stießen miteinander an und freuten sich.

Als Michael die beiden zum Tisch kommen sah, vermutete er, dass sie sich nicht gestritten hatten. Als er sah, wie sie sich beim Anstoßen ansahen, war ihm klar, die hatten es sich gutgehen lassen, was ihn freute und was durch die roten Wangen von Andrea bestätigt wurde.

Zu essen bestellte jeder, was ihm schmeckte. Nach dem Wettkampf gönnten sich die meisten etwas Kräftiges. Im Verlaufe des Abends feierten sie mit Wein und Bier ihren Erfolg.

Später fragte Michael: "Was ist Glück?"

Klaus sagte: "Mit euch allen hier zu sitzen und zu feiern." Dabei blickte er in die Runde und dann seine Frau an.

Michael fragte weiter: "Wollt ihr wissen, wie Nitzsche Glück definiert?"

"Gerne", sagte Günther.

"Glück ist nicht die Abwesenheit von Schwierigkeiten, sondern das Gefühl, eine Schwierigkeit überwunden zu haben."

Kurt nickte: "Nietzsche hat recht. Ich weiß was das bedeutet. Das sage ich euch von Herzen", und zeigte schmunzelnd mit seinem ausgestreckten rechten Zeigefinger auf seine Pumpe.

Peter fügte hinzu: "Stimmt. Ich bin glücklich, meine berufliche Entscheidung genauso getroffen zu haben und die Entscheidung war wirklich schwierig für mich."

Klaus sah seine Freunde an und versuchte zu lächeln: "Die Aussicht auf Glück motiviert mich, an bestehenden Schwierigkeiten zu arbeiten." Dann stieß er mit Andrea an.

Günther sagte: "Glück ist, in einer Schwimmhalle seine Krankheit zu vergessen."

Michael an Günthers Adresse: "Glück ist, in jungen Jahren einen Trainer wie dich gehabt zu haben, der einem mehr als Schwimmen beigebracht hat."

Karin: "Glück ist, diesem Trainer ein kleines bisschen von dem zurückgeben zu können, was er einem gegeben hat."

Andrea sagte: "Glück ist, rechtzeitig zu erkennen, wenn man einen falschen Weg eingeschlagen hat und dann die Richtung zu ändern. Egal wie es ausgeht." Dabei hatte sie ihre Hand auf Klaus' Hand gelegt.

Michael nutzte die Stimmung: "Nächstes Jahr findet die Masters-WM in London statt und 2017 in Budapest. Beides schöne Städte für unser nächstes Projekt. Oder was meint ihr?"

"Wirklich interessante Ziele", sagte Peter.

"Let's go for world cup", rief Kurt.

Klaus lachte: "Einmal am Schwimmen. Immer am schwimmen."

ENDE

Entstehung des Buches

Bereits im Jahr 2014 hatte ich die Idee zu diesem Buch. Damals habe ich die vier Protagonisten genau beschrieben und den Plot grob vor Augen gehabt.

Doch dann geriet das Buch-Projekt in den Hintergrund, da ich mich zeitgleich mit dem Thema Bierbrauen beschäftigte und im Oktober 2014 mein erstes eigenes Bier gebraut habe. Das Brauen hat mich derart begeistert und die Biere waren so vielfältig und lecker, dass ich mich in dieses Thema immer mehr hineingearbeitet habe. Das Lesen von Fachbüchern, Besuche auf Messen und Hopfenhöfen gehörten genauso dazu, wie das praktische Umsetzen der gewonnenen Inspirationen beim Brauen. Seit mehr als drei Jahren gebe ich Bierseminare, Braukurse, baue kleine Brauanlagen und kooperiere mit einer regionalen Brauerei auf dem Gebiet der Craftbiere. (siehe www.inspirationsbraeu.de)

Im Sommer 2019 war es dann so weit. An einem Regentag im August begann ich zu schreiben. Vom ersten Tag an kam ich gut voran und es bereitete mir viel Freude den vorher konstruierten Plot auszugestalten. Beim Schreiben fühlte ich mich wie ein Akteur in einem Film, dessen Drehbuch beim Schreiben entsteht. Von Oktober bis Januar habe ich, unterstützt von Freunden und Familie, an den Feinheiten gefeilt und Fehler ausgebessert.

Die Covergestaltung war ein weiteres Highlight. Dazu habe ich eine Reihe Bilder gemalt und daraus verschiedene Layouts für das Cover entworfen. Zwei der Cover-Alternativen, die letztendlich dann doch nicht zum Einsatz kamen, sind auf der folgenden Seite zu sehen.

Cover-Alternative V1

Cover-Alternative V2

Schlusswort

Allen Lesern wünsche ich inspirierende Begegnungen und Freundschaften, kreative Ideen und selbstbestimmte Ziele.

Allen, die ihre guten Ideen in die Tat umsetzen, wünsche ich dabei Begeisterung, Disziplin und Ausdauer.

Das Leben ist zu kurz, um immer nur zu funktionieren und zu tun, was andere von uns erwarten. Es ist allerdings lang genug, Neues auszuprobieren und Bewährtes zu pflegen und weiterzuentwickeln.

Sich zu neuen Ufern aufzumachen, kann bedeuten, zwischenzeitlich mal keinen Boden unter den Füßen zu haben. Wer gelernt hat, im Fluss des Lebens zu schwimmen, geht so schnell nicht unter.

"Umwege sind die Geschenke des Lebens",
sagen die Ureinwohner Australiens

Mit inspirierten Grüßen

Jürgen Arndt   Esslingen Januar 2020

Namensübersicht:

Paare	Kinder
Klaus und Andrea	Julian, Lukas
Peter und Christine	Anna, Fabian
Kurt und Lisa	Lena, Katharina Jule
Michael und Ina	Sebastian, Diana
Eberhard und Karin	
Günther und Helga